오스카리아나

Oscariana

오스카 와일드
박명숙 엮고 옮김

오스카리아나

Oscariana

오스카 와일드의
찬란한 문장들

기다려야만 하는 작품들,
오랫동안 사람들에게 이해받지 못하는
작품들이 있다. 그 작품들이 아직 던지지 않은
질문들에 대한 답을 제시하고 있기 때문이다.
답이 제시되고 나서 아주 오랜 시간이 지난 뒤에야
질문을 던지는 경우가 종종 있는 것이다.

오스카 와일드

당신을 초대합니다,
오스카 와일드가 펼치는 언어의 향연으로

아름다운 것들은 모두 나이가 같다.

— 오스카 와일드

오스카리아나(Oscariana)! 오스카리아나? 이 책이 나오기 전까지는 인터넷에서 검색조차 되지 않았던 말이다. 오스카리아나는 명언, 경구, 아포리즘의 대명사처럼 여겨지는 오스카 와일드의 수많은 말들을 가리킨다. 따라서 인터넷에서 수없이 검색되고 떠돌아다니는데도 불구하고 오스카리아나라는 말은 우리한테 낯설게 느껴진다. 이 책은 우리에게 더없이 익숙하면서도 낯선 오스카리아나를 한데 모아 제자리를 찾아 주고자 하는, 때늦은 그러나 꼭 필요한 시도의 결과물이다.

오스카리아나는 '오스카(Oscar)'와 접미사 '이아나(-iana)'로 이루어진 말이다. '이아나'는 사전적 의미로 '어록·일화집·자료집' 등을 지칭한다. 오스카리아나가 세상에 처음 등장한 때는 아마도 1895년, 런던에서였을 것이다. 오스카 와일드의 아내는 그의 대표작들 중에서 고르고 고른 말들을 조그만 소책자로 묶어(아마도 지금의 필자와 같은 심정으로!) 개인적으로 발간했는데(50부 한정이었다.), 이때 책에 붙인 제목이 『오스카리아나』였다. 물론 당시는 오스카 와일드가 아직 파란만장한 삶을 살기 전이라, 지금 우리가 보는 『오스카리아나』와는 커다란 차이가 있다. 내용이나 분량 모든 면에 있어서 말이다.

오스카 와일드의 작품을 한 권도 읽지 않은 사람이라도 그가 주옥같은 명언과 촌철살인의 경구 들을 무수히 남겼다는 사실을 안다. 그의 명언들을 한두 번쯤 찾아본 사람 또한 많으리라 생각한다. 하지만 국내에 오스카 와일드의 작품이 수백 권이나 번역돼 나온 지금까지 정작 '명언 제조기'로 알려진 그의 빛나는 말들이 하나로 엮어진 적은 전무하다시피 했다. 필자는 이런 현실이 몹시 의아하고 안타까웠다. 나는 오스카 와일드의 책 두 권을 잇달아 번역하면서 '혼자 보고 혼자 알고 있기 아까운' 보석 같은 그의 말들(생각들)을 많은 사람들과 공유하고 싶은 마음이 간절해졌다. 그리고 마침내 그 간절한 바람이 이처럼 멋진 책으로 세상에 나올 수 있게 되어 진정 기쁘고 행복하다. 우리에게 비교적 널리 알려진 말들과 어딘가에 꼭꼭 숨겨진 보석 같은 말들을 하나둘씩 찾아내어 우리말로 옮기고 책으로 엮는 과정은, 언젠가 누군가가 했어야 할 작업을 내가 하고 있다는 생각과 함께 크나큰 보람과 뿌듯함을 느끼게 했다. 이 책에 실린 오스카 와일드의 말들은 그의 거의 모든 작품과 평론, 강연, 편지, 대화(주로 지인들이 기록한 것들이다.), 인터뷰, 해외에서 출간된 그의 명언집들에서 필자가 꼼꼼하게 선별한 것이다. 번역가이기에 앞서 이 책의 첫 번째 독자로서 밑줄 긋고 싶은 말들, 곱씹어 생각하고 싶은 말들, 마음에 새기고 싶은 말들을 추렸는데, 선택하는 것보다 버리는 일이 더 어려웠을 정도로 책에 싣고 싶은 말들이 많았다. 그러다 보니 당초 원고에 내용을 거듭 추가하게 되었고, 그 바람에 분량이 엄청나게 늘어나 부득이하게 책을 두 권(다른 한 권은 조만간 선보일 예정이다.)으로 펴내게 됐다. 이 두 권의 책에 담긴 말들이 오스카 와일드가 남긴 명문의 빙산의 일각에 불과하더라도(오스카리아나는 화수분이다.), 그것들이 우리에게 전해 주는 의미와 가치는 결코 적지 않으리라 생각한다. 더구나 오스카 와일드의 예리한 지성, 세상사와 인간의 본질에 대한 통찰력을 보여 주는 멋진 말들을 원문과 함께 실어, 때로 번역문만으로는 완전히 느낄 수 없는 언어적 묘미를 오롯이 맛볼 수 있도록 했다. 이는 번역가로서는 민낯을 고스란히 드러내는 어려운 작업이었으나, 나 역시 독자의 한 사람으로서 이러한 작업이 품은 가치와 매력을 외면할 수 없었다. 아포리즘의 특성상 글말보다는 입말에 치중해 번역하고자 했지만 원문의 의미를 최대한 살리고자 되도록 의역을 지양했다. 번역의 본질 중 하나는 '결코 완벽할 수 없다.'라는 것일 터다. 따라서 나름대로 최선을 다했지만 번역에 아쉬움이 느껴지는 부분에 대해서는 독자들의 진정 어린 의견과 조언에 언제나 귀를 활짝 열고 있을 것이다.

—

생전에 오스카 와일드를 가까이 혹은 멀리서 알고 지냈던 사람들의 한결같은 증언에 따르면, 그는 훌륭한 소설가 또는 극작가이기에 앞서 무엇보다도 대화에서 유난히 돋보이는 뛰어난 달변가이자 매혹적인 이야기꾼이었다. 20대 초반에 오스카 와일드를 만난 뒤 그에게 완전히 매료됐던 앙드레 지드는 다음과 같이 증언한 바 있다. "'내 인생의 가장 큰 비극이 뭔지 아시오? 그건 내 삶에 나의 모든 천재성을 쏟아부었고, 나의 글에는 내 재능만을 투영했을 뿐이라는 사실이라오.'라고 한 그의 말은 지극히 사실이었다. 그가 쓴 최고의 작품이라 할지라도 그건 그의 빛나는 대화의 희미한 반영에 불과했다. 그가 이야기하는 것을 들은 사람들은 그의 글을 읽고 더러 실망하기도 했다." 또한 오스카 와일드의 평생지기였던 로버트 로스는 그가 죽은 후에 그를 몹시 그리워하며 이렇게 말했다. "나는 언젠가 모든 사람들이 그의 성취를 인정하리라고 믿습니다. 그의 극작품과 에세이 들은 언제까지나 살아 있을 것입니다. 하지만 다른 이들처럼 당신도 그의 됨됨이와 대화가 그가 쓴 어떤 것보다 훨씬 더 훌륭하다고 생각하겠지요. 그의 작품들은 그가 가진 힘의 희미한 반영일 뿐이라고 말입니다. 정말 그런지도 모르겠습니다. 물론 이젠 영영 사라져 버린 것을 되살리는 일은 불가능하겠지만요."

오스카 와일드는 오늘날에도 큰 키에 속하는 190센티미터의 장신에 짙은 푸른색 눈과 창백한 피부를 지녔고, 묘하게 양성적인 분위기를 풍겼다. 오스카 와일드의 독특한 차림새는 익히 알려져 있는데, 그는 지금 봐도 눈에 띌 만한 승마 바지, 붉은색 조끼, 벨벳 재킷과 검은색 실크 스타킹, 풍성한 모피 코트에 리본 달린 에나멜가죽 구두를 신었다. 또한 치렁치렁한 짙은 갈색 머리카락을 매일 손질받아 곱슬곱슬하게 유지했으며, 매일같이 재킷 단춧구멍에 값비싼 꽃을 꽂고, 손에는 딱정벌레 모양의 커다란 초록색 반지를 끼고 신중하게 선택한 지팡이를 짚고 다녔다. "우리는 하나의 예술 작품이 되거나 예술 작품을 입어야 한다."라는 자신의 말을 일상 속에서 실천한 셈이다. 하지만 사람들이 그와 나눈 대화에 매료됐던 것은, 단지 그의 돋보이는 차림새나 화려하게 번득이는 언변 때문만은 아니었다. 그는 더없이 감미롭고 그윽하고 리드미컬한 목소리로 한순간도 머뭇거리는 일 없이 이야기를 술술 풀어 나갔으며, 대화 중에 상대방의 반응을 살펴 가며 그때그때 분위기에 어울리는 적절한 유머와 위트를 구사할 줄 알았다. '재치 있는 즉답(repartee)'이 돋보이는 그의 유려한 입담은 평소 그에게 선입견을 가졌거나 그를 싫어했던 사람들조차 이내 오스카 와일드만의 매력에 빠져들게 만들었다. 또한 그는 촌철살인의 경구들을 날리며 사람들을 놀라게 했던 일면과 달리, 길거리 걸인에게 입고 있던 코트를 선뜻 벗어 줄 정도로 따뜻한 심성과 너그러움을 지닌 인물이기도 했다. 이런 그의 면면 하나하나가 인간 본성에 대한 깊은 이해와 통찰력에 바탕을 두고 있음은 두말할 필요도 없다. 오스카 와일드는 자기 명성에 걸맞은 작품들을 발표하기도 전에 이미 후기 빅토리아 시대의 유명 인사가 되어 있었고, 당시 런던에서는 오스카 와일드가 최근에 한 말을 반복하는 일이 대유행이었을 만큼 그의 한마디 한마디는 승합 마차 마부를 비롯한 수많은 사람들의 입에 끊임없이 오르내렸다. 이 책에 실린 그의 수많은 말들이 입증하듯, "난 나 자신에게 말하는 즐거움을 금할 수는 있지만, 다른 사람들에게서 듣는 즐거움을 빼앗을 수는 없다."라고 너스레를 떨며 좌중을 사로잡았던 오스카 와일드야말로 우리와 동시대를 사는 듯한, 더없이 현대적인 인물이 아닐까. 자신의 뛰어난 상품 가치를 일찌감치 깨닫고 스스로를 홍보하는 데 적극적이었던(그는 편지도 늘 두 통씩 써서 한 통은 언론사에 보내곤 했다.) 오스카 와일드는 어쩌면 시대를 잘못 타고난 탓에 비극적으로 생을 마친 안타까운 천재 — 수많은 위대한 인물들의 삶이 그러하듯 — 였을지도 모른다. 비록 그러한 삶이 오스카 와일드에게는 위대한 예술가적 삶의 본보기로 여겨졌을지 몰라도.

—

『도리언 그레이의 초상』을 비롯한 오스카 와일드의 작품들을 주의 깊게 읽어 본 사람이라면 비슷한 아이디어를 내포한 말들이 여러 곳에서 반복되고 있음을 눈치챘을 것이다. "난 이미 내 것인 걸 도용한다. 한 번 출간된 것은 공공의 소유가 되기 때문이다."라는 그의 말처럼 오스카 와일드는 '자신의 것'을 도용하는 데에 거리낌이 없었고, 대화와 소설과 희곡과 에세이 사이를 아무런 벽이 없는 것처럼 자유자재로 넘나들었다. 그러나 그의 '자기 복제'는 언제나 그 시의적절함을 잃지 않은 채 재기 발랄함을 마음껏 뽐냈다. 글로 쓰인 그의 작품들이 그의 '삶이 빚어낸 작품'인 대화를 돋보이게 하는 배경 역할을 할 만큼, 그의 작품들 속에는 우리의 감탄을 자아내는 명언과 명구 들이 가득하다. 그의 유일한 장편 소설 『도리언 그레이의 초상』은 사실상 그의 경구와 패러독스 들의 모음집이며, 신랄하고 현란한 언어유희와 그의 재기가 거침없이 드러난 극작품들은 오스카 와일드가 한꺼번에 수많은 사람들에게 '이야기하며' 그들의 즉각적인 반응에 홀로 미소 짓고 즐거워하기 위한 수단이었다고 해도 결코 과언이 아니다. 또한 그의 모험적이고 탐구하는 정신의 태도를 잘 드러낸 흥미롭고 유쾌한 에세이 「거짓의 쇠락」과 「예술가로서의 비평가」 등도 지적 대화의 완벽한 예를 보여 주는 대화체로 이루어져 있다. 이 모든 이야기와 대화 속에서 어떤 이름과 모습으로 등장하든 우리는 언제나 오스카 와일드의 모습을 또렷이 알아볼 수 있다. 그만큼 그는 자신을 조금도 감추려고 하지 않았다. 앞으로 출간될 『와일드가 말하는 오스카』에서는 이런 그의 진면목을 좀 더 집중적으로 보여 주고자 한다.

삶이 곧 예술이고, 예술이 곧 삶이었던 위대한 예술가 오스카 와일드! 그의 재기 넘치고 화려한 언행이 결코 즉흥적인 것만은 아니었듯이, 그의 트레이드마크인 나른하고 시니컬한 '포즈(pose)' 역시 치밀하게 계산된 '인위적인' 것이었다. 이는 아름다움과 예술을 삶보다 우위에 두었고 모든 것의 기준으로 삼았던 유미주의의 선구자 오스카 와일드를 대변하는 것이기도 하다. 그러나 이 책에 실린 그의 시의성이 충만한 말들에서 알 수 있는 것처럼, 한 가지 모습만 보고 그를 판단하거나 안다고 생각하는 건 금물이다. 무엇보다 이 책 속에서 만나게 될 오스카 와일드를 전부 이해하려 하거나 다 알려고 애쓰지 말자. 또한 그가 무슨 말을 하는지 이해되지 않는다고 자신의 무지를 탓하거나 괜한 스트레스를 받지도 말자. 그가 원했던 것은 자신의 말과 생각이 다른 사람들에게 "이해받는 것"이 아니라 "오해받는 것"이었을 테니 말이다.("위대한 사람은 오해받기 마련이다.") 게다가 오스카 와일드 자신도, 자기가 너무 똑똑하다 보니 종종 무슨 말을 하고 있는지 모를 때가 있다고 고백하지 않았던가. 그의 말에 일관성이 없다고 지적하고 싶은가? 그렇다면 "일관성은 상상력이 부족한 사람들의 마지막 도피처다."라는 그의 말을 떠올려 보면 어떨까.

책 읽기가 사치처럼 느껴지는 이 시대에 이 한 권의 책이 독자에게 재미와 즐거움을 주고 삶을 풍성하게 하는 자양분이 될 수 있다면, 『오스카리아나』를 기획하고 만든 이로서 그보다 더 큰 기쁨과 보람은 없을 것이다. 이 책이 세상에 나오기까지 즐겁고 뜻깊은 작업을 오랫동안 함께해 준 민음사 편집부와 미술부의 노고에 깊은 감사를 전하고 싶다.

2016년 신록의 계절에
박명숙

나폴리언 사로니가 촬영한 28세의 오스카 와일드

런던의 한 스튜디오에서 촬영한 35세의 오스카 와일드

차례

1   삶의 비밀과 법칙:

우리는 언제나
다소 있음 직하지 않은
존재가 되어야 한다

삶은 복잡하지 않다. 복잡한 건 우리들이다. 삶은 단순하다. 그리고 단순한 것이 옳은 것이다.

Life is not complex. We are complex. Life is simple, and the simple thing is the right thing.

성공은 과학이다. 조건이 갖춰지면 결과를 얻을 수 있다.

Success is a science; if you have the conditions, you get the result.

산다는 것은 세상에서 가장 드문 일이다. 대부분의 사람들은 단지 존재할 뿐이다.

To live is the rarest thing in the world. Most
people exist, that is all.

인생의 목표라는 게 있다면, 언제나 나를 유혹하는 것들을 찾아
헤매는 것뿐이다. 그런 것들은 결코 충분하지 않다. 때로는 단
하나의 유혹에도 빠지지 못한 채 온종일을 허송하기도 한다. 그
건 정말 끔찍한 일이다. 미래에 대해 불안해지기 때문이다.

Life's aim, if it has one, is simply to be always
looking for temptations. There are not nearly
enough. I sometimes pass a whole day without
coming across a single one. It is quite dreadful.
It makes one so nervous about the future.

유혹을 떨치는 유일한 방법은 유혹에 굴복하는 것뿐이다. 유
혹에 저항하면, 당신의 영혼은 스스로에게 금지한 것들에 대
한 열망과 영혼의 엄혹한 법칙들이 무시무시하고 불법적인
것이 되게 한 것들에 대한 갈망으로 병들고 말 것이다.

The only way to get rid of a temptation is to
yield to it. Resist it, and your soul grows sick
with longing for the things it has forbidden to
itself, with desire for what its monstrous laws
have made monstrous and unlawful.

삶은 전혀 공평하지 않다. 그리고 우리들 대부분에게는 그 편이 더 나을 것이다.

Life is never fair. And perhaps it is a good thing for most of us that it is not.

우리는 언제나 다소 있음 직하지 않은 존재가 되어야 한다.

One should always be a little improbable.

우리는 살면서 위대한 경험은 기껏해야 한 번밖에 할 수 없다. 그 경험을 되도록 자주 되풀이하는 것이 삶의 비밀이다. 그 경험으로 상처받았다고 해도, 특히 그 경험으로 인해 상처를 받았다면 더더욱 그래야 한다.

We can have in life but one great experience at best, and the secret of life is to reproduce that experience as often as possible. Even when one has been wounded by it, and especially when one has been wounded by it.

우리 모두에겐 똑같은 세상이 주어졌으며 선과 악, 죄악과 순수함이 나란히 손잡고 그 세상을 헤쳐 나간다. 안전하게 살 수

있으리라고 믿으면서 세상의 반쪽을 외면하는 것은, 구덩이
와 낭떠러지로 이루어진 땅에서 좀 더 안전하게 걷기 위해 눈
을 감는 것과 같다.

There is the same world for all of us, and good
and evil, sin and innocence, go through it hand
in hand. To shut one's eyes to half of life that
one may live securely is as though one blinded
oneself that one might walk with more safety in
a land of pit and precipice.

사람들은 더없이 근사하고 현명하고 합리적인 인생의 계획들
에 대한 이야기를 늘어놓곤 한다. 그 계획들 자체에는 아무런
문제가 없다. 그 계획들이 그들 자신을 위한 것이 아니라는 사
실만 빼고는.

You know what beautiful, wise, sensible
schemes of life people bring to one: there is
nothing to be said against them: except that
they are not for oneself.

우리는 모두 시궁창에 있지만 그중 누군가는 별을 바라보고
있다.

We are all in the gutter, but some of us are looking at the stars.

행복하게 살기 위해서는 얼마간 불운을 겪어 봐야 한다.

To live in happiness, you must know some unhappiness in life.

파산한 사람에게 진실인 것은 다른 모든 사람들의 삶에도 해당하는 진실이다. 사람은 자신의 모든 행동에 대가를 치러야 하는 법이다.

What is true of a bankrupt is true of everyone else in life. For every single thing that is done someone has to pay.

어쩌면 태초에 하느님이 각각의 인간을 위한 개별적인 세상을 만들어 놓아, 우리 각자는 자신 안에 있는 그 세상 속에서 살아가야 하는 게 아닐까.

I believe that at the beginning God made a world for each separate man, and in that world which is within us one should seek to live.

예술가가 자신의 모델과 결혼하는 건 미식가가 자신의 요리
사와 결혼하는 것만큼이나 치명적이다. 예술가는 모델을 잃
게 되고, 미식가는 밥을 굶게 되기 때문이다.

For an artist to marry his model is as fatal as for
a gourmet to marry his cook: the one gets no
sittings, and the other no dinner.

눈이 맞아 함께 달아나는 것은 비겁한 짓이다. 그것은 위험을
피해 도망가는 것이다. 게다가 현대적 삶에서 위험은 아주 드
문 것이 되었다.

I think to elope is cowardly. It's running away
from danger. And danger has become so rare in
modern life.

우리가 두려워하는 일은 언젠가 일어나게 되어 있다.

It is what we fear that happens to us.

우리 안에는 천국과 지옥이 공존한다.

Each of us has Heaven and Hell in him.

자신의 목숨을 앗아 갈 수도 있는 끊임없는 위험에 처해야 하는 모든 직업에는 고귀한 무언가가 있다.

Every profession in which a man is in constant danger of losing his life has something fine about it.

냉소주의는 사물을 '그래야만 하는 것'으로 보지 않고 '있는 그대로' 볼 줄 아는 기술을 의미한다.

Cynicism is merely the art of seeing things as they are instead of as they ought to be.

깊은 반감은 은밀한 친밀감을 입증하는 것이다.

Great antipathy shows secret affinity.

무관심은 세상이 하찮은 것들에게 하는 복수다.

Indifference is the revenge the world takes on mediocrities.

꿈을 꾸는 것은 신사의 첫 번째 의무다.

It is the first duty of a gentleman to dream.

행동은 꿈꾸는 법을 모르는 사람들이 취하는 마지막 수단이다.

Action is the last resource of those who know
not how to dream.

나 자신에 대해 지는 의무는 신나게 즐기는 것이다.

My duty to myself is to amuse terrifically.

의무감은 어느 끔찍한 질병과도 같다. 어떤 불평들이 몸의 조
직을 망가뜨리는 것처럼, 의무감은 우리 정신의 조직을 망가
뜨린다.

A sense of duty is like some horrible disease.
It destroys the tissues of the mind, as certain
complaints destroy the tissues of the body.

그는 오해받는 것을 좋아한다. 그로 하여금 유리한 위치에 설

수 있게 해 주기 때문이다.

He is fond of being misunderstood. It gives him a post of vantage.

모든 사람은 왕으로 태어난다. 그리고 대부분의 사람들은 추방당해 죽는다, 대부분의 왕들이 그렇듯이.

Everyone is born a king, and most people die in exile, like most kings.

인생의 치명적인 실수는 인간의 비합리성에 기인하는 게 아니다. 비합리적인 순간이 때로는 가장 근사한 순간이 될 수도 있다. 인생의 치명적인 실수는 인간의 논리적인 면에서 비롯된다.

The fatal errors of life are not due to man's being unreasonable: an unreasonable moment may be one's finest moment. They are due to man's being logical.

스스로 노력하는 사람만이 명성을 얻을 수 있다. 명예는 거저 얻어지는 게 아니다.

You must carve your way to fame. Laurels don't
come for the asking.

모든 성공에는 통속적인 무언가가 있다. 가장 위대한 사람들
은 실패하거나, 세상 사람들에게 실패한 것처럼 보인다.

There is something vulgar in all success. The
greatest men fail — or seem to the world to
have failed.

다른 사람들을 이해하고자 한다면 먼저 자신의 개성을 강화
해야 한다.

If you wish to understand others you must
intensify your own individualism.

달링턴 경: 인생은 그렇게 엄격한 규칙들로 결정되기에는 너
무 복잡해요.
윈더미어 부인: 우리에게 '그렇게 엄격한 규칙들'이 있다면,
인생은 훨씬 단순해질 거예요.

LORD DARLINGTON: I think life too complex a

thing to be settled by these hard-and-fast rules.

LADY WINDERMERE: If we had 'these hard-and-fast rules', we should find life much more simple.

삶이라는 건 상황에 제약받고 그 표현에도 일관성이 없으며, 그 속에서는 예술적이고 비판적인 기질을 유일하게 충족시킬 수 있는 형식과 정신의 아름다운 일치도 찾아볼 수 없다. 삶은 그 산물을 사는 데 너무 비싼 값을 치르게 한다. 우리는 아주 하찮은 삶의 비밀을 알아내는 데에도 터무니없고 끝없는 대가를 치러야만 한다.

Life is a thing narrowed by circumstances, incoherent in its utterance, and without that fine correspondence of form and spirit which is the only thing that can satisfy the artistic and critical temperament. It makes us pay too high a price for its wares, and we purchase the meanest of its secrets at a cost that is monstrous and infinite.

위대한 사람은 오해받기 마련이다.

To be great is to be misunderstood.

상인들의 기억에 영원히 남을 수 있는 길은, 지불해야 할 돈을
치르지 않는 것뿐이다.

It is only by not paying one's bills that one can
hope to live in the memory of the commercial
classes.

일은 술 마시는 사람들의 골칫거리다.

Work is the curse of the drinking classes.

우리가 자기 행동의 결과를 볼 수 있을 정도로 오래 산다면,
스스로 선하다고 여기는 사람들은 맥없는 회한과 함께 역겨
움을 느끼고, 세상이 악인으로 부르는 사람들은 고귀한 기쁨
으로 동요하는 걸 보게 될지도 모른다. 우리가 하는 모든 사
소한 행동들이 삶이라는 거대한 기계를 통과하면서 미덕들은
무가치한 가루가 되어 버리거나 우리가 죄악으로 여기는 것
들이 이전에 존재했던 것들보다 더 놀랍고 더 찬란한 새로운
문명의 요소들로 변화할 수도 있기 때문이다.

If we lived long enough to see the results
of our actions, it may be that those who call
themselves good would be sickened with a dull
remorse, and those whom the world calls evil

stirred by a noble joy. Each little thing that we do passes into the great machine of life which may grind our virtues to powder and make them worthless, or transform our sins into elements of a new civilization, more marvellous and more splendid than any that has gone before.

아주 짧은 시간 동안 알았던 사람들과 헤어지는 건 언제나 괴로운 일이다. 오랜 친구들의 부재는 차분하게 견딜 수 있다. 그러나 막 알게 된 사람과는 잠시뿐일지라도 떨어져 있는 걸 견디기 힘들다.

It is always painful to part from people whom one has known for a very brief space of time. The absence of old friends one can endure with equanimity. But even a momentary separation from anyone to whom one has just been introduced is almost unbearable.

근면은 모든 추함의 근원이다.

Industry is the root of all ugliness.

그는 천재가 아니라서, 적이 한 명도 없다.

Not being a genius, he had no enemies.

실제로 일어나는 일은 조금도 중요하지 않다.

Nothing that actually occurs is of the smallest importance.

완벽함의 조건은 무위(無爲)이며, 완벽함의 목적은 젊음이다.

The condition of perfection is idleness: the aim of perfection is youth.

살다 보면 충만하고 온전하며 완전하게 자신의 삶을 사는 것과 위선으로 가득한 세상이 요구하는 거짓되고 천박하며 타락한 삶을 힘겹게 이어 가는 것 사이에서 선택을 해야만 할 때가 있다.

There are moments when one has to choose between living one's own life, fully, entirely, completely — or dragging out some false, shallow, degrading existence that the world in its hypocrisy demands.

신들은 참 이상하다. 우리를 벌줄 때 우리의 악덕을 도구로 사용하는 것만으로는 부족한지, 우리 안의 선하고 다정하고 인간적이고 사랑스러운 것들을 이용해 우리를 파멸로 이끈다.

The gods are strange. It is not of our vices only they make instruments to scourge us. They bring us to ruin through what in us is good, gentle, humane, loving.

배우들은 아주 운이 좋다. 그들은 비극에 나올지 희극에 나올지, 고통스러워할지 즐거워할지, 웃을지 울지를 선택할 수 있다. 그러나 실제 삶에서는 그럴 수 없다. 대부분의 사람들은 자신에게 맞지 않는 역할을 맡도록 강요받는다. 길든스턴 같은 사람들이 햄릿을 연기하고, 햄릿 같은 사람들이 핼 왕자처럼 농지거리를 해야 할 때도 있다. 세상은 연극 무대와 같지만 배역은 형편없다.

Actors are so fortunate. They can choose whether they will appear in tragedy or in comedy, whether they will suffer or make merry, laugh or shed tears. But in real life it is different. Most men and women are forced

to perform parts they have no qualifications.
Our Guildensterns play Hamlet for us, and our
Hamlets have to jest like Prince Hal. The world
is a stage, but the play is badly cast.

어떤 문제에서든 절대 편을 들어서는 안 된다. 편들기는 성실
함의 시작이고, 진지함이 곧 그 뒤를 따르면서 인간은 이내 따
분해지게 된다.

One should never take sides in anything.
Taking sides is the beginning of sincerity, and
earnestness follows shortly afterwards, and the
human being becomes a bore.

요즘엔 우리 모두가 너무도 궁핍해서 기분 좋게 보답할 수 있는
길은 칭찬뿐이다. 우리는 오로지 칭찬으로만 보답할 수 있다.

Nowadays we are all of us so hard up, that the
only pleasant thing to pay are compliments.
They're the only things we can pay.

복잡한 사람들은 자신들이 하는 것을 숨기는 데 대부분의 힘
을 낭비한다. 그러니 그들이 언제나 쓰라린 실패를 맛보는 건

그리 놀랄 일도 아니다.

Complex people waste half their strength in trying to conceal what they do. Is it any wonder they should always come to grief?

삶의 모든 영역에서 형식은 모든 것의 시작이다. 플라톤도 말했던 것처럼, 춤의 율동적이고 조화로운 몸짓은 우리 마음속에 리듬과 조화를 전달해 준다. 사람들이 교리(敎理)를 신봉하는 건, 그것이 합리적이어서가 아니라 그것을 반복해서 접하기 때문이다. 그렇다, 형식은 곧 모든 것이다. 삶의 비밀이 거기에 있다. 슬픔에 어울리는 표현을 찾아보라, 그럼 슬픔조차 당신에게 소중한 것이 될 테니까. 기쁨을 위한 표현을 찾아보라, 그러면 그 희열이 배가될 것이다. 사랑이 하고 싶은가? 사랑의 길고 긴 기도를 써 보라. 그럼 그 말들이 사랑의 열망을 생겨나게 해 줄 것이다. 사람들은 그 열망으로부터 말들이 생겨났다고 믿겠지만.

In every sphere of life Form is the beginning of things. The rhythmic harmonious gestures of dancing convey, Plato tells us, both rhythm and harmony into the mind. The Creeds are believed, not because they are rational, but because they are repeated. Yes: Form is everything. It is the secret of life. Find expression for a sorrow, and it will become dear to you. Find expression for a joy, and you intensify its ecstasy. Do you wish to love? Use Love's Litany, and the words will create the yearning from which the world fancies that they spring.

내가 보기에 연마된 게으름은 인간에게 꼭 어울리는 일인 것 같다.

Cultivated idleness seems to me to be the proper occupation for man.

우리 모두에게는 조만간 똑같은 문제에 관해 결정을 내려야 할 순간이 닥친다. 우리 모두가 똑같은 질문을 받게 되는 것이다.

Sooner or later we are all called upon to decide on the same issue — of us all, the same question is asked.

다른 사람에게 일어날 수 있는 일은 자신에게도 일어날 수 있다.

Whatever happens to another happens to

oneself.

우리는 가장 고귀한 자기희생의 감정들에도 비용을 지불해야
만 한다. 이상하게 들릴 수도 있지만, 그게 그 감정들을 더 고
귀하게 만든다.

Even the finest and the most self-sacrificing
emotions have to be paid for. Strangely
enough, that is what makes them fine.

그는 '시간 엄수는 시간을 훔치는 것'이라는 자신만의 원칙에
따라 항상 늦게 왔다.

He was always late on principle, his principle
being that punctuality is the thief of time.

기다리게 하면서 오지 않는 것은 언제나 근사한 일이다.

It is always nice to be expected, and not to
arrive.

사람들이 불성실이라고 일컫는 것은 단지 우리가 자신의 개

성을 다양화하는 방식일 뿐이다.

What people call insincerity is simply a method
by which we can multiply our personalities.

자신의 모든 기분에 굴복할 때만이 진정으로 산다고 할 수 있다.

To yield to all one's moods is to really live.

자기희생은 법으로 금지시켜야 한다. 자기희생은 희생의 대
상들에게 좋지 않은 영향을 미친다. 그들은 언제나 뒤끝이 좋
지 않다.

Self-sacrifice is a thing that should be put down
by law. It is so demoralizing to the people for
whom one sacrifices one self. They always go
to the bad.

선한 사람들은 행복하게 끝나고, 악한은 불행하게 끝난다. '허
구'란 그런 것이다.

The good end happily and the bad unhappily;
that is what Fiction means.

삶의 매 순간마다 우린 과거의 자신인 것만큼 미래의 자신이 기도 하다.

> At every single moment of one's life one is what one is going to be no less than what one has been.

닭들이 알에서 깨기 전에 그 수를 세는 사람들은 매우 현명하게 처신하는 것이다. 닭들은 엄청나게 빨리 도망가 버려서 그 수를 정확하게 세는 것은 불가능하다.

> People who count theirs chickens before they are hatched, act very wisely, because chickens run about so absurdly that it is impossible to count them accurately.

이제 나는 그 무엇도 인정하거나 부정하지 않는다. 인정이나 부정은 삶에 대해 취하는 불합리한 태도다. 우리는 도덕적 편견을 떠벌리고 다니기 위해 세상에 온 것이 아니다.

> I never approve, or disapprove, of anything now. It is an absurd attitude to take towards life. We are not sent into the world to air our moral prejudices.

본래의 자신과 다른 어떤 것, 가령 국회 의원이나 번창하는 식료품 잡화상, 잘나가는 변호사나 판사, 또는 그 비슷하게 지루한 무언가가 되기를 원하는 사람은 결국엔 자신이 되고자 했던 게 되고야 만다. 그것이 바로 그에게 내려진 형벌이다.

A man whose desire is to be something separate from himself, to be a member of Parliament, or a successful grocer, or a prominent solicitor, or a judge, or something equally tedious, invariably succeeds in being what he wants to be. That is his punishment.

좋은 의도는 언제나 세상을 망치곤 했다. 뭐라도 성취한 사람들은 아무런 의도도 가지지 않았던 사람들뿐이다.

Good intentions have been the ruin of the world. The only people who have achieved anything have been those who have had no intentions at all.

무력에 꺾이기를 거부하는 건 고귀한 본성의 증표다. 절대 인간을 개심하려고 시도하지 마라. 인간은 결코 후회하는 법이 없다.

It is a sign of a noble nature to refuse to be broken by force. Never attempt to reform a man. Men never repent.

선해지고 싶다면 그 일을 하나의 직업으로 삼아야 한다. 그것은 진정 세상에서 가장 매력적인 일이다.

If one intends to be good one must take it up as a profession. It is quite the most engrossing one in the world.

이 세상에는 오직 두 가지 비극이 있을 뿐이다. 하나는 자신이 원하는 것을 갖지 못하는 것이고, 다른 하나는 그것을 갖는 것이다.

In this world there are only two tragedies. One is not getting what one wants, and the other is getting it.

"이젠 너무 늦었다."라는 말은 예술과 삶에서 가장 비극적인 말이다.

"Too late now" are in art and life the most

tragical words.

자신의 경험을 거부하는 것은 자신의 발전을 저해하는 일이다. 자신의 경험을 부인하는 것은 자기 삶의 입술에 거짓을 부여하는 것이고, 그것은 자신의 영혼을 부인하는 것과 다를 바 없다.

To reject one's own experiences is to arrest one's own development. To deny one's own experiences is to put a lie into the lips of one's own life. It is no less than a denial of the Soul.

무분별함만큼 순진함과 많이 닮은 것도 없다.

Nothing looks so like innocence as an indiscretion.

절제는 치명적인 것이다. 과도함만큼 성공적인 것은 없다.

Moderation is a fatal thing. Nothing succeeds like excess.

피상적인 것은 최고의 악덕이다. 뭐든지 깨닫는 것은 옳은 것이다.

The supreme vice is shallowness. Everything that is realized is right.

실수를 저지르지 않는다면 인생은 정말 따분해질 것이다.

Life would be very dull without mistakes.

일관성이 없을 때 우리는 그 어느 때보다 자신에게 솔직할 수 있다.

We are never more true to ourselves than when we are inconsistent.

우리에게 쓰라린 시련처럼 보이는 것이 알고 보면 위장된 축복인 경우가 많다.

What seem to us bitter trials are often blessings in disguise.

아무것도 하지 않는 것은 굉장히 힘든 일이다. 하지만 어떤 뚜렷한 목적이 없을 때는 난 힘든 일도 마다하지 않는다.

It is awfully hard work doing nothing.
However, I don't mind hard work where there
is no definite object of any kind.

인류는 스스로를 지나치게 진지하게 여긴다. 그것이 이 세상이 지은 원죄다. 원시인들이 웃을 줄만 알았더라도, 역사는 지금과 달라졌을 것이다.

Humanity takes itself too seriously. It is the
world's original sin. If the caveman had known
how to laugh, History would have been
different.

죽기 전에 '자신의 영혼을 소유한' 사람이 지극히 적다는 것은 진정한 비극이다. 에머슨은 언젠가 "인간에게는 스스로의 행위보다 귀한 것은 없다."라고 말했다. 그의 말은 전적으로 옳다. 대부분의 사람은 다른 사람이다. 그들의 생각은 다른 누군가의 의견이고, 그들의 삶은 모방이며, 그들의 열정은 인용일 뿐이다.

It is tragic how few people ever 'possess their

souls' before they die. "Nothing is more rare in any man", says Emerson, "than an act of his own." It is quite true. Most people are other people. Their thoughts are someone else's opinions, their life a mimicry, their passions a quotation.

어리석은 짓을 저지르는 사람이 위로받을 수 있는 유일한 길은, 그런 일을 했음을 언제나 자찬하는 것이다.

The only thing that ever consoles man for the stupid things he does is the praise he always gives himself for doing them.

역설이 성립하는 방식은 진실이 성립하는 방식과 같다. 현실을 시험하기 위해서는 팽팽한 밧줄 위에 올려놓고 봐야 한다. 진실을 곡예사로 만든 다음에야 우리는 그것을 제대로 판단할 수 있다.

The way of paradoxes is the way of truth. To test Reality we must see it on the tight-rope. When the Verities become acrobats we can judge them.

어떤 행동을 할 때 무엇이 옳고 그른지를 따지는 건 지적 성장이 멈췄음을 입증하는 것이다.

> Any preoccupation with ideas of what is right or wrong in conduct shows an arrested intellectual development.

인간은 자기 자신으로서 이야기할 때 자신에게서 가장 멀어지는 법이다. 그에게 가면을 줘 보라, 그러면 진실을 말하게 될 것이다.

> Man is least himself when he talks in his own person. Give him a mask, and he will tell you the truth.

자연스러운 것만큼 유지하기 힘든 자세도 없다.

> To be natural is such a very difficult pose to keep up.

아무것도 하지 않는 것이 세상에서 가장 어려운 일이다. 그것은 가장 어렵고도 가장 지적인 일이다.

To do nothing at all is the most difficult thing
in the world, the most difficult, and the most
intellectual.

질문을 하는 것은 언제나 가치 있는 일이다. 대답을 하는 것은
항상 가치 있는 일이 아닐지라도.

It is always worth while asking a question,
though it is not always worth while answering
one.

현대의 삶에서 탁월하게 진부한 말보다 효과적인 것은 없다.
그런 말은 온 세상 사람들을 가깝게 만들어 준다.

In modern life nothing produces such an effect
as a good platitude. It makes the whole world
kin.

대부분의 사람들이 파산하는 것은 인생이라는 산문에 지나치
게 많이 투자했기 때문이다. 시(詩)로 인해 파산하는 것은 명
예로운 일이다.

Most people become bankrupt through having

invested too heavily in the prose of life. To
have ruined oneself over poetry is an honour.

다른 사람들의 비극에는 언제나 무한히 비열한 무언가가 있다.

There is always something infinitely mean
about other people's tragedies.

창조하는 것보다 파괴하는 게 언제나 더 어려운 법이다. 그리
고 파괴해야 하는 대상이 천박함과 어리석음일 때는 파괴의
과업에 용기뿐만 아니라 무시 또한 요구된다.

It is always more difficult to destroy than to
create, and when what one has to destroy is
vulgarity and stupidity, the task of destruction
needs not merely courage but also contempt.

삶의 첫 번째 의무는 되도록 인위적인 무엇이 되는 것이다. 두
번째 의무는 아직 아무도 생각해 내지 못했다.

The first duty in life is to be as artificial as
possible. What the second duty is no one has
yet discovered.

진지함은 나이를 먹으면 따분해진다.

Dullness is the coming-of-age of seriousness.

실상 우리는 언제나 우리 자신을 오해하며, 다른 사람을 이해하는 일은 아주 드물다. 경험에는 윤리적 가치가 전혀 없다. 경험은 사람들이 자신이 저지른 실수에 붙이는 이름일 뿐이다. 도덕주의자들은 하나같이 경험을 일종의 경고의 방식으로 간주했고, 경험이 성격 형성에 어떤 윤리적 효과를 지닌다고 주장했으며, 경험이 우리가 따라야 할 것을 가르쳐 주고 우리가 피해야 할 것을 보여 주는 것이라며 칭송했다. 하지만 경험에는 우리를 움직이는 힘이 없다. 양심이 그럴 수 없는 것처럼 경험도 행동의 적극적 요인이 될 수 없다.

As it is, we always misunderstand ourselves, and rarely understand others. Experience is of no ethical value. It is merely the name men give to their mistakes. Moralists have, as a rule, regarded it as a mode of warning, have claimed for it a certain ethical efficacy in the formation of character, have praised it as something that teaches us what to follow and shows us what to avoid. But there is no motive power in experience. It is as little of an active cause as conscience itself.

선하다는 것은 자기 자신과 조화를 이룬다는 것이다. 불화는
다른 사람들과 조화를 이루도록 강요받는 것을 의미한다.

To be good is to be in harmony with oneself.
Discord is to be forced to be in harmony with
others.

전적으로 자유로우면서도 동시에 전적으로 어떤 법칙의 지배
를 받는 것, 그것이 우리가 매 순간 깨닫게 되는 인간적인 삶
의 영원한 모순이다.

To be entirely free, and at the same time
entirely dominated by law, is the eternal
paradox of human life that we realize at every
moment.

인간이 아주 어리석은 짓을 저지를 때에는 언제나 가장 고귀
한 동기에서 출발한다.

Whenever a man does a thoroughly stupid
thing, it is always from the noblest motives.

어느 누구도 자신의 책임을 다른 사람에게 떠넘겨서는 안 된

다. 그 책임은 결국 당사자에게로 돌아가게 되어 있다.

Nobody can shift their responsibilities on anyone else. They always return ultimately to the proper owner.

지적인 일반화는 언제나 흥미롭지만, 도덕의 일반화는 아무런 의미가 없다.

Intellectual generalities are always interesting, but generalities in morals mean absolutely nothing.

바른 결심에는 일종의 숙명 같은 게 따라다닌다. 언제나 너무 늦는다는 게 그것이다. 바른 결심은 과학적 법칙에 개입하려는 무용한 시도일 뿐이다. 바른 결심의 기원은 순전한 허영심이다. 그것의 결과는 절대적인 무(無)다. 바른 결심은 때때로, 나약한 사람들에게 어떤 매력을 느끼게 하는 호사스러운 불모의 감정을 우리에게 전해 준다. 바른 결심에 대해 우리가 할 수 있는 말은 이게 전부다. 바른 결심은 계좌도 없는 은행에서 끌어다 쓰는 수표 같은 것이라고 할 수 있다.

There is a fatality about good resolutions. They are always made too late. Good resolutions are useless attempts to interfere with scientific laws. Their origin is pure vanity. Their result is absolutely nil. They give us, now and then, some of those luxurious sterile emotions that have a certain charm for the weak. That is all that can be said for them. They are simply cheques that men draw on a bank where they have no account.

이길 수 있는 패를 손에 쥐었을 때는 언제나 공정하게 게임을 해야 하는 법이다.

One should always play fairly, when one has the winning cards.

"자네는 정말 놀라운 친구야. 자넨 도덕적인 말은 절대로 하지 않고, 잘못된 행동이라곤 단 한 번도 한 적이 없지. 자네의 냉소주의는 단지 포즈일 뿐이야."
"자연스럽다는 것이야말로 하나의 포즈일 뿐이고, 내가 알기로는 가장 짜증스러운 포즈야."

"You are an extraordinary fellow. You never say a moral thing, and you never do a wrong thing. Your cynicism is simply a pose."

"Being natural is simply a pose, and the most irritating pose I know."

절제는 치명적인 것이다. 충분한 건 한 끼의 식사만큼이나 나쁜 것이다. 과도한 것은 향연만큼이나 좋은 것이다.

Moderation is a fatal thing. Enough is as bad as a meal. More than enough is as good as a feast.

헨리 경: 무언가를 안다는 것은 치명적일 수 있어요. 우리를 매혹하는 것은 불확실성이지요. 안개가 끼었을 때 사물이 더 아름다워 보이는 것처럼 말입니다.
먼머스 공작부인: 하지만 그러다 길을 잃을 수도 있어요.
헨리 경: 모든 길은 한 곳으로 향하지요.
먼머스 공작부인: 어디로 말인가요?
헨리 경: 환멸 말입니다.

LORD HENRY: Knowledge would be fatal. It is the uncertainty that charms one. A mist makes things wonderful.
DUCHESSE OF MONMOUTH: One may lose one's way.
LORD HENRY: All ways end at the same point.
DUCHESSE OF MONMOUTH: What is that?

LORD HENRY: Disillusion.

인생의 진정한 비극은 대체로 대단히 비예술적인 방식으로
일어나고, 그것들은 그 조악한 폭력성, 완전한 모순, 의미의
터무니없는 부재, 스타일의 전적인 결여로 우리에게 상처를
입힌다. 천박함이 우리에게 영향을 끼치는 것처럼, 비극은 우
리에게 어떤 영향을 미친다. 비극은 순전히 야만적인 어떤 힘
처럼 우리에게 다가오고, 우리는 그것에 저항한다. 하지만 때
로 우리 삶에는 아름다움이라는 예술적 요소를 지닌 비극이
일어나기도 한다. 만약 이 아름다움의 요소가 실제적인 것이
라면, 그 비극은 극적 효과에 대한 우리의 감각에 호소하게 된
다. 느닷없이 우리는 우리가 더 이상 연극의 배우가 아니라 관
객이라는 점을 알게 된다. 아니, 그보다 우리는 배우이자 관객
이라는 사실을 깨닫게 되는 것이다.

The real tragedies of life occur in such an
inartistic manner that they hurt us by their
crude violence, their absolute incoherence,
their absurd want of meaning, their entire lack
of style. They affect us just as vulgarity affects
us. They give us an impression of sheer brute
force, and we revolt against that. Sometimes,
however, a tragedy that possesses artistic
elements of beauty crosses our lives. If these
elements of beauty are real, the whole thing

simply appeals to our sense of dramatic effect. Suddenly we find that we are no longer the actors, but the spectators of the play. Or rather we are both.

시대를 움직이는 것은 원칙들이 아니라 다양한 개성들이다.

It is personalities, not principles, that move the age.

인생의 모든 걸 알았다고 말하지 말아요. 남자가 인생의 모든 걸 알았다고 말할 때는, 삶이 그를 끝장냈다는 의미니까.

Don't tell me that you have exhausted Life. When a man says that one knows that Life has exhausted him.

보기 좋은 모자들은 모두 변변찮은 재료로 만들어진다, 좋은 평판들이라는 게 대개 그렇듯이.

All good hats are made out of nothing like all good reputations.

원더미어 부인: 그런데 왜 당신은 삶에 대해 그렇게 경박하게 이야기하는 거죠?

달링턴 경: 삶이란 조금이라도 진지하게 이야기하기에는 너무 중요하거든요.

LADY WINDERMERE: Why do you talk so trivially about life, then?

LORD DARLINGTON: Because I think that life is far too important a thing ever to talk seriously about it.

일링워스 경: '인생의 책'은 정원에 있는 남자와 여자로부터 시작하죠.

알론비 여사: 그리고 '계시'로 끝이 나죠.

LORD ILLINGWORTH: The Book of Life begins with a man and a woman in a garden.

MRS ALLONBY: It ends with Revelations.

우리의 진정한 삶은 종종 우리가 살고 있지 않은 삶이다.

One's real life is so often the life that one does not lead.

삶의 고통에서 벗어나려면 자기 인생의 관객이 되어야 한다.

To become the spectator of one's own life is to escape the suffering of life.

세상은 바보들에 의해 만들어졌고, 현명한 사람들은 그런 세상 속에서 살아가야 한다.

The world has been made by fools that wise men should live in it.

세상에서 잘못 살다가 잘 죽는 것보다 쉬운 일은 없다.

There are few things easier than to live badly and to die well.

우리는 때때로 조금도 사는 것처럼 살지 못하고 수년간을 살기도 한다. 그러다가 한 시간 만에 모든 삶을 살아 내기도 한다.

One can live for years sometimes without living at all, and then all life comes crowding into one single hour.

사람이 주는 모든 인상(印象)은 적을 만들기 마련이다. 모두에게 인기가 있으려면 범용한 사람이 되어야 한다.

Every effect that one produces gives one an enemy. To be popular one must be a mediocrity.

인류가 나아갈 길을 발견할 수 있었던 것은 자신이 어디로 가는지를 결코 알지 못했기 때문이다.

It is because Humanity has never known where it was going that it has been able to find its way.

우리는 너무 많이 읽어서 현명하지 못하고, 너무 많이 생각해서 아름답지 못한 시대에 살고 있다.

We live in an age that reads too much to be wise, and that thinks too much to be beautiful.

우리는 인생의 다채로운 색채를 빨아들여야 한다. 그러나 결코 그 세세한 것들을 기억해서는 안 된다. 세부란 언제나 천박할 수밖에 없기 때문이다.

One should absorb the colour of life, but one should never remember its details. Details are always vulgar.

신은 우리를 벌주고자 할 때 우리의 기도를 들어준다.

When the gods wish to punish us, they answer our prayers.

불행은 견딜 수 있다. 그것은 외부 상황이 야기한 것이며, 우연한 사고 같은 것이니까. 그러나 자신의 잘못으로 인해 겪는 고통, 아! 거기에는 인생의 아픔이 있다!

Misfortunes one can endure—they come from outside, they are accidents. But to suffer for one's own faults—ah!—there is the sting of life!

지나치게 현대적인 것보다 위험한 것은 없다. 느닷없이 구식이 될 수 있기 때문이다.

Nothing is so dangerous as being too modern.

One is apt to grow old-fashioned quite
suddenly.

사람들은 '확신'의 아름다움에 대해 아주 많이 이야기한다.
그들은 '의문'이 지닌 훨씬 미묘한 아름다움에 대해서는 아무
것도 모르는 것 같다. 믿는다는 것은 아주 따분한 일이다. 의
심하는 것은 더할 나위 없이 매혹적이다. 경계 태세를 갖추는
건 살아 있는 것이며, 안도감을 느끼는 건 죽는 것과도 같다.

People talk so much about the beauty of
confidence. They seem to entirely ignore the
much more subtle beauty of doubt. To believe
is very dull. To doubt is intensely engrossing.
To be on the alert is to live, to be lulled into
security is to die.

슬픈 일이지만, 인간은 칭찬조차도 싫증을 낸다.

It is a sad thing, but one wearies even of praise.

모든 과도함은 모든 포기와 마찬가지로 스스로에 대한 벌을
야기한다.

All excess, as well as all renunciation, brings its own punishment.

왕의 집들에 놓인 계단은 얼마나 가파른지!

How steep the stairs within king's houses are.

사물이나 사람을 똑바로 바라봐서는 안 된다. 오직 거울을 통해서만 봐야 한다. 거울은 우리에게 가면만을 보여 주기 때문이다.

One should not look either at things or people. One should look only in mirrors. Because mirrors only show us masks.

사람들은 유혹에 빠지지 않고, 죄짓지 않고, 어리석은 짓을 하지 않으면서 아주 안전하게 살아가고 있다고 생각한다. 그러다 갑자기, 아! 인생은 얼마나 가혹한지! 우리가 삶을 지배하는 게 아니라 삶이 우리를 지배하는 것이다.

How securely one thinks one lives — out of reach of temptation, sin, folly. And then suddenly — Oh! Life is terrible. It rules us, we do not rule it.

다른 사람의 과오를 대신 짊어지기에는 인생은 너무 짧다. 인간은 각자 자신의 삶을 살아가고, 삶을 살기 위해 필요한 대가 역시 각자 지불해야 한다. 진정 가엾은 것은, 단 한 번의 잘못 때문에 너무 자주 대가를 치러야 한다는 것이다. 정말로 우리는 거듭 대가를 치르고 또 치른다. 인간과 거래하는 동안 운명의 여신은 결코 장부를 덮는 법이 없다.

One's days are too brief to take the burden of another's errors on one's shoulders. Each man lives his own life, and pays his own price for living it. The only pity is one has to pay so often for a single fault. One has to pay over and over again, indeed. In her dealings with man Destiny never closes her accounts.

감각으로 영혼을 치유하고 영혼으로 감각을 치유하는 것, 그것이 삶의 위대한 비밀 중 하나다.

To cure the soul by means of the senses, and the senses by means of the soul — that is one of the great secrets of life.

징조라는 것에 대해 말하자면, 그런 건 이 세상에 없다. 운명의 여신은 우리에게 전령을 보내지 않는다. 그러기에는 운명의 여신은 지나치게 현명하거나 지나치게 잔인하다.

As for omens, there is no such thing as an omen. Destiny does not send us heralds. She is too wise or too cruel for that.

삶은 그 형식이 너무나도 형편없다. 삶의 재앙들은 잘못된 방식으로 엉뚱한 사람들에게 닥치곤 한다. 삶의 코미디에는 기괴한 공포가 깃들어 있고, 삶의 비극은 웃음거리로 끝나는 것처럼 보인다.

Life is terribly deficient in form. Its catastrophes happen in the wrong way and to the wrong people. There is a grotesque horror about its comedies, and its tragedies seem to culminate in farce.

난 항상 나 자신을 깜짝 놀라게 한다. 그러는 것만이 인생을 살 만하게 해 준다.

I am always astonishing myself. It is the only thing that makes life worth living.

세상 사람들은 단순하게 두 부류로 나뉜다. 대중들처럼 믿을 수 없는 것을 믿는 사람들과 있을 법하지 않은 것을 행하는 사람들로.

The world is simply divided into two classes — those who believe the incredible, like the public — and those who do the improbable.

세상 사람들은 언제나 자신에게 닥치는 비극을 일소(一笑)에 부쳐 왔다. 그것만이 비극을 견딜 수 있는 유일한 방법이기 때문이다. 그러다 보면 세상이 심각하게 취급해 왔던 것도 인생의 희극적인 면에 속하게 된다.

The world has always laughed at its own tragedies, that being the only way in which it has been able to bear them. Consequently, whatever the world has treated seriously belongs to the comedy side of things.

삶을 지배하는 것은 우리의 의지나 의도가 아니야. 삶은 신경, 섬유질, 그리고 천천히 만들어지는 세포 같은 것들로 이루어지는 거야. 그런 것들 속에 생각이 모습을 숨기고 있고, 열정이 꿈을 간직하고 있는 거라고. 자네는 자신이 안전하다고 생각하고, 스스로를 강하다고 믿을지도 몰라. 하지만 어떤 방이나 아침 하늘에서 우연히 발견한 어떤 색조, 자네가 한때 사랑했고 그 향기가 은밀한 기억들을 떠올리는 향수, 잊고 있다가 다시 마주친 시의 한 구절, 이제 더 이상 연주하지 않는 어떤 음악의 한 소절. 우리의 삶은 바로 이런 것들에 의해 좌지우지되는 거야. 우리의 감각이 우리를 위해 그런 것들을 상상하는 거라고. 살다 보면 하얀 라일락꽃의 향기가 문득 코끝을 스치는 순간이 있지. 그럴 때마다 난 내 인생에서 가장 기이했던 한 시절을 다시 살게 되는 거라는 말이지.

Life is not governed by will or intention. Life is a question of nerves, and fibres, and slowly built-up cells in which thought hides itself and passion has its dreams. You may fancy yourself safe, and think yourself strong. But a chance tone of colour in a room or a morning sky, a particular perfume that you had once loved and that brings subtle memories with it, a line from a forgotten poem that you had come across again, a cadence from a piece of music that you had ceased to play. It is on things like these that our lives depend. Our own senses will imagine them for us. There are moments when the odour of lilas blanc passes suddenly across me, and I have to live the strangest month of my life over again.

우리 각자는 저마다의 악마다. 그런 우리가 이 세상을 지옥으로 만드는 것이다.

> We are each our own devil, and we make this world our hell.

과거는 중요하지 않다. 현재도 중요하지 않다. 우리가 다루어야 할 것은 미래다. 과거는 '인간이 되지 말았어야 할 모습'이며, 현재는 '인간이 되지 말아야 할 모습'이기 때문이다. 미래는 '예술가의 모습'이다.

> The past is of no importance. The present is of no importance. It is with the future that we have to deal. For the past is what man should not have been. The present is what man ought not to be. The future is what artists are.

요즘에는 죽음을 제외하곤 무엇이든 이겨 낼 수 있다. 그리고 좋은 평판만 빼고는 무엇이든 씻어 낼 수 있다.

> One can survive everything nowadays, except death, and live down anything except a good reputation.

희망할 수 없는 것은 없다. 인생은 희망이기 때문이다.

Nothing should be out of the reach of hope.
Life is a hope.

인간이 진정으로 추구해 온 것은 사실 고통도 쾌락도 아닌 삶
자체다.

What man has sought for is, indeed, neither
pain nor pleasure, but simply Life.

천만에! 당신은 지금까지 살아오는 동안 동기라는 걸 가져 본
적이 없었어. 기껏해야 어떤 것에 대한 욕구를 느꼈을 뿐이지.
동기는 지적인 목표를 말하는 거야.

Ah! you had no motives in life. You had
appetites merely. A motive is an intellectual
aim.

그에게는 삶에 관한 어떤 이론도 삶 자체에 비해 조금도 중요
하지 않은 듯 보였다.

No theory of life seemed to him to be of any

importance compared with life itself.

우리는 삶의 하찮은 모든 것들을 진지하게 다루어야 하며, 삶의 진지한 모든 것들을 진실하고 세심하게 계획된 것처럼 하찮게 다루어야 한다.

We should treat all the trivial things of life seriously, and all the serious things of life with sincere and studied triviality.

공적인 삶과 사적인 삶은 서로 다른 것이다. 서로 다른 법칙에 따라 각기 다른 선상에서 움직인다.

Public and private life are different things. They have different laws, and move on different lines.

요즘 사람들은 인생을 투기로 생각하는 것 같다. 인생은 투기가 아니다. 인생은 신성한 의식이다. 인생의 이상은 사랑이고, 인생을 정화하는 것은 희생이다.

Nowadays people seem to look on life as a speculation. It is not a speculation. It is a

sacrament. Its ideal is Love. Its purification is
sacrifice.

참으로 이상도 하다. 인생의 가장 현실적인 부분들이 언제나
꿈처럼 느껴지다니!

How strange it is, the most real parts of one's
life always seem to be a dream!

스스로를 가리켜 죄인이라고 말하는 것만큼 우리의 허영심을
채워 주는 것은 없다. 양심은 우리 모두를 자기중심주의자로
만든다.

Nothing makes one so vain as being told that
one is a sinner. Conscience makes egotists of us
all.

나는 살인을 언제나 실수라고 생각한다. 저녁 식사가 끝난 후
에 같이 이야기할 수 있는 것이 아니라면 그 어떤 것도 하지
말아야 한다.

I should fancy that murder is always a mistake.
One should never do anything that one cannot

talk about after dinner.

삶을 예술적으로 다루면, 두뇌가 심장이 된다.

If a man treats life artistically, his brain is his heart.

삶은 그 자체로 모든 예술 중에서 첫 번째이자 가장 위대한 예술이다. 다른 모든 예술은 삶을 위한 준비 과정에 불과한 듯 보인다.

Life itself is the first, the greatest, of all the arts, and for it all the other arts seem to be but a preparation.

나는 단순한 즐거움들을 좋아한다. 그것들은 복잡한 사람들의 마지막 도피처다.

I adore simple pleasures, they are the last refuge of the complex.

모든 재판은 누군가의 삶에 대한 재판이다. 모든 선고가 사형

선고나 마찬가지이듯이.

All trials are trials for one's life, just as all sentences are sentences of death.

그는 삶을 풀어야 할 문제라기보다 그려야 할 그림처럼 여긴다.

He looks on life rather as a picture to be painted than as a problem to be solved.

삶에는 적어도 다음과 같은 아름다운 미스터리가 존재한다. 삶은 스스로 더없이 완벽하다고 느끼는 순간에, 비어 있어서 채워지기를 기다리는 그것의 성소 안에 어떤 은밀하고 신성한 틈새가 있음을 알게 된다. 그러면 아주 강렬한 기대의 시간이 우리를 찾아온다.

There is at least this beautiful mystery in life, that at the moment it feels most complete it finds some secret sacred niche in its shrine empty and waiting. Then comes a time of exquisite expectancy.

삶의 커다란 사건들은 종종 우리에게 아무런 감흥도 주지 못한다. 그 일들은 우리의 의식을 벗어나고, 그것들을 돌이켜 생각할 때면 비현실적으로 느껴진다. 열정의 진홍빛 꽃들조차도 망각의 양귀비들과 똑같은 들판에서 자라는 것처럼 보인다. 우린 그 일들의 기억이 주는 부담에 힘겨워하면서 점차 그것들을 잊어 간다. 그러나 아주 사소한 것들, 무의미해 보이는 순간의 기억들은 우리 곁에 머문다. 우리의 뇌는 아주 작은 몇몇 상아색 세포 속에 더없이 세밀하고 찰나적인 느낌들을 간직하고 있다.

The great events of life often leave one unmoved; they pass out of consciousness, and, when one thinks of them, become unreal. Even the scarlet flowers of passion seem to grow in the same meadow as the poppies of oblivion. We regret the burden of their memory, and have anodynes against them. But the little things, the things of no moment, remain with us. In some tiny ivory cell the brain stores the most delicate, and the most fleeting impressions.

사실 우리 삶에서 사소한 일이나 큰일 같은 건 없다. 모든 게 다 똑같은 가치와 똑같은 크기로 이루어져 있다.

In life there is really no small or great thing. All

things are of equal value and of equal size.

오, 이 얼마나 씁쓸한 깨달음인가! 인생의 교훈 같은 게 아무 소용이 없을 때에야 비로소 그것을 깨닫게 되다니, 이렇게 딱한 일이 또 있을까!

Oh, what a lesson! And what a pity that in life we only get our lessons when they are of no use to us!

인간이 무언가를 위해 죽는다고 해서 그것이 반드시 진실인 것은 아니다.

A thing is not necessarily true because a man dies for it.

죽음은 모두의 공통적 유산이다. 그리고 갑작스레 찾아오는 죽음이 최고의 죽음이다.

Death is the common heritage of all. And death comes best when it comes suddenly.

축제를 떠나듯 삶을 떠나는 것은 철학이자 로맨스다.

To leave life as one leaves a feast is not merely philosophy but romance.

난 내가 완벽하지 않기를 바란다. 완벽한 사람은 발전할 여지가 없기 때문이다. 나는 다방면으로 발전하고 싶다.

I hope I am not perfect. It would leave no room for developments, and I intend to develop in many directions.

젊음을 되찾고 싶다면, 젊었을 때의 바보짓들을 다시 저지르기만 하면 된다. 그것이 삶의 위대한 비밀 중 하나다. 요즘은 많은 사람들이 비굴한 상식 때문에 죽어 간다. 그들은 결코 후회하지 않을 유일한 것은 자신의 실수뿐이라는 걸 너무 늦게 깨닫는다.

To get back one's youth, one has merely to repeat one's follies. That is one of the great secrets of life. Nowadays most people die of a sort of creeping common sense, and discover when it is too late that the only things one never regrets are one's mistakes.

인간의 삶, 이것이야말로 그에게 연구할 가치가 있는 유일한 것으로 생각되었다. 인간의 삶과 비교해 볼 때 그만한 가치가 있는 것은 아무것도 없었다. 고통과 쾌락이 뒤섞이는 기묘한 도가니와 같은 삶을 관찰할 때 얼굴에 유리 가면을 쓸 수는 없었다. 또한 도가니가 내뿜는 유황 가스가 두뇌를 어지럽히고 괴이한 환상과 기형적인 꿈으로 상상력을 흐리게 하는 것도 막을 수 없었다. 중독돼 봐야만 그 특성을 알 수 있는 미묘한 독들이 있었다. 그 본질을 이해하려면 직접 그 병에 걸려 봐야만 하는 기이한 질병들이 있었다. 하지만 그런 과정을 거친 후에 받는 보상은 얼마나 컸던가! 그로 인해 온 세상이 그에게 얼마나 멋진 곳이 되었는가!

Human life — that appeared to him the one thing worth investigating. Compared to it there was nothing else of any value. It was true that as one watched life in its curious crucible of pain and pleasure, one could not wear over one's face a mask of glass, nor keep the sulphurous fumes from troubling the brain and making the imagination turbid with monstrous fancies and misshapen dreams. There were poisons so subtle that to know their properties one had to sicken of them. There were maladies so strange that one had to pass through them if one sought to understand their nature. And, yet, what a great reward one

received! How wonderful the whole world
became to one!

합리적인 것만을 말하고자 하는 사람은 아침을 먹으러 내려
가기 전에 스스로에게 그것을 말해 봐야 한다. 아침 식사 후에
는 절대 그러면 안 된다.

People who want to say merely what is
sensible should say it to themselves before they
come down to breakfast in the morning, never
after.

맛있는 저녁을 먹은 후에는 누구라도 용서할 수 있다, 자신의
친척까지도.

After a good dinner one can forgive anybody,
even one's own relations.

병이란 어떤 종류든 간에 다른 사람에게 권할 만한 게 못 된
다. 건강은 삶의 첫 번째 의무다.

Illness of any kind is hardly a thing to be
encouraged in others. Health is the primary

duty of life.

빼어난 용모나 탁월한 지성엔 어떤 숙명이 깃들어 있지. 역사를 통틀어 비틀거리는 왕들의 뒤를 그림자처럼 바짝 따라다녔던 숙명 같은 게 말이야. 주변 사람들보다 돋보여서 좋은 게 없어. 본래 못생기고 어리석은 사람들이 세상에서 팔자가 제일 좋은 법이지. 그런 사람들은 편안하게 앉아 하품을 해 가면서 연극을 구경할 수 있거든. 승리가 무엇인지 모른다면, 최소한 패배의 쓰라림은 겪지 않아도 되는 거지. 그들은 우리 모두가 그렇게 살아야 마땅한 삶, 평안하고 무사태평하며 동요 없는 삶을 살아가지. 그들은 다른 이들에게 파멸을 가져다주지도 않으며, 낯선 사람들에게 파멸당할 일도 없어. 해리, 자네에겐 지위와 재산이 있고, 나에겐 그럭저럭 쓸모 있는 두뇌와 나름대로 가치를 지닌 예술이 있지. 그리고 도리언 그레이는 아름다운 외모를 타고났지. 우리 모두 신들이 우리에게 준 것으로 인해 고통을 겪게 될 거야, 아주 혹독하게 말이야.

There is a fatality about all physical and intellectual distinction, the sort of fatality that seems to dog through history the faltering steps of kings. It is better not to be different from one's fellows. The ugly and the stupid have the best of it in this world. They can sit at their ease and gape at the play. If they nothing of victory, they are at least spared the knowledge of defeat. They live as we all should live, undisturbed, indifferent, and without disquiet. They neither bring ruin upon others, nor ever receive it from alien hands. Your rank and wealth, Harry; my brains, such as they are — my art, whatever it may be worth; Dorian Gray's good looks — we shall all suffer for what the gods have given us, suffer terribly.

나는 누군가를 아주 좋아하면 누구에게도 그의 이름을 말하지 않는다. 이름을 말하는 것은 그 사람의 일부를 다른 누군가에게 내주는 것과 마찬가지이기 때문이다. 나는 점점 더 비밀을 좋아하게 되었다. 비밀만이 현대의 삶을 신비롭거나 경이로운 것으로 만들 수 있는 것 같다. 아무리 흔해 빠진 것일지라도 그것을 감추는 것만으로도 즐거움을 느끼게 한다. 지금 내가 마을을 떠나야 한다면, 난 어느 누구에게도 내가 가는 곳을 결코 말하지 않을 것이다. 말한다면 내가 누릴 모든 즐거움을 잃게 될 테니까. 우스꽝스러운 습관이라고 할 수도 있을 것이다. 하지만 왠지 비밀은 우리의 삶을 굉장한 로맨스처럼 느끼게 해 준다.

When I like people immensely I never tell their names to any one. It is like surrendering a part of them. I have grown to love secrecy. It seems to be the one thing that can make modern life mysterious or marvellous to us. The commonest thing is delightful if one only hides it. When I leave town now I never tell my people where I am going. If I did, I would lose all my pleasure. It is a silly habit, I dare say, but somehow it seems to bring a great deal of romance into one's life.

과거는 언제라도 모두 지워 버릴 수 있다. 회한, 부인 또는 망각이 그것을 가능하게 한다. 그러나 미래는 피할 수 없다.

The past can always be annihilated. Regret, denial, or forgetfulness can do that. But the future is inevitable.

무언가에 대해 정의를 내리는 것은 한계를 짓는 것이다.

To define is to limit.

의무란 다른 사람에게 기대하는 것이지 스스로 이행하는 것이 아니다.

Duty is what one expects from others, it is not

what one does oneself.

도덕이란 단지 우리가 개인적으로 싫어하는 사람들에게 취하는 태도에 불과하다.

Morality is simply the attitude we adopt towards people whom we personally dislike.

인생은 더없이 아름다운 순간들로 이루어진 고통스러운 한때일 뿐이다.

Life is simply a *mauvais quart d'heure* made up of exquisite moments.

자신의 적들을 선택할 때는 매우 신중해야 한다. 친구는 별로 중요하지 않다. 하지만 적들을 선택하는 일은 매우 중요하다.

Be careful to choose your enemies well. Friends don't much matter. But the choice of enemies is very important.

비밀은 언제나 그 구체적인 발현들보다 훨씬 작은 법이다. 원자의 위치를 옮기는 것만으로도 온 세상이 흔들릴 수 있다.

Secrets are always smaller than their manifestations. By the displacement of an atom a world may be shaken.

이상은 위험한 것이다. 현실이 더 낫다. 현실은 상처를 입히지만 이상보다 낫다.

Ideals are dangerous things. Realities are better. They wound, but they are better.

세상 사람들이 불가능하다고 말하는 것 외에 할 만한 가치가 있는 것은 아무것도 없다.

Nothing is worth doing except what the world says is impossible.

모든 것은 스스로의 마음에서 우러나와야 한다. 누군가에게 그가 느끼지 않고 이해하지 못하는 것을 말해 줄 필요는 없다.

Everything must come to one out of one's own nature. There is no use in telling a person a thing that they don't feel and can't understand.

우리의 삶은 바꿀 수 있는 게 아니다. 우리는 다만 타고난 성격의 테두리 안에서 끊임없이 방황할 뿐이다.

There is no such thing as changing one's life: one merely wanders round and round within the circle of one's own personality.

오래가는 것은 피상적인 자질들뿐이다. 인간의 더 깊은 본성은 금세 드러나기 마련이다.

It is only the superficial qualities that last. Man's deeper nature is soon found out.

누군가가 자국민들의 기억에 남기 위해 근사한 묘비를 세울 필요가 있다면, 그는 사치로 점철된 삶을 살았음이 분명하다. 소박한 묘비가 세워진 키츠의 무덤은 초록색 풀로 뒤덮인 야트막한 언덕처럼 보이지만, 그곳이 내게는 로마에서 가장 신성한 장소다.

If a man needs an elaborate tombstone in order to remain in the memory of his country, it is clear his living at all was an act of absolute superfluity. Keats's grave is a hillock of green grass with a plain headstone, and is to me the holiest place in Rome.

프랭크 해리스는 아무런 감정이 없다. 그것이 그의 성공의 비결이다. 다른 사람들도 자신과 마찬가지로 아무런 감정이 없을 거라고 생각하는 사실이, 인생의 경로 어딘가에서 그를 기다리고 있을 실패의 비밀인 것처럼.

Frank Harris has no feelings. It is the secret of his success. Just as the fact that he thinks that other people have none either is the secret of the failure that lies in wait for him somewhere on the way of Life.

알론비 여사: 오늘 밤엔 달이 아름답네요.
일링워스 경: 나가서 봅시다. 요즘은 변덕스러운 무언가를 보는 게 매력적으로 여겨지죠.

MRS ALLONBY: There is a beautiful moon tonight.
LORD ILLINGWORTH: Let us go and look at it. To look at anything that is inconstant is

charming nowadays.

하나의 선행이 언제나 또 다른 선행을 낳는 것은 정말 놀라운 일이다.

It is quite remarkable how one good action always breeds another.

언제나 당신의 적들을 용서하라. 그것만큼 그들을 괴롭히는 것은 없다.

Always forgive your enemies; nothing annoys them so much.

당신 자신이 되어라. 다른 사람의 자리는 이미 차 있다.

Be yourself; everyone else is already taken.

경험은 거저 얻을 수 있는 게 아니다.

Experience is one thing you can't get for nothing.

첫 잔을 마시면, 당신은 자신이 바라는 대로 현실을 바라보게 된다. 두 번째 잔을 마시면, 당신은 현실을 다르게 보게 된다. 그리고 마침내 당신은 현실을 있는 그대로 보게 되는데, 그것이 세상에서 가장 끔찍한 일이다.

> After the first glass, you see things as you wish they were. After the second, you see things as they are not. Finally, you see things as they really are, and that is the most horrible thing in the world.

섹스를 제외한 세상의 모든 것은 섹스에 관한 것이다. 섹스는 힘에 관한 것이다.

> Everything in the world is about sex except sex. Sex is about power.

가끔은 좋은 일을 하기 위해 나쁜 일을 해야 할 때가 있다.

> Sometimes you have to do something bad to do something good.

당신이 원하는 모든 것을 갖지 못한다면, 당신이 원하지 않으면서 갖지 못한 것들을 떠올려 보라.

If you don't get everything you want, think of the things you don't get that you don't want.

똑똑해 보이는 것은 무언가를 이해하는 것만큼이나 효율적이면서 그보다 훨씬 더 쉽다.

To look wise is quite as good as understanding a thing, and very much easier.

삶은 우리를 잠들지 못하게 하는 악몽이다.

Life is a nightmare that prevents one from sleeping.

지혜는 겨울과 함께 찾아온다.

Wisdom comes with winters.

도덕은 예술처럼 어딘가에 선을 긋는 것을 의미한다.

Morality, like art, means drawing a line
someplace.

아주 사소해 보이는 친절한 행위가 더없이 거창한 의도보다
훨씬 가치가 있다.

The smallest act of kindness is worth more than
the grandest intention.

삶의 비밀은 어처구니없이, 지독하게 기만당하는 즐거움을
즐길 줄 아는 데 있다.

The secret to life is to enjoy the pleasure of
being terribly, terribly deceived.

무언가가 더욱더 소중한 건 그것이 오래가지 않기 때문이다.

Some things are more precious because they
don't last long.

세상에서 가장 기분 좋은 일은, 남몰래 선행을 한 다음 누군가
로 하여금 그것을 알아내게 하는 것이다.

The nicest feeling in the world is to do a good deed anonymously — and have somebody find out.

그들은 꿈은 이루어질 수 있다고 장담하면서, 악몽도 꿈이라는 사실을 깜빡 잊고 언급하지 않았다.

They've promised that dreams can come true — but forgot to mention that nightmares are dreams, too.

염세주의자는 기회가 노크를 할 때 시끄럽다고 불평하는 사람이다.

A pessimist is somebody who complains about the noise when opportunity knocks.

낙천주의자가 도넛을 볼 때 염세주의자는 구멍을 본다.

The optimist sees the donut, the pessimist sees the hole.

돈은 언제나 염세주의자에게서 빌려라. 그는 돈을 돌려받으리라고 기대하지 않을 것이기 때문이다.

Always borrow money from a pessimist. He won't expect it back.

원칙들에 기대다 보면 언젠가는 그것들이 무너져 버리고 말 것이다.

Lean on principles, one day they'll end up giving way.

재미있는 일은 으레 옳지 않은 법이다. 세상 이치가 그렇다.

Nothing interesting ever is right. *On a fait le monde ainsi.*

기억은 우리 모두가 지니고 다니는 일기장이다.

Memory is the diary we all carry about with us.

우리가 보는 모든 것에서 어떤 상징들을 찾아내는 건 현명한 일이 아니다. 그러다 보면 삶이 두려움으로 가득해질 것이기 때문이다.

It is not wise to find symbols in everything that one sees. It makes life too full of terrors.

무언가를 훔치는 일의 단점은 자신이 훔치는 것이 얼마나 근사한 것인지를 결코 알 수 없다는 사실이다.

The drawback of stealing a thing, is that one never knows how wonderful the thing that one steals is.

선택받은 이들이 존재하는 것은 아무것도 하지 않기 위해서다. 행동은 제약받기 마련이고 상대적일 수밖에 없다. 그러나 편하게 앉아서 지켜보는 사람, 홀로 거니는 몽상가의 시야는 무한하고 절대적이다.

It is to do nothing that the elect exist. Action is limited and relative. Unlimited and absolute is the vision of him who sits at ease and watches, who walks in loneliness and dreams.

나는 과격한 힘이라면 참을 수 있다. 그러나 과격한 이성은 매우 불합리한 것이다. 과격한 이성의 사용에는 부당한 무언가가 있다. 그것은 지성보다 아래에 있는 것을 가격하는 것과도 같다.

I can stand brute force, but brute reason is quite unreasonable. There is something unfair about its use. It is hitting below the intellect.

영원한 미소는 영구한 찡그림보다 훨씬 지루하다. 전자는 모든 가능성을 일소해 버리고, 후자는 수많은 가능성을 암시한다.

An eternal smile is much more wearisome than a perpetual frown. The one sweeps away all possibilities, the other suggests a thousand.

망각을 사랑하는 법을 알게 됐을 때에야 비로소 삶의 기술을 터득했다고 할 수 있다.

It is only when we have learned to love forgetfulness, that we have learned the art of living.

세상은 인간의 행위를 세 종류로 나눈다. 먼저, 당신이 할 수 있는 선행과 악행이 있다. 그리고 당신이 할 수 없는 악행이 있다. 당신이 선행만 이어 간다면, 당신은 선한 사람들에게 존중받을 것이다. 당신이 악행만 계속한다면, 악한 사람들이 당신을 떠받들 것이다. 그러나 당신이 어느 누구도 해낼 수 없을 악행을 저지른다면, 선한 사람과 악한 사람 모두가 당신을 공격할 테고, 당신은 철저히 고립되고 말 것이다.

The world divides actions into three classes: good actions, bad actions that you may do, and bad actions that you may not do. If you stick to the good actions you are respected by the good. If you stick to the bad actions that you may do you are respected by the bad. But if you perform the bad actions that no one may do, then the good and the bad set upon you, and you are lost indeed.

유년기는 들어서는 안 되는 것을 듣는 순간들이 모인, 순수한 엿듣기로 이루어진 하나의 긴 과정이다.

Childhood is one long career of innocent eavesdropping, of hearing what one ought not to hear.

성년기는 말해서는 안 되는 것을 말하는 순간들로 이루어진 하나의 긴 과정이다.

Maturity is one long career of saying what one ought not to say.

상황이라는 것은 삶이 우리에게 가하는 채찍질과 같다. 우리 중 누군가는 상아색 맨 등으로 채찍을 받아들여야 하고, 또 다른 누군가는 맨살 위에 코트를 입고 있는 것이 허용된다. 그것이 유일한 차이다.

Circumstances are the lashes laid on to us by life. Some of us have to receive them with bared ivory backs, and others are permitted to keep on a coat— that is the only difference.

세 개의 주소는 언제나 신뢰를 불러일으킨다, 방문 판매원의 경우라 할지라도.

Three addresses always inspire confidence, even in tradesmen.

세상에서 잊는 것보다 아름다운 것은 없다, 아마도 잊히는 것을 제외하고는.

There is nothing more beautiful than to forget,
except, perhaps, to be forgotten.

많은 사람들이 그러듯이, 우리 마음이 얼굴에 저절로 드러난
다고 믿는 것은 엄청난 착각이다. 때로는 악행이 얼굴에 주름
살을 만들고 윤곽을 변형시킬 수도 있지만 단지 그뿐이다. 우
리 얼굴은 사실 우리 마음을 숨기기 위해 우리에게 주어진 가
면이다.

It is quite a mistake to believe, as many people
do, that the mind shows itself in the face. Vice
may sometimes write itself in lines and changes
of contour, but that is all. Our faces are really
masks given to us to conceal our minds with.

2 사람, 남자와 여자:

남자들은 여자들이
사랑을 위해 무엇을
할 수 있는지 모른다

남자의 얼굴은 그의 자서전이다. 여자의 얼굴은 그녀가 만든 허구의 작품이다.

A man's face is his autobiography. A woman's face is her work of fiction.

못된 여자는 남자를 귀찮게 하고, 착한 여자는 남자를 따분하게 한다. 그게 그들의 유일한 차이점이다.

Wicked women bother one. Good woman bore one. That is the only difference between them.

윈더미어 부인: 진심으로 하는 말인데요, 당신은 대부분의 다른 남자들보다 착해요. 그런데 때로는 당신이 일부러 나쁜 남

자인 척하는 것 같다는 생각이 들어요.

달링턴 경: 우린 누구나 자신만의 허영심을 얼마간 가지고 있지 않을까요, 윈더미어 부인.

LADY WINDERMERE: Believe me, you are better than most other men, and I sometimes think you pretend to be worse.

LORD DARLINGTON: We all have our little vanities, Lady Windermere.

여자들의 강점은 심리학이 여자를 설명할 수 없다는 사실에 기인한다. 남자들은 분석될 수 있지만, 여자들은 단지 사랑받을 수 있을 뿐이다.

The strength of women comes from the fact that psychology cannot explain them. Men can be analyzed, women⋯⋯ merely adored.

설교를 늘어놓는 남자는 위선자이기 십상이다. 설교를 늘어놓는 여자는 십중팔구 못생겼다.

A man who moralizes is usually a hypocrite, and a woman who moralizes is invariably plain.

먼머스 공작부인: 우리 여자들은 누가 말한 것처럼, 귀로 사랑을 하죠. 남자들이 눈으로 사랑을 한다면 말이죠. 남자들이 사랑이라는 걸 하는지 모르겠지만요.

도리언 그레이: 제가 보기에 우리 남자들은 사랑 말고는 아무것도 하지 않는 것 같습니다만.

DUCHESSE OF MONMOUTH: We women, as some one says, love with our ears, just as you men love with your eyes, if you ever love at all.

DORIAN GRAY: It seems to me that we never do anything else.

예전에 우리는 영웅들을 성인 반열에 올려놓곤 했다. 그런데 현대적 방식은 그들을 통속적인 인물이 되게 한다. 위대한 작품들을 싸구려 판으로 만드는 건 유쾌할 수 있지만, 위대한 인물들을 싸구려로 만드는 건 정말 끔찍한 일이다.

Formerly we used to canonize our heroes. The modern method is to vulgarize them. Cheap editions of great books may be delightful, but cheap editions of great men are absolutely detestable.

고집스레 독신으로 남아 있음으로써 남자는 자신을 영원한 공공의 유혹이 되게 한다. 남자들은 좀 더 조심할 필요가 있다. 바로 이 독신주의가 여자들을 미혹시키기 때문이다.

By persistently remaining single, a man converts himself into a permanent public temptation. Men should be more careful; this very celibacy leads weaker vessels astray.

그는 분명 훌륭한 사람일 거예요. 지금까지 살면서 그 사람의 이름을 한 번도 들어 본 적이 없는 걸 보면요. 요즘엔 그런 사실만으로도 그 사람에 대해 많은 걸 알 수 있죠.

He must be quite respectable. One has never heard his name before in the whole course of one's life, which speaks volumes for a man, nowadays.

나는 어머니의 영향을 받았다. 남자들은 누구나 어릴 때엔 다 그렇다.

I was influenced by my mother. Every man is when he is young.

알론비 여사: '이상적인 남편'이요? 그런 건 있을 수 없어요. 제도가 잘못되었어요.

스튜트필드 부인: 그럼 우리와의 관계에서 '이상적인 남자'란 어떤 남자를 말하는 걸까요?

캐롤라인 부인: 아마도 굉장히 현실적인 남자가 아닐까요?

알론비 여사: '이상적인 남자'라. '이상적인 남자'는 우리가 마치 여신인 것처럼 말하면서 우리를 어린아이처럼 다루죠. 우리의 진지한 요구들은 거절하면서 우리의 변덕을 모두 충족시켜 주고요. 또한 우리의 변덕을 부추기면서, 우리가 어떤 사명감을 갖는 것을 금하죠. 이상적인 남자라면 언제나 그가 의도하는 것 이상으로 말해야 하고, 그가 말하는 것보다 더 많은 것을 의도해야 해요.

훈스탄튼 부인: 하지만 어떻게 그 두 가지를 동시에 할 수 있죠?

알론비 여사: 그는 결코 다른 예쁜 여자들을 깎아내리면 안 돼요. 그것은 그가 안목이 없음을 보여 주거나 지나치게 안목이 높다고 의심하게 만들기 때문이죠. 그래요, 그는 모든 여자에게 친절하게 대해야 해요. 하지만 어떤 이유에서든 그 누구에게도 끌리지 않는다고 말해야 해요.

스튜트필드 부인: 맞아요, 다른 여자들에 대한 얘기를 듣는 건 언제나 아주아주 즐거운 일이에요.

알론비 여사: 우리가 그에게 어떤 것에 대해 질문하면, 그는 우리 자신에 대한 대답을 해야만 해요. 그는 우리가 가지고 있지 않다는 걸 그 스스로 알고 있는 자질들에 대해 변함없이 찬사를 늘어놓아야 해요. 우리가 갖추려고 꿈도 꿔 본 적이 없는 덕목들에 대해 우리를 비난할 때는 인정사정없어야 하고요. 그는 결코 우리가 유용한 것의 용도를 안다고 믿어서는 안 돼

요. 하지만 그는 우리가 원하지 않는 모든 것을 우리에게 아낌없이 줘야만 해요.

캐롤라인 부인: 내 생각엔 그는 우리 대신 계산을 하고, 우리에게 찬사를 늘어놓기만 하면 돼요.

(……)

스튜트필드 부인: 고마워요, 고마워요. 너무나 황홀하군요. 모두 다 시도해 보고 기억해 둬야겠어요. 아주아주 중요한 세목들이 정말 많네요.

캐롤라인 부인: 그런데 '이상적인 남자'가 받을 보상이 뭔지 아직 우리에게 얘기해 주지 않았어요.

알론비 여사: 그가 받을 보상이요? 그거야 무한한 기대죠. 그거면 충분해요.

MRS ALLONBY: The Ideal Husband? There couldn't be such a thing. The institution is wrong.

LADY STUTFIELD: The Ideal Man, then, in his relations to us.

LADY CALOLINE: He would probably be extremely realistic.

MRS ALLONBY: The Ideal Man! Oh, the Ideal Man should talk to us as if we were goddesses, and treat us as if we were children. He should refuse all our serious requests, and gratify every one of our whims. He should encourage us to have caprices, and forbid us to have missions.

He should always say much more than he means, and always mean much more than he says.

LADY HUNSTANTON: But how could he do both, dear?

MRS ALLONBY: He should never run down other pretty women. That would show he had no taste, or make one suspect that he had too much. No; he should be nice about them all, but say that somehow they don't attract him.

LADY STUTFIELD: Yes, that is always very, very pleasant to hear about other women.

MRS ALLONBY: If we ask him a question about anything, he should give us an answer all about ourselves. He should invariably praise us for whatever qualities he knows we haven't got. But he should be pitiless, quite pitiless, in reproaching us for the virtues that we have never dreamed of possessing. He should never believe that we know the use of useful thing. That would be unforgivable. But he should shower on us everything we don't want.

LADY CALOLINE: As far as I can see, he is to do nothing but pay bills and compliments.

(……)

LADY STUTFIELD: Thank you, thank you. It

has been quite, quite entrancing. I must try and remember it all. There are such a number of details that are so very, very important.

LADY CAROLINE: But you have not told us yet what the reward of the Ideal Man is to be.

MRS ALLONBY: His reward? Oh, infinite expectation. That is quite enough for him.

당신도 알잖아요, 청교도적인 여자들이 있다는 사실을 내가 믿지 않는다는 것을! 사랑받으면서 조금이라도 우쭐해지지 않을 여자는 세상에 없어요. 바로 그 점이 여자들을 거부할 수 없을 만큼 사랑스럽게 만드는 것이기도 하죠.

Do you know, I don't believe in the existence of Puritan women? I don't think there is a woman in the world who would not be a little flattered if one made love to her. It is that which makes women so irresistibly adorable.

여자들은 어떤 찬사에도 결코 무장을 해제하지 않는다. 남자들은 별것 아닌 칭찬에도 쉽게 무장을 해제한다. 그것이 남녀의 차이다.

Women are never disarmed by compliments.

Men always are. That is the difference between the two sexes.

모든 여자들은 자신의 어머니처럼 된다. 그게 그들의 비극이다. 남자들은 절대 그러는 법이 없다. 그게 그들의 비극이다.

All women become like their mothers. That is their tragedy. No man does. That's his.

멋지고 다정하며 세련된 처녀에게는 결코 진실을 말해서는 안 된다.

The truth isn't quite the sort of thing one tells to a nice, sweet, refined girl.

여자들은 공격으로 자신을 방어하곤 한다, 갑작스럽고 기이한 굴복으로 공격을 하는 것처럼.

Women defend themselves by attacking, just as they attack by sudden and strange surrenders.

덕의 길로 잘못 들어서지 말게. 개심하면 자네는 완벽히 따분해지고 말 거야. 그건 여자들이 최악으로 생각하는 거야. 여자들은 항상 남자들이 착하기를 원해. 그런데 우리가 착하면, 우리를 만나는 여자들은 절대 우릴 사랑하지 않아. 여자들은 돌이킬 수 없을 정도로 우리가 못된 것을 좋아하거든. 그러면서도 매력을 찾아볼 수 없을 정도로 우리를 착한 남자들로 남겨두려 하지.

Don't be led astray into the paths of virtue.
Reformed, you would be perfectly tedious.
That is the worst of women. They always want
one to be good. And if we are good, when they
meet us, they don't love us at all. They like to
find us quite irretrievably bad, and to leave us
quite unattractively good.

여자가 남자를 변화시킬 수 있는 길은 단 하나뿐이다. 남자를 더할 나위 없이 따분하게 만들어서 삶에 대한 모든 흥미를 잃어버리게 해야 한다.

The only way a woman can ever reform a man
is by boring him so completely that he loses all
possible interest in life.

헨리 경: 만약 그가 완벽한 남자였다면, 부인은 남편을 사랑하

지 않았을 겁니다. 여자들은 우리의 결점 때문에 우리를 사랑하지요. 우리가 충분한 결점을 갖고 있다면, 여자들은 우리의 모든 것을 용서할 겁니다. 심지어 우리의 지성까지도 말이죠.

나버러 부인: 그건 사실이에요, 헨리 경. 우리 여자들이 결점 때문에 남자들을 사랑하지 않았다면, 지금쯤 당신들이 모두 어디 있겠어요? 남자들 중에 결혼할 수 있는 사람은 아무도 없을 거예요. 모두 처량한 총각으로 늙어 가겠죠. 그런다고 해서 남자들이 달라질 거라고 생각하진 않지만요. 게다가 요즘엔 모든 유부남들이 총각처럼 살고 있고, 총각들은 모두 유부남처럼 살고 있죠.

LORD HENRY: If he had been perfect, you would not have loved him, my dear lady. Women love us for our defects. If we have enough of them, they will forgive us everything, even our intellects.

LADY NARBOROUGH: Of course it is true, Lord Henry. If we women did not love you for your defects, where would you all be? Not one of you would ever be married. You would be a set of unfortunate bachelors. Not, however, that that would alter you much. Nowadays all the married men live like bachelors, and all the bachelors like married men.

도리언 그레이: 나는 기쁨이 뭔지 알아요. 그건 누군가를 열렬히 사랑하는 거예요.

헨리 경: 사랑을 받는 것보다는 사랑을 하는 게 훨씬 좋아. 사랑을 받는 건 아주 성가신 일이거든. 여자들은 인류가 신을 대하듯 우리를 대해. 여자들은 우리를 숭배하면서 자신들을 위해 뭔가를 해 달라며 언제나 우리를 귀찮게 하지.

도리언 그레이: 하지만 여자들이 요구하는 게 무엇이든, 그건 여자들이 우리에게 먼저 주었던 게 아닐까요. 여자들은 우리의 본성 속에 사랑을 생겨나게 해요. 여자들에겐 그걸 다시 돌려 달라고 할 권리가 있는 거예요.

바질 홀워드: 그거 정말 맞는 말이군, 도리언.

헨리 경: 정말 맞는 말 같은 것은 없네.

도리언 그레이: 이건 사실이에요, 해리. 여자들이 그들 인생의 황금기를 남자들을 위해 바친다는 것을 인정해야 해요.

헨리 경: 그런지도 모르지. 하지만 여자들은 어김없이 그걸 야금야금 다시 받아 내려고 들지 않나. 그게 문제라니까. 언젠가 어떤 재치 있는 프랑스 사람이 말했듯이, 여자들은 남자들에게 걸작을 쓰고 싶다는 욕망이 생기도록 영감을 주지만, 언제나 그 욕망의 실현을 좌절시키고 말지.

DORIAN GRAY: I know what pleasure is. It is to adore someone.

LORD HENRY: That is certainly better than being adored. Being adored is a nuisance. Women treat us just as humanity treats its gods. They worship us, and are always bothering us to do something for them.

DORIAN GRAY: I should have said that whatever they ask for they had first given to us. They create Love in our nature. They have a right to demand it back.

BASIL HALLWARD: That is quite true, Dorian.

LORD HENRY: Nothing is ever quite true.

DORIAN GRAY: This is. You must admit, Harry, that women give to men the very gold of their lives.

LORD HENRY: Possibly, but they invariably want it back in small changes. That is the worry. Women, as some witty Frenchman once put it, inspire us with the desire to do masterpieces, and always prevent us from carrying them out.

왜 당신네 여자들은 우리의 결점까지, 있는 그대로 우리를 사랑할 수 없는 거요? 어째서 우리를 무시무시한 좌대 위에 올려놓는 거요? 우린 남녀 할 것 없이 모두 결점을 가진 존재들이오. 하지만 남자가 여자를 사랑할 때는 그녀의 약점, 어리석음, 불완전함을 알면서도 사랑하며, 어쩌면 그런 것들 때문에 더욱더 그녀를 사랑하는지도 모르오. 사랑을 필요로 하는 사람은 완전한 사람이 아니라 불완전한 사람이기 때문이오. 우리가 스스로의 손에 의해서나 다른 사람의 손에 상처를 입게 되면, 사랑이 우리에게로 와서 우리를 치유해 주어야 하는 것이오. 그렇지 않다면 사랑이 무슨 소용 있겠소? 사랑은 사랑 자체에 대한 죄를 제외하고는 모든 죄를 용서해 주어야만 하는 거요. 진실한 사랑이라면 사랑이 없는 삶을 제외하고는 모든 삶을 용서해야 하는 거요. 남자의 사랑도 그와 같소. 남자의 사랑은 여자의 사랑보다 더 넓고, 더 크고, 더 인간적이오. 여자들은 자신들이 남자들을 이상화하고 있다고 생각하지만, 당신들은 우리를 거짓 우상으로 만들고 있을 뿐이오. 당신은 나를 거짓 우상으로 만들었고, 난 좌대에서 내려와서 당신에게 내 상처를 보여 주고 나의 약점을 고백할 용기가 나지 않았던 것이라는 말이오. 난 당신 사랑을 잃을까 봐 두려웠소, 지금 막 그 사랑을 잃은 것처럼.

Why can't you women love us, faults and all? Why do you place us on monstrous pedestals? We have all feet of clay, women as well as men: but we men love women, we love them knowing their weakness, their follies, their imperfections, love them all the more, it may be, for that reason. It is not the perfect, but the imperfect, who have need of love. It is when we are wounded by our own hands, or by the hands of others, that love should come to cure us — else what use is love at all? All sins, except a sin against itself, Love should forgive. All lives, save loveless lives, true Love should pardon. A man's love is like that. It is wider, larger, more human than a woman's. Women think that they are making ideals of men. What they are making of us are false idols merely. You made your false idol of me, and I had not the courage to come down, show you my wounds, tell you my weaknesses. I was afraid that I might lose your love, as I have lost it now.

여자가 남자를 독차지하려면, 남자가 지닌 최악의 약점을 건드리기만 하면 된다. 우리가 남자들을 신처럼 떠받들면 그들은 우리를 떠나 버린다. 어떤 여자들은 남자들을 거칠게 다룬다. 그러면 그들은 아첨을 떨 뿐만 아니라 다른 여자에게 한눈을 팔지 않는다. 산다는 건 정말 끔찍한 일이다!

If a woman wants to hold a man, she has merely to appeal to what is worst in him. We make gods of men and they leave us. Others make brutes of them and they fawn and are faithful. How hideous life is!

남자와 여자 사이에 우정이란 없다. 열정, 적의, 숭배, 사랑은 있을 수 있지만 우정은 존재하지 않는다.

Between men and women there is no friendship possible. There is passion, enmity, worship, love, but no friendship.

여자들은 놀랄 정도로 실리적이다. 우리 남자들보다 훨씬 더 실리에 밝다. 이런 상황에서 우린 종종 결혼에 관한 것들을 말하는 걸 잊어버리지만, 여자들은 언제나 남자들에게 결혼을 상기시킨다.

Women are wonderfully practical, much more practical than we are. In situations of that kind we often forget to say anything about marriage, and they always remind us.

스튜트필드 부인: 아! 세상은 여자들이 아닌 남자들을 위해 존재하는 거예요.
알론비 여사: 오, 그런 말 마세요, 스튜트필드 부인. 우리가 남자들보다 훨씬 더 많이 즐길 수 있어요. 세상에는 남자들보다 여자들에게 금지된 게 훨씬 더 많거든요.

LADY STUTFIELD: Ah! The world was made for men and not women.

MRS ALLONBY: Oh, don't say that, Lady

Stutfield. We have a much better time than they have. There are far more things forbidden to us than are forbidden to them.

남자들은 자신들보다 수준이 낮은 것을 사랑할 수 있어요. 사랑받을 자격이 없고, 더럽혀지고, 불명예스러운 것이라 할지라도 말이죠. 하지만 우리 여자들은 사랑을 할 때면 그 대상을 숭배하죠. 그러다 숭배하는 마음이 사라지면 우린 모든 것을 잃게 돼요.

Men can love what is beneath them — things unworthy, stained, dishonoured. We women worship when we love; and when we lose our worship, we lose everything.

캐롤라인 부인: 제인, 당신은 모든 사람들이 선하다고 믿는 것 같군요. 하지만 그건 엄청난 착각이에요.
스튜트필드 부인: 캐롤라인 부인, 당신은 정말로, 진심으로, 사람들이 모두 악하다고 믿어야 한다고 생각하나요?
캐롤라인 부인: 그러는 게 훨씬 더 안전할 테니까요, 스튜트필드 부인. 물론, 사람들이 선하다는 게 입증되기 전까지는 말이죠. 하지만 요즘엔 그러려면 상당한 조사가 필요할 거예요.

LADY CAROLINE: You believe good of

everyone, Jane. It is a great fault.

LADY STUTFIELD: Do you really, really think, Lady Caroline, that one should believe evil of everyone?

LADY CAROLINE: I think it is much safer to do so, Lady Stutfield. Until, of course, people are found out to be good. But that requires a great deal of investigation nowadays.

난 수치를 당했어. 그런데 그 남잔 그렇지 않아. 그게 다야. 이건 남녀 간에 흔히 있는 이야기라고. 언제나 대개 이런 식이지. 그 결말은 진부해. 여자는 고통을 당하고, 남자는 자유롭게 떠나 버리지.

I am disgraced: he is not. That is all. It is the usual history of a man and a woman as it usually happens, as it always happens. And the ending is the ordinary endings. The woman suffers. The man goes free.

윈더미어 부인: 남자들은 다 나쁜가요?

버웍 공작부인: 물론이죠, 남자들은 다 나빠요. 전부 다, 예외 없이요. 남자들은 절대 철들지 않거든요. 남자들은 나이만 먹지 절대 착해지는 법이 없답니다.

LADY WINDERMERE: Are all men bad?

DUCHESSE OF BERWICK: Oh, all of them, my dear, all of them without exception. And they never grow any better. Men become old, but they never become good.

여자들은 정말 위험한 일들을 즐기는 것 같아! 내가 여자들에게서 가장 감탄하는 점이 바로 그거야. 여자는 다른 사람들의 시선을 끌 수만 있다면 그 누구에게라도 추파를 던질 거라고.

How fond women are of doing dangerous things! It is one of the qualities in them that I admire most. A woman will flirt with anybody in the world as long as other people are looking on.

일링워스 경: 나는 그때 아주 젊었소. 우리 남자들은 인생을 너무 일찍 알아 버리지.

아버스놋 여사: 우리 여자들은 인생을 너무 늦게 알게 되죠. 그게 남자와 여자의 차이죠.

LORD ILLINGWORTH: I was very young at the time. We men know life too early.

MRS ARBUTHNOT: And we women know life too late. That is the difference between men and women.

여자는 사랑을 해야지 이해해야 할 존재가 아니다.

Women are meant to be loved, not to be understood.

여자는 비밀이 없는 스핑크스다.

Women — Sphinxes without secrets.

여자들은 자신들을 흠모하는 건 용서한다. 그들에게서 기대할 수 있는 것은 그것뿐이다.

Women forgive adoration; that is quite as much as should be expected from them.

알론비 여사: 우리 여자들은 실패자들을 좋아해요. 그런 남자들은 우리한테 기대거든요.
일링워스 경: 여자들은 성공한 사람들을 숭배하죠. 그런 남자

들에게 매달리려 하죠.

알론비 여사: 그렇다면 우린 그들의 대머리를 감춰 주는 월계 관인 셈이군요.

일링워스 경: 그런 남자들은 언제나 당신들을 필요로 하죠, 승리의 순간만을 제외하고는.

MRS ALLONBY: We women adore failures. They lean on us.

LORD ILLINGWORTH: You worship successes. You cling to them.

MRS ALLONBY: We are the laurels to hide their baldness.

LORD ILLINGWORTH: And they need you always, except at the moment of triumph.

로버트 칠턴 경: 그 여자는 과거가 있는 여자 같아 보이더군, 안 그런가?

고링 경: 예쁜 여자들은 대부분 다 그렇지 않나. 그런데 프록코트에 유행이 있는 것처럼 과거에도 유행이 있는 것 같아. 아마도 취블리 여사의 과거는 기껏해야 가슴이 살짝 드러난 옷 정도에 해당하지 않을까. 요즘은 그런 옷이 굉장히 인기 있거든.

SIR ROBERT CHILTERN: She looks like a woman with a past, doesn't she?

LORD GORING: Most pretty women do. But

there is a fashion in pasts just as there is a
fashion in frocks. Perhaps Mrs Cheveley's past
is merely a slight *décolleté* one, and they are
excessively popular nowadays.

자신의 실수마저 매력으로 만들지 못하는 여자는 한낱 암컷
에 불과하다.

If a woman can't make her mistakes charming,
she is only a female.

과거가 갖는 단 하나의 매력은 그것이 과거라는 데 있다. 하지
만 여자들은 언제 커튼이 내려졌는지 결코 알지 못한다. 그들
은 늘 6막을 기다리고, 연극의 흥미가 완전히 사라지자마자
연극을 계속할 것을 제안한다. 여자들이 원하는 대로 된다면
모든 희극은 비극적으로 끝날 것이고, 모든 비극은 희극으로
종결될 것이다.

The one charm of the past is that it is the past.
But women never know when the curtain
has fallen. They always want a sixth act, and
as soon as the interest of the play is entirely
over they propose to continue it. If they were
allowed their own way, every comedy would

have a tragic ending, and every tragedy would culminate in a farce.

여자들은 잔인함을 즐기는 것 같아. 그 무엇보다 노골적인 잔인함을 즐긴단 말이지. 여자들에게는 놀라울 정도로 원시적인 본능이 있어. 우리가 여자들을 해방시켰지만, 여자들은 여전히 자신들의 주인을 찾아 헤매는 노예로 남아 있지. 여자들은 지배받는 것을 좋아하거든.

I am afraid that women appreciate cruelty, downright cruelty, more than anything else. They have wonderfully primitive instincts. We have emancipated them, but they remain slaves looking for their masters all the same. They love being dominated.

여자들은 우리를 판단하기 위해 존재하는 게 아니다. 우리가 용서를 필요로 할 때 우리를 용서하기 위해 존재하는 것이다. 벌이 아닌 용서가 여자들에게 부과된 사명이다.

Women are not meant to judge us, but to forgive us when we need forgiveness. Pardon, not punishment, is their mission.

여자들은 무엇보다 믿을 수 있다. 중요한 것은 전혀 기억하지
않기 때문이다.

Women are the most reliable as they have no
memory for the important.

자신이 사랑하는 여자를 잃은 것보다 훨씬 더 슬픈 것이 딱 한
가지 있는데, 그건 사랑하는 여자를 얻고 나서 그녀가 얼마나
천박한지를 알게 되는 것이다.

There is one thing infinitely more pathetic than
to have lost the woman one is in love with,
and that is to have won her and found out how
shallow she is.

여자에게 예의 바르게 처신하는 유일한 길은 여자가 예쁘면
그녀와 사랑을 하고, 못생겼으면 다른 누군가와 사랑하는 것
이다.

The only way to behave to a woman is to make
love to her, if she is pretty, and to someone
else, if she is plain.

취블리 여사: 남자들은 어떻게 그렇게 서로를 두둔하는지!
고링 경: 여자들은 어떻게 그렇게 서로를 못 잡아먹어서 안달인지!

MRS CHEVELEY: How you men stand up for each other!

LORD GORING: How you women war against each other!

세실리: 프리즘 선생님은, 예쁜 얼굴은 덫이라고 말씀하셨어요.
알저넌: 분별 있는 남자라면 누구나 걸려들고 싶어 하는 덫이 아닐까.

CECILY: Miss Prism says that all good looks are a snare.

ALGERNON: They are a snare that every sensible man would like to be caught in.

여자들이 현대의 삶에서 발견하는 위안에는 실로 끝이 없다. 그 자명한 예로는, 실연했을 때 다른 여자를 흠모하는 남자를 가로채는 것이다. 상류 사회에서 그런 행위는 언제나 여자의 허물을 가려 준다.

There is really no end to the consolations that women find in modern life. The obvious consolation is taking someone else's admirer when one loses one's own. In good society that always whitewashes a woman.

제발 어떤 여자에 대해서도 그렇게 씁쓸한 마음으로 말하지 마세요. 난 이제 사람들을 선한 사람과 악한 사람으로 구분할 수 있다고 생각하지 않아요. 마치 완전히 다른 두 부류의 인종이나 창조물인 것처럼 말이죠. 소위 말하는 착한 여자들도 알고 보면 무서운 면이 있을 수 있고, 무모함, 고집, 질투심, 죄 등으로 미칠 것 같은 기분에 빠질 수 있어요. 그리고 소위 말하는 나쁜 여자들도 내면에 슬픔, 회한, 연민, 희생 같은 마음을 가지고 있을 수 있다고요.

Don't talk so bitterly about any woman. I don't think now that people can be divided into the good and the bad as though they were two separate races or creations. What are called good women may have terrible things in them, mad moods of recklessness, assertion, jealousy, sin. Bad women, as they are termed, may have in them sorrow, repentance, pity, sacrifice.

여자는 자기 딸보다 열 살 젊어 보일 수만 있다면 지극히 만족한다.

As long as a woman can look ten years younger than her own daughter, she is perfectly satisfied.

여자의 인생에는 단 한 가지 진정한 비극이 있을 뿐이다. 여자의 과거는 언제나 그녀의 연인이고, 여자의 미래는 변함없이 그녀의 남편이라는 사실 말이다.

There is only one real tragedy in a woman's life. The fact that her past is always her lover, and her future invariably her husband.

난 내가 아끼는 하버리 부인한테 가 봐야 했어. 그녀의 불쌍한 남편이 죽은 후로는 한 번도 찾아가 본 적이 없거든. 그런데 사람이 어떻게 그렇게 변할 수 있는지. 스무 살은 족히 젊어 보이더라고, 글쎄.

I was obliged to call on dear Lady Harbury. I hadn't been there since her poor husband's death. I never saw a woman so altered; she looks quite twenty years younger.

나는 인간 혐오자는 이해할 수 있지만, 여성 혐오자는 절대 이해할 수 없다!

A misanthrope I can understand—a womanthrope, never!

인간을 이성적 동물이라고 정의한 사람이 누구였는지 궁금하군. 그건 인간에 대해 내린 정의 중에서 가장 섣부른 것이었어. 인간은 여러 가지로 정의할 수 있지만 이성적인 동물은 아니야.

I wonder who it was defined man as a rational animal. It was the most premature definition ever given. Man is many things, but he is not rational.

나는 때로 신이 인간을 창조하면서 인간의 능력을 다소 과대평가했다는 생각이 든다.

I sometimes think that God in creating man, somewhat overestimated His ability.

인간을 '이성의 지시에 따라 행동하도록 요구될 때마다 냉정을 잃고 마는 이성적 동물'로 규정하고 싶을 때가 있다.

One is tempted to define man as a rational
animal who always loses his temper when he
is called upon to act in accordance with the
dictates of his reason.

요즘엔 사기꾼들이 너무나 정직해 보이다 보니, 정직한 사람
들은 그들과 구분되기 위해 사기꾼처럼 보여야만 한다.

Knaves nowadays do look so honest that
honest folk are forced to look like knaves so as
to be different.

부유한 총각들에게는 무거운 세금을 매겨야 한다. 어떤 사람들
이 다른 사람들보다 행복한 것은 공평하지 않기 때문이다.

Rich bachelors should be heavily taxed. It is
not fair that some men should be happier than
others.

남자들은 좋은 남편일 때는 끔찍할 정도로 지루하고, 그렇지
않을 때는 밉살맞게 우쭐대는 경향이 있다.

Men are horribly tedious when they are good husbands, and abominably conceited when they are not.

일링워스 경: 어떤 남자를 나쁜 남자라고 하죠?

알론비 여사: 순결함을 찬양하는 남자요.

일링워스 경: 그럼 나쁜 여자는 어떤 여자죠?

알론비 여사: 오! 그건 남자가 결코 싫증 내지 않는 여자죠.

LORD ILLINGWORTH: What do you call a bad man?

MRS ALLONBY: The sort of man who admires innocence.

LORD ILLINGWORTH: And a bad woman?

MRS ALLONBY: Oh! the sort of woman a man never gets tired of.

스튜트필드 부인: 세상 사람들이 그러는데, 일링워스 경은 아주아주 사악하대요.

일링워스 경: 그런데 스튜트필드 부인, 어떤 세상을 말하는 건가요? 분명 다음 세상일 겁니다. 지금 세상과 나는 아주 잘 지내고 있거든요.

LADY STUTFIELD: The world says that Lord Illingworth is very, very wicked.

LORD ILLINGWORTH: But what world says that, Lady Stutfield? It must be the next world. This world and I are on excellent terms.

대단히 아름다운 여자를 아내로 둔 남자들은 모두가 범죄자라고 볼 수 있다.

The husbands of very beautiful women belongs to the criminal classes.

한 남자가 한 여자를 사랑하면 그는 신의 비밀을 알게 되고, 따라서 세상의 비밀을 알게 된다.

When a man loves a woman, then he knows God's secret, and the secret of the world.

남자가 매력적인 것을 이야기하기를 그만두면, 더 이상 매력적인 것을 생각하지 못하게 된다.

When men give up saying what is charming, they give up thinking what is charming.

세상을 위해 무언가를 하려고 애쓰는 사람은 언제나 참고 봐 주기 힘든 법이다. 세상이 그를 위해 무언가를 했을 때 그는 매력적인 사람이 된다.

Men who are trying to do something for the world, are always insufferable, when the world has done something for them, they are charming.

인간은 불가능한 건 믿을 수 있지만, 있음 직하지 않은 건 절대 믿지 못하는 법이다.

Man can believe the impossible, but man can never believe the improbable.

냉소적인 사람은 모든 것의 가격을 알지만, 그 어떤 것의 가치도 모르는 사람이다. 감상주의자란 모든 것에서 터무니없는 가치를 발견하지만, 그 어떤 것의 시장 가격조차 알지 못하는 사람이다.

A cynic is a man who knows the price of everything and the value of nothing. And a sentimentalist is a man who sees an absurd value in everything, and doesn't know the market price of any single thing.

나는 그로트리언 경이 마음에 들어. 대부분의 사람들이 그를 싫어하지만 나는 그가 매력적인 사람이라고 생각해. 때때로 다소 과하게 옷을 차려입는 실수를, 넘치도록 많이 받은 교육으로 상쇄하거든. 말하자면 아주 현대적인 유형의 인물이지.

I like Lord Grotrian. A great many people don't, but I find him charming. He atones for being occasionally somewhat over-dressed, by being absolutely over-educated. He is a very modern type.

소위 착하다는 사람들이 이 세상에 엄청난 해를 끼치는 건 아닌지 걱정돼요. 그들이 끼치는 가장 큰 해악은, 그들 탓에 나쁜 것이 엄청나게 중요한 존재로 부각된다는 점이에요. 사람들을 좋은 사람과 나쁜 사람으로 나누는 건 말도 안 돼요. 사람은 매력적이거나 지루하거나 둘 중 하나라고요.

Do you know I am afraid that good people do a great deal of harm in this world. Certainly the greatest harm they do is that they make badness of such extraordinary importance. It is absurd to divide people into good and bad.

People are either charming or tedious.

감상주의자의 마음속에는 언제나 냉소주의자가 함께 살고 있
다. 사실 감상주의는 휴식 중인 냉소주의에 불과하다.

The sentimentalist is always a cynic at heart.
Indeed sentimentality is merely the Bank-
holiday of cynicism.

각 계층의 사람들은 자신들이 실천할 필요 없는 덕목들의 중
요성에 대해 설교하는 걸 즐긴다. 부자들은 검약의 가치를 귀
가 따갑도록 떠들어 대고, 게으른 사람들은 노동의 존엄성에
대해 거창한 말들을 늘어놓곤 한다.

Each class preaches the importance of those
virtues it need not exercise. The rich harp on
the value of thrift, the idle grow eloquent over
the dignity of labour.

우린 차원 높은 관점에서뿐만 아니라 좀 더 폭넓은 범위에서
접근해야 한다. 단지 여자들이 입는 것뿐 아니라, 그들이 무슨
생각을 하고 무엇을 느끼는지에 관심을 가져야 한다.

We should take a wider range, as well as a high
standpoint, and deal not merely with what
women wear, but with what they think, and
what they feel.

그녀는 모든 동작이 굉장히 우아해서 전체적으로 하나의 예
술품처럼 보인다. 하지만 너무 많은 유파(流波)의 영향을 받은
티가 난다.

In all her movements she is extremely graceful.
A work of art, on the whole, but showing the
influence of too many schools.

요즘 사람들은 모든 것의 가격은 알지만, 그 어떤 것의 가치도
알지 못한다.

Nowadays people knows the price of
everything and the value of nothing.

진정 매혹적인 사람들은 두 부류로 나뉜다. 모든 것에 정통한
사람들과 모든 것에 무지한 사람들로.

There are only two kinds of people who
are really fascinating — people who know

absolutely everything and people who know absolutely nothing.

남자들은 엄청난 겁쟁이들이다. 남자들은 세상의 모든 법을 어기면서도 세상 사람들의 혀는 무서워한다.

Men are such cowards. They outrage every law of the world, and are afraid of the world's tongue.

우리 남자들은 실리적이라 무언가를 보는 건 좋아하지만, 그 것에 관해 읽는 건 별로 좋아하지 않는다.

We practical men like to see things, not to read about them.

여자들의 역사는 역사상 최악의 형태로 나타난 독재의 역사 다. 약자들이 강자들에게 행하는 독재이자 유일하게 지속되 는 독재다.

The history of women is the history of the worst form of tyranny the world has ever known. The tyranny of the weak over the strong. It is the only tyranny that lasts.

나는 찬사를 좋아하지 않는다. 남자들은 어째서 마음에도 없는 말들을 여자들에게 잔뜩 쏟아 놓으면서 여자들이 엄청 좋아할 거라고 생각하는지 도무지 알 수가 없다.

I don't like compliments, and I don't see why a man should think he is pleasing a woman enormously when he says to her a whole heap of things that he doesn't mean.

알론비 여사: 어니스트는 변함없이 차분해요. 그래서 기분이 나빠요. 침착한 것만큼 짜증 나게 하는 것도 없거든요. 요즘 남자들은 대부분 온화한 성격 뒤에 분명 난폭한 무언가를 감추고 있어요. 우리 여자들이 지금처럼 잘 참는 게 신기하다니까요.

스튜트필드 부인: 맞아요, 남자들이 보여 주는 온화함은 그들이 우리처럼 세심하거나 극도로 예민하지 않다는 걸 말해 주죠. 그 점이 남편과 아내 사이에 종종 커다란 장애물로 작용하는 거고요, 그렇지 않나요?

MRS ALLONBY: Earnest ie invariably calm. That is one of the reasons he gets on my nerves. Nothing is so aggravating as calmness. There is something positively brutal about the good temper of most modern men. I wonder we women stand it as well as we do.

LADY STUTFIELD: Yes; men's good temper shows that they are not so sensitive as we are, not so finely strung. It makes a great barrier often between husband and wife, does it not?

알론비 여사: 그 몹쓸 남자들이 우리가 없어도 완벽하게 행복할 수 있다는 게 화나요. 그래서 저녁 식사 후에 잠깐 숨 돌리는 시간을 제외하고는 잠시도 남자들을 혼자 놔두면 안 돼요. 그건 모든 여자들의 의무 같은 거예요. 숨 돌릴 틈마저 없으면 우리 불쌍한 여자들은 지쳐서 그림자만 남게 될 거예요.

훈스탄튼 부인: 저런, 그림자만 남게 된다고요?

알론비 여사: 네, 훈스탄튼 부인. 남자들이 다른 데로 새지 못하도록 지키느라 늘 긴장하고 있어서죠. 남자들은 우리에게서 항상 달아나려 하거든요.

MRS ALLONBY: The annoying thing is that the wretches can be perfectly happy without us. That is why I think it is every woman's duty to never leave them alone for a single moment, except during this short breathing after dinner; without which, I believe, we poor women would be absolutely worn to shadows.

LADY HUNSTANTON: Worn to shadows, dear?

MRS ALLONBY: Yes, Lady Hunstanton. It is such a strain keeping men up to the mark. They are always trying to escape from us.

여자의 생애는 감정의 곡선 안에서 순환한다. 남자의 생애는 지성의 선상에서 전진해 나간다.

A woman's life revolves in curves of emotions. It is upon lines of intellect that a man's life progresses.

남자는, 불쌍하고 서툴지만 믿음직하고 없어서는 안 될 남자는 아주 오랫동안 합리적이었던 성(性)에 속하죠. 그건 남자들도 어쩔 수 없어요. 그렇게 타고났거든요. 하지만 '여성의 역사'는 아주 달라요. 우린 언제나 '상식'이라는 일개 존재에 맞서, 우아하게 항의를 표시해 왔죠. 처음부터 '상식'이 내포한 위험을 간파했기 때문이에요.

Man, poor, awkward, reliable, necessary man belongs to a sex that has been rational for millions and millions of years. He can't help himself. It is in his race. The History of Woman is very different. We have always been picturesque protests against the mere existence

of common sense. We saw its dangers from the
first.

남자와 여자에게 각기 다른 법이 존재하는 것은 수치스럽기
그지없는 일이다. 나는, 그 누구를 위한 법도 존재해서는 안
된다고 생각한다.

> It is indeed a burning shame that there should
> be one law for men and another law for
> women. I think⋯⋯ I think that there should be
> no law for anybody.

대부분의 여자들은 너무나 인위적이라 예술에 대한 감각이
없다. 대부분의 남자들은 너무나 자연적이라 아름다움에 대
한 감각이 없다.

> Most women are so artificial that they have no
> sense of Art. Most men are so natural that they
> have no sense of Beauty.

남자들은 여자들이 사랑을 위해 무엇을 할 수 있는지 모른다.

> Men do not know what women do for love.

남자가 여자를 사랑할 때는 자신의 인생에서 아주 조금밖에 내주지 않는다. 그러나 여자가 사랑할 때는 자신의 모든 것을 아낌없이 준다.

> I see when men love women, they give them but little of their lives. But women when they love give everything.

언젠가 당신이 여자의 사랑은 남자를 천사가 되게 한다고 말했던 걸 기억하나요? 하지만 남자의 사랑은 여자를 순교자로 만들죠. 그런 사랑을 위해 우린 뭐든지 하고, 어떤 고통이든 견딘답니다.

> Do you remember saying that women's love turns men to angels? Well, the love of man turns women into martyrs; for its sake we do or suffer anything.

제럴드: 여자를 이해하는 건 정말 어려운 일인 것 같아요.
일링워스 경: 절대 여자를 이해하려고 하면 안 돼. 여자는 그림이야. 남자는 문제고. 여자가 정말로 무슨 말을 하려는 건지 알고 싶으면—사실 이거야말로 언제나 위험한 일이지만—여자가 하는 말을 듣지 말고 그냥 그녀를 보면 돼.

GERALD: It is very difficult to understand women, is it not?

LORD ILLINGWORTH: You should never try to understand them. Women are pictures. Men are problems. If you want to know what a woman really means—which, by the way, is always a dangerous thing to do—look at her, don't listen to her.

진정한 돈 후안은 만나는 모든 여자들에게 구애하면서, 소설가들의 표현처럼 그들을 '유혹하는' 천박한 사람이 아니다. 참다운 돈 후안은 여자들에게 "꺼져 버려! 난 당신을 원하지 않아. 내 인생에 개입하려고 하지 마. 난 당신 없이도 잘 살 수 있어."라고 말하는 남자다.

The real Don Juan is not the vulgar person who goes about making love to all the women he meets, and what novelists call "seducing" them. The real Don Juan is the man who says to women: "Go away! I don't want you. You interfere with my life. I can do without you."

남자들은 언제나 여자의 첫사랑이고 싶어 한다. 그건 남자들의 어설픈 허영심이다. 우리 여자들은 그 문제에 관해 좀 더 치밀한 직감을 갖고 있다. 우리는 남자의 마지막 사랑이 되기를 원한다.

> Men always want to be a woman's first love. That is their clumsy vanity. We women have a more subtle instinct about things. What we like is to be a man's last romance.

남자의 사랑을 지속시키는 데 대한 보답으로 남자를 사랑하는 여자는, 세상이 여자들에게 원하거나 원해야 하는 모든 것을 해 왔다.

> A woman who can keep a man's love, and love him in return, has done all the world wants of women, or should want of them.

제럴드: 그런데 여자들은 착하면 안 된다고 생각하세요?
일링워스 경: 여자들에게 절대로 그런 말을 하면 안 돼. 그러면 모두가 즉시 착해질 테니까. 여자들은 매혹적일 정도로 고집스러운 존재들이야. 모든 여자에겐 반항아적 기질이 있어. 대체로 자기 자신에 대해 맹렬하게 반항하곤 하지.

> GERALD: But do you think women shouldn't be good?

LORD ILLINGWORTH: One should never tell them so, they'd all become good at once. Women are a fascinatingly wilful sex. Every woman is a rebel, and usually in wild revolt against herself.

메이블 췰턴: 그녀는 어떤 부류의 여잔가요?
고링 경: 오! 낮에는 천재 같고 밤에는 절세미인이 되죠!
메이블 췰턴: 벌써부터 그 여자가 싫어지는군요.

MABEL CHILTERN : What sort of woman is she?
LORD GORING : Oh! a genius in the daytime and a beauty at night!
MABEL CHILTERN : I dislike her already.

마치 당신한테 심장이 있는 것처럼 말씀하시네요. 당신 같은 여자들은 심장을 갖고 있지 않아요. 당신은 심장이 없다고요. 당신은 살 수도 있고 팔아 치울 수도 있는 물건에 지나지 않아요.

You talk as if you had a heart. Women like you have no hearts. Heart is not in you. You are bought and sold.

알론비 여사: 재미있는 사실은, 자기 남편을 질투하는 건 언제나 못생긴 여자들이라는 거예요. 예쁜 여자들은 절대 그러지 않는데!

일링워스 경: 예쁜 여자들은 그럴 틈이 없겠죠. 다른 여자들의 남편을 질투하느라 늘 바쁠 테니까요.

MRS ALLONBY: Curious thing, plain women are always jealous of their husbands, beautiful women never are!

LORD ILLINGWORTH: beautiful women never have the time. They are always so occupied in being jealous of other people's husbands.

그녀는 간밤에 립스틱을 너무 진하게 칠했고, 옷은 충분히 걸치지 않았어. 그건 여자에게는 절망을 나타내는 신호라고 보면 틀림없어.

She wore far too much rouge last night, and not quite enough clothes. That is always a sign of despair in a woman.

당신이 매달리지 않는 한 그 여잔 절대 당신을 사랑하지 않을 겁니다. 여자들은 자신을 성가시게 하는 걸 좋아하거든요.

She'll never love you unless you are always at
her heels; women like to be bothered.

숙녀들을 기다리게 해서는 안 돼요, 아서 경, 여자들은 대체로
참을성이 없거든요.

Ladies should not be kept waiting, Lord Arthur.
The fair sex is apt to be impatient.

아주 매력적인 여자의 경우에 섹스는 방어가 아닌 도전이다.

In the case of very fascinating woman, sex is a
challenge, not a defence.

캐롤라인 부인: 내가 보기에 요즘 젊은 여자들은 불장난을 인
생의 유일한 목적으로 삼는 것 같아요.
알론비 여사: 캐롤라인 부인, 불장난의 좋은 점 한 가지는 절
대 불에 그슬리는 법이 없다는 거예요. 불에 완전히 타 버리는
사람들은 불을 가지고 노는 법을 모르는 사람들이죠.

LADY CAROLINE: As far as I can make out, the
young women of the present day seem to make
it the sole object of their lives to be playing
with fire.

MRS ALLONBY: The one advantage of playing with fire, Lady Caroline, is that one never gets even singed. It is the people who don't know how to play with it who get burned up.

평범한 여자들은 결코 우리의 상상력을 자극하지 못해요. 그들은 절대 자기 시대를 넘어서지 못합니다. 어떤 화려함도 그들을 달라지게 하지 못해요. 그런 여자들의 정신은 그들의 보닛만큼이나 쉽게 파악되죠. 우린 언제나 그들을 알아볼 수 있습니다. 그런 여자들에게서는 그 어떤 신비스러움도 찾아볼 수 없어요.

Ordinary women never appeal to one's imagination. They are limited to their century. No glamour ever transfigures them. One knows their minds as easily as one knows their bonnets. One can always find them. There is no mystery in any of them.

자신의 진짜 나이를 말하는 여자는 결코 믿어서는 안 된다. 그런 여자는 사람들에게 아무 말이나 할 수 있기 때문이다.

One should never trust a woman who tells one her real age. A woman who would tell one that would tell one anything.

사실 자기 나이를 정확하게 말하는 여자는 아무도 없다. 너무 계산적으로 보이기 때문이다.

Indeed, no woman should ever be quite accurate about her age. It looks so calculating.

여자들은 누구나 예외 없이 말이 너무 많다.

Every woman does talk too much.

그녀는 완벽한 균형을 이루고 있었다. 그것은 여자들 대부분이 너무 크거나 너무 마른 요즘 같은 시대에는 보기 드문 일이었다.

She was perfectly proportioned — a rare thing in an age when so many women are either over life-size or insignificant.

적절한 배경만 있으면 여자들은 무엇이든 할 수 있다.

With a proper background women can do anything.

오거스터스 경: 아주 영리한 여자지. 그녀는 내가 얼마나 형편 없는 바보인지 잘 알고 있어. 나만큼이나 잘 안다고. 그래, 웃어도 좋아, 친구. 하지만 자신을 꿰뚫어 보는 여자를 만난다는 건 정말 굉장한 일이야.
덤비: 아주 위험한 일이기도 하지. 여자들의 결론은 언제나 누군가와 결혼하는 것이거든.

LORD AUGUSTUS: A very clever woman. Knows perfectly well what a demmed fool I am — knows it as well as I do myself. Ah! You may laugh, my boy, but it is a great thing to come across a woman who thoroughly understands one.
DUMBY: It is an awfully dangerous thing. They always end by marrying one.

평범한 여자들은 언제나 자기 위안에 능해. 어떤 여자들은 감상적인 색깔에 탐닉하는 것으로 자신을 위로하지. 연보라색 옷을 입는 여자는 나이에 상관없이 절대 믿으면 안 돼. 서른다섯 살이 넘었는데 분홍색 리본을 좋아하는 여자도 신뢰하면 안 돼. 이런 것들은 모두 여자들에게 과거가 있다는 것을 뜻하거든. 또 어떤 여자들은 느닷없이 남편에게서 좋은 면들을 발견하는 것으로 커다란 위안을 삼기도 해. 이들은 결혼 생활의 행복을 남들 앞에서 마구 떠벌리지. 마치 그것이 죄악 중에서 도 가장 매혹적인 죄악인 것처럼.

Ordinary women always console themselves. Some of them do it by going in for sentimental colours. Never trust a woman who wears mauve, whatever her age may be, or a woman over thirty-five who is fond of pink ribbons. It always means that they have a history. Others find a great consolation in suddenly discovering the good qualities of their husbands. They flaunt their conjugal felicity in one's face, as if it were the most fascinating of sins.

그녀는 영리한 여자다. 여자로서는 지나치게 영리한 편이다. 그녀에겐 나약함이라는, 정의할 수 없는 매력이 부족하다. 금으로 만든 조각상을 귀하게 만드는 것은 진흙으로 만든 발(결점)이다. 그런데 그녀의 발은 매우 예쁘지만 진흙으로 만들어지진 않았다. 새하얀 도자기로 만든 발이라고 하면 될 것이다. 그녀의 발은 뜨거운 불을 통과한 발이다. 그리고 불이 파괴하지 못한 부분은, 그 과정을 통해 더욱 단단해진다. 그녀는 닳고 닳은 여자다.

She is clever, too clever for a woman. She lacks the indefinable charm of weakness. It is the feet of clay that make the gold of the image precious. Her feet are very pretty, but they are not feet of clay. White porcelain feet, if you like. They have been through the fire, and what fire does not destroy, it hardens. She has had experiences.

어디를 가든 대화의 주제가 되는 것은 아름다운 여자의 숙명이다.

Its a beautiful woman's fate to be the subject of conversation where ever she goes.

난 친척들을 혐오하지 않을 수 없다. 아마 우리 중에 그 누구도 다른 사람들이 자신과 똑같은 단점들을 갖고 있다는 사실을 참지 못하기 때문이 아닐까.

I can't help detesting my relations. I suppose it comes from the fact that none of us can stand other people having the same faults as ourselves.

어떤 이들은 어디를 가든, 또 어떤 이들은 언제 가든 사람들을 행복하게 해 준다.

Some cause happiness wherever they go; others whenever they go.

지루한 사람이란 함께 어울릴 사람도 마련해 주지 않으면서 우리에게서 고독을 빼앗아 가는 사람이다.

A bore is someone who deprives you of solitude without providing you with company.

신사란 결코 본의 아니게 누군가의 감정을 상하게 하지 않는 사람을 가리킨다.

A gentleman is one who never hurts anyone's feelings unintentionally.

삶을 지배하는 과학적 법칙들을 충분히 파악하게 되면, 몽상가보다 더 많은 환상들을 가진 유일한 존재가 바로 행동하는 사람이라는 사실을 깨닫게 될 것이다. 사실 그는 자기 행위의 근원도, 그 결과도 알지 못한다. 그가 가시를 뿌렸다고 생각한 들판에서 우린 포도를 수확했고, 그가 우리를 기쁘게 해 주려고 심은 무화과나무는 엉겅퀴만큼이나 메마르고 그보다 더 쓰다.

When we have fully discovered the scientific laws that govern life, we shall realize that the one person who has more illusions than the dreamer is the man of action. He, indeed, knows neither the origin of his deeds nor their results. From the field in which he thought that he had sown thorns, we have gathered our vintage, and the fig tree that he planted for our pleasure is as barren as the thistle, and more bitter.

은행가들은 저녁 식사를 함께하면서 예술에 대해 이야기한다. 예술가들은 저녁을 함께 먹으면서 돈 이야기를 한다.

When bankers get together for dinner, they discuss Art. When artists get together for dinner, they discuss Money.

모든 사람이 선하지 않을지도 모른다. 그러나 모두에게는 언제나 선한 무언가가 있다. 누군가를 절대 섣불리 판단하지 마라. 모든 성인(聖人)에게는 과거가 있고, 모든 죄인에게는 미래가 있다.

Everyone may not be good, but there's always
something good in everyone. Never judge
anyone shortly because every saint has a past
and every sinner has a future.

왕이시여, 큰 소리로 외치는 사람들은 아무것도 하지 않습니
다. 제가 유일하게 두려워하는 것은 침묵하는 사람들입니다.

People who shout so loud, my lords, do
nothing; the only men I fear are silent men.

한 번 부정직했던 사람들은 다음번에도 부정직할 것이다. 정
직한 사람들은 그런 사람들을 멀리해야 한다.

If people are dishonest once, they will be
dishonest a second time. And honest people
should keep away from them.

누군가가 신사라면 그는 충분히 알 것이고, 신사가 아니라면
그가 아는 게 뭐든 그에게 좋지 않을 것이다.

If a man is a gentleman, he knows quite enough, and if he is not a gentleman, whatever he knows is bad for him.

우리 중에 가장 용감한 사람조차 자기 자신을 두려워한다.

The bravest man among us is afraid of himself.

스스로를 지나치게 진지하게 여기는 사람은 아무도 그를 진지하게 생각하지 않는다는 걸 알게 될 것이다.

A man who takes himself too seriously will find that no one else takes him seriously.

매력적인 사람들은 모두가 응석받이다. 이것이 그들에게서 느껴지는 매력의 비결이다.

All charming people are spoiled. It is the secret of their attraction.

한 사람의 인격을 생산이라는 저속한 시험대로 평가하려는 사람들은 속물주의자들밖에 없다.

It is only the Philistine who seeks to estimate a
personality by the vulgar test of production.

여자들은 미성년자와 같다. 여자들은 자신의 기대들로 살아
간다.

Women are like minors; they live upon their
expectations.

철저히 착한 여자만이 철저히 어리석은 짓을 할 수 있다.

It takes a thoroughly good woman to do a
thoroughly stupid thing.

여자가 매력적이라고 해서 항상 보상받는 것 같진 않아요. 대
개는 그것 때문에 벌을 받죠!

I don't know that women are always rewarded
for being charming. I think they are usually
punished for it!

나는 생각이 너무 많은 여자를 믿지 않는다. 여자는 생각을 절제해야 한다, 매사에 절제가 필요한 것처럼.

I don't believe in women thinking too much.
Women should think in moderation, as they
should do all things in moderation.

당신은 정말 전형적인 여자군요! 감상적으로 이야기하면서,
내내 철저히 이기적이니 말이오.

What a typical woman you are! You talk
sentimentally, and you are thoroughly selfish
the whole time.

부도덕한 여자가 매력적인 경우는 극히 드물다. 그녀가 엄청
나게 매력적으로 느껴졌던 것은, 그녀가 도덕이라는 걸 알지
못하기 때문이었다.

Immoral women are rarely attractive. What
made her quite irresistible was that she was
unmoral.

3 사랑, 로맨스, 결혼:

연인들은
의문 속에 있을 때
가장 행복할 수 있다

우리가 전적으로 확신하는 것들은 결코 사실이 아니다. 그것이 믿음의 숙명이며, 로맨스가 우리에게 주는 교훈이다.

> The things one feels absolutely certain about are never true. That is the fatality of Faith, and the lesson of Romance.

연인들은 의문 속에 있을 때 가장 행복할 수 있다.

> Lovers are happiest when they are in doubt.

쾌락은 우리에게 사랑을 감추지만, 고통은 사랑의 본질을 드러내 보여 준다.

Pleasure hides love from us but pain reveals it in its essence.

사랑에 빠지면 사람들은 우선 자기 자신을 속인다. 그리고 종국에는 남들을 속인다. 세상 사람들은 그런 것을 로맨스라고 부른다.

When one is in love, one begins by deceiving oneself. And one ends by deceiving others. That is what the world calls a romance.

자네가 내게 말한 것은 굉장한 로맨스야. 어쩌면 예술의 로맨스라고 할 수도 있겠지. 그게 어떤 종류든 로맨스에 빠지는 것의 가장 나쁜 점은, 그 주인공을 전혀 로맨틱하지 않은 사람으로 만들어 버린다는 거야.

What you have told me is quite a romance, a romance of art one might call it, and the worst of having a romance of any kind is that it leaves one so unromantic.

한눈팔지 않는 사람들은 사랑의 사소한 측면만을 알 수 있을 뿐이다. 한눈파는 사람들만이 사랑의 비극이 어떤 것인지 알 수 있다.

> Those who are faithful know only the trivial side of love: it is the faithless who know love's tragedies.

과장 없이는 사랑도 없다. 그리고 사랑 없이는 이해도 없다.

> Where there is no exaggeration there is no love, and where there is no love there is no understanding.

사랑은 사람들을 성인(聖人)으로 만들 수 있다. 성인은 가장 많이 사랑받았던 사람들이다.

> Love can canonize people. The saints are those who have been most loved.

살로메의 목소리: 아! 난 당신의 입에 키스했어, 요카난, 내가 당신 입에 키스했다고. 당신의 입술에서는 쓴맛이 났지. 피의 맛이었던가? ……아니, 아마도 사랑의 맛이었을 거야. 사랑에 선 쓴맛이 난다고들 하잖아……. 하지만 무슨 상관인가? 아무 려면 어떤가? 내가 당신 입에 키스했는데, 요카난, 내가 당신

입에 키스했는데.

THE VOICE OF SALOME: Ah! I have kissed thy mouth, Iokanaan, I have kissed thy mouth. There was a bitter taste on thy lips. Was it the taste of blood? ……Nay, but perchance it was the taste of love…… They say that love hath a bitter taste…… But what matter? what matter? I have kissed thy mouth, Iokanaan, I have kissed thy mouth.

사랑은 신성한 이름으로 포장한 정욕일 뿐이다.

Love is merely passion with a holy name.

옷을 벗는 것은 로맨스고, 옷을 입는 것은 박애(博愛)다.

To undress is romance, to dress, philanthropy.

상식은 로맨스의 적이다.

Common sense is the enemy of romance.

모든 사람은 사랑받을 자격이 있다. 스스로 그럴 자격이 있다고 생각하는 사람을 제외하고는.

Everyone is worthy of love, except him who thinks that he is.

나는 일흔 살 넘은 남자들이 좋아요. 그들은 언제나 평생 동안 헌신하거든요. 난 남자에겐 일흔 살이 이상적인 나이라고 생각해요.

I delight in men over seventy, they always offer one the devotion of a lifetime. I think seventy an ideal age for a man.

우리가 더 이상 사랑하지 않게 된 사람들의 감정에는 언제나 우스꽝스러운 무언가가 있는 법이다.

There is always something ridiculous about the emotions of people whom one has ceased to love.

모든 경험은 나름대로의 가치를 지닌다. 그리고 사람들이 결혼에 대해 어떤 부정적인 말들을 하더라도 결혼이 하나의 경험인 것만은 분명하다.

Every experience is of value, and, whatever
one may say against marriage, it is certainly an
experience.

여자의 정수(精髓)는 아름다움이고, 남자의 정수는 힘이다. 두
사람이 하나의 존재로 합쳐질 수만 있다면, 우리는 예술이 존
재한 이래로 줄곧 추구해 온 완벽함을 보게 될 것이다.

The soul of woman is beauty, as the soul of
man is strength. If the two could be combined
in the one being we should have the perfection
sought by art since art began.

우리는 언제나 사랑에 빠져 있어야 한다. 이게 바로 절대 결혼
하지 말아야 할 이유다.

One should always be in love. That is the
reason one should never marry.

결혼하기를 원하는 남자는 모든 것을 알거나 아무것도 몰라
야 한다.

A man who desires to get married should know
either everything or nothing.

워슬리 양, 젊은 숙녀가 이성인 누군가에 대해 그렇게 열렬히
이야기하는 것은 영국의 관례에 어긋나는 거예요. 영국 여자
들은 결혼하기 전까지는 자신들의 감정을 숨겨요. 결혼을 하
고나서야 본심을 드러내죠.

It is not customary in England, Miss Worsley,
for a young lady to speak with such
enthusiasm of any person of the opposite sex.
Englishwomen conceal their feelings till after
they are married. They show them then.

고링 경: 메이블, 좀 진지해져요. 제발 좀 진지해지라고요.
메이블 췰턴: 아! 남자는 결혼 전에는 늘 그런 식으로 말하죠.
하지만 결혼하고 나면 절대 그런 말을 하지 않죠.

LORD GORING: Mabel, do be serious. Please
be serious.
MABEL CHILTERN: Ah! that is the sort of thing
a man always says to a girl before he has been
married to her. He never says it afterwards.

분홍 종이에 편지를 쓰다니 이 얼마나 우스꽝스러운가 말이야! 마치 중산층 로맨스의 시작 같아 보이잖아. 로맨스는 절대로 감상으로 시작해서는 안 돼. 로맨스는 과학으로 시작해서 정착으로 끝맺어야 하는 거야.

How silly to write on pink paper! It looks like the beginning of a middle-class romance. Romance should never begin with sentiment. It should begin with science and end with settlement.

자네가 이 여자와 결혼했더라면 자네의 삶은 비참해지고 말았을 거야. 물론 자네는 이 여자에게 잘 대해 주었겠지. 아무런 관심도 애정도 느끼지 못하는 사람에게 우린 늘 친절할 수 있는 법이니까. 하지만 그녀는 곧, 자네가 자신에게 완전히 무관심하다는 걸 알아차렸을 거야. 그리고 여자가 남편에게서 그런 태도를 감지하게 되면, 그 여자는 무섭도록 초라해지거나 다른 여자의 남편이 값을 지불해야 하는 멋진 보닛을 쓰게 되지.

If you had married this girl you would have been wretched. Of course you would have treated her kindly. One can always be kind to people about whom one cares nothing. But she would have soon found out that you were absolutely indifferent to her. And when a woman finds that out about her husband, she either becomes dreadfully dowdy, or wears very smart bonnets that some other woman's husband has to pay for.

청혼 자체에서는 어떤 낭만적인 면도 찾을 수 없다. 사랑에 빠지는 건 굉장히 낭만적인 일이다. 그러나 결정적인 청혼에는 낭만적인 구석이라곤 조금도 없다. 물론 청혼이 받아들여질 수는 있다. 대체로 그럴 것이다. 그러면 모든 흥분이 사라지고 만다. 로맨스의 본질은 불확실성에 있다. 혹시라도 결혼하게 된다면, 난 분명 그 사실을 잊고자 애쓸 것이다.

I really don't see anything romantic in proposing. It is very romantic to be in love. But there is nothing romantic about a definite proposal. Why, one may be accepted. One usually is, I believe. Then the excitement is all over. The very essence of romance is uncertainty. If I ever get married, I'll certainly try to forget the fact.

내 남편은 아주 절망적이리만치 완전무결해요. 정말이지 때로는 참을 수 없을 만큼 완벽하답니다! 그를 안다는 것에는 아무런 흥분의 요소가 없어요.

My husband is quite hopelessly faultless. He is really unendurably so, at times! There is not the smallest element of excitement in knowing him.

만약 우리 남자들이 우리가 결혼할 자격이 있는 여자와 결혼을 하게 된다면, 그 때문에 우린 곤경에 처하게 될 것이다.

If we men married the women we deserved, we should have a very bad time of it.

남편들은 우리의 진가를 조금도 알아주지 않는다. 우리가 그것을 인정받기 위해서는 다른 사람에게로 가야 한다!

Our husbands never appreciate anything in us. We have to go to others for that!

결혼이 지닌 한 가지 매력은, 그것이 두 사람 모두에게 기만적인 삶을 반드시 필요하게 한다는 데 있다. 나는 내 아내가 어디에 있는지 전혀 알지 못하고, 아내는 내가 무엇을 하는지 결코 알 수 없다.

The one charm of marriage is that it makes a life of deception absolutely necessary for both parties. I never know where my wife is, and my wife never knows what I am doing.

결혼을 그렇게 절망적이고 일방적인 제도로 만드는 건 여성이 지닌 도덕적 감각의 성장이다.

It is the growth of the moral sense in women that makes marriage such a hopeless, one-sided institution.

행복한 결혼에 대해 이야기하는 건 당찮다! 남자가 여자를 사랑하지 않는 한, 남자는 어떤 여자와도 행복할 수 있다.

What nonsense people talk about happy marriages! A man can be happy with any woman, as long as he does not love her.

남편이 사람들 앞에서 자기 아내에게 자상하게 구는 것은 몹시 위험한 일이다. 부부끼리 있을 때 남편이 아내를 때릴 거라는 생각이 들게 하기 때문이다. 세상 사람들은 행복한 결혼 생활처럼 보이는 것이라면 무엇이든 수상쩍게 여기게 되었다.

It's most dangerous nowadays for a husband to pay any attention to his wife in public. It always makes people think that he beats her when they're alone. The world has grown so suspicious of anything that looks like a happy married life.

요즘 남편의 간섭이 너무 심해서 성가셔 죽을 지경이에요. 그러니 그 여자가 남편에게는 딱 안성맞춤이라고요. 그 여자가 내버려 두는 한 남편은 그녀의 뒤를 따라다닐 거고, 그러면 나를 성가시게 하지 않을 거니까요. 그런 부류의 여자들은 정말 유용해요. 다른 사람들의 결혼 생활을 탄탄하게 해 주거든요.

My husband has been so attentive lately, that he has become a perfect nuisance. Now, this woman is just the thing for him. He'll dance attendance upon her as long as she lets him, and won't bother me. I assure you, women of that kind are most useful. They form the basis of other people's marriages.

최근에 더 많은 결혼이 실패하는 것은 무엇보다도 남편의 상식 탓이다. 아내를 완벽하게 합리적인 존재로 대할 것을 고집하는 남자와 어떻게 행복하기를 기대할 수 있겠는가?

More marriages are ruined nowadays by the common sense of the husband than by anything else. How can a woman be expected to be happy with a man who insists on treating her as if she were a perfectly rational being?

이십 년 동안의 연애는 여자를 폐허처럼 보이게 한다. 그러나 이십 년간의 결혼 생활은 여자로 하여금 공공건물을 닮게 한다.

Twenty years of romance make a woman look like a ruin; but twenty years of marriage make her something like a public building.

남자들은 지쳐서 결혼하고, 여자들은 호기심 때문에 결혼한다. 그리고 양쪽 모두 실망한다.

Men marry because they are tired; women, because they are curious. Both are disappointed.

결혼한 사람의 행복은 그와 결혼하지 않은 사람들에게 달려
있다.

The happiness of a married man depends on
the people he has not married.

런던에는 자기 남편을 믿는 아내들로 득실거린다. 그런 여자
들은 언제라도 알아볼 수 있다. 철저히 불행해 보이기 때문
이다.

London is full of women who trust their
husbands. One can always recognize them.
They look so thoroughly unhappy.

물론 결혼 생활이란 단지 하나의 습관, 그것도 나쁜 습관일 뿐
이다. 하지만 인간이란 자신의 가장 나쁜 습관마저도 끊고 나
면 아쉬워하는 법이다. 어쩌면 최악의 습관을 끊었을 때 가장
아쉬워하는지도 모른다. 나쁜 습관은 인간의 성격을 이루는
필수적인 부분이기 때문이다.

Of course married life is merely a habit, a bad
habit. But then one regrets the loss even of
one's worst habits. Perhaps one regrets them
the most. They are an essential part of one's

personality.

여자가 재혼하는 건 첫 번째 남편을 혐오했기 때문이다. 남자가 재혼하는 건 첫 번째 아내를 몹시 사랑했기 때문이다. 여자는 자신의 운을 시험하고, 남자는 자신의 운을 걸고 모험한다.

> When a woman marries again, it is because she detested her first husband. When a man marries again, it is because he adored his first wife. Women try their luck; men risk theirs.

남자가 여자를 한때 사랑했으면, 그는 그녀를 위해 뭐든지 할 것이다. 그 여자를 계속 사랑하는 것만 빼고는.

> When a man has once loved a woman, he will do anything for her, except continue to love her.

결혼은 모든 여자가 동의하고, 모든 남자가 동의하지 않는 유일한 주제다.

> Marriage is the one subject on which all women agree and all men disagree.

자신이 사랑하는 것에 대해 불공정하지 않기란 힘든 법이다.

It is difficult not to be unjust to what one loves.

일링워스 경: 요즘 여자들은 너무 재기가 넘쳐요. 여자의 유머
감각만큼 연애를 망치는 건 없어요.
알론비 여사: 또는 남자의 모자라는 유머 감각만큼.

LORD ILLINGWORTH: Women have become
too brilliant. Nothing spoils a romance so much
as a sense of humor in the woman.
MRS ALLONBY: Or the want of it in the man.

자기 자신을 사랑하는 것은 평생 지속되는 로맨스의 시작이다.

To love oneself is the beginning of a lifelong
romance.

한 여자를 진정으로 사랑하면, 세상의 다른 여자들은 모두 아
무런 의미가 없어진다.

If one really loves a woman, all other women
in the world become absolutely meaningless to

one.

나는 사랑의 순수한 열정이 모든 것을 지배하길 원한다. 음울한 자기희생도, 어떤 포기도 원하지 않는다. 나는 오직 남녀 간에 존재하는 순수한 사랑의 격정을 원할 뿐이다.

I want the sheer passion of love to dominate everything. No morbid self-sacrifice. No renunciation. A sheer flame of love between a man and a woman.

사랑이란 얼마나 어리석은 것인가! 사랑은 논리학의 반만큼도 쓸모가 없다. 사랑은 아무것도 증명하지 못하고, 언제나 일어나지 않을 것들을 이야기하고, 진실이 아닌 것들을 믿게 한다.

What a silly thing love is! It is not half as useful as logic, for it does not prove anything and it is always telling one things that are not going to happen, and making one believe things that are not true.

사랑과 식탐은 모든 것을 정당화한다.

Love and gluttony justify everything.

알저넌: 자넨 결혼 생활에서 셋은 어울려 살 수 있지만, 둘은 그렇지 못하다는 사실을 깨닫지 못하고 있는 것 같군.

잭: 친애하는 젊은 친구, 그건 타락한 프랑스 연극이 지난 오십 년간 줄곧 주장해 온 이론 아닌가.

알저넌: 그렇지, 그리고 행복한 영국 가정이 지난 이십오 년간 증명해 보인 것이기도 하지.

ALGERNON: You don't seem to realize, that in married life three is company and two is none.

JACK: That, my dear young friend, is the theory that the corrupt French Drama has been propounding for the last fifty years.

ALGERNON: Yes; and that the happy English home had proved in half the time.

덤비: 세실, 자네를 사랑하지 않았던 여자를 얼마나 오래 사랑할 수 있겠나?

세실 그레이엄: 나를 사랑하지 않았던 여자? 오, 평생 동안!

덤비: 나도 그래. 하지만 그런 사람을 만나기가 정말 어렵지.

DUMBY: How long could you love a woman

who didn't love you, Cecil?

CECIL GRAHAM: A woman who didn't love me? Oh, all my life!

DUMBY: So could I. But it's so difficult to meet one.

사랑은 이미 유행이 지났다. 시인들이 사랑을 죽여 버렸기 때문이다. 시인들이 사랑에 대해 너무 많이 써 대는 바람에 이제 아무도 그들의 말을 믿지 않는다. 사실 놀랄 일도 아니다. 진실한 사랑은 고통받고, 침묵하는 것이다.

Love is not fashionable any more, the poets have killed it. They wrote so much about it that nobody believed them, and I am not surprised. True love suffers, and is silent.

알론비 여사: 당신은 당신만의 거울을 갖고 있군요.

일링워스 경: 내 거울은 매정하답니다. 내 주름살만 보여 주거든요.

알론비 여사: 내 거울이 좀 더 예의 바르네요. 나한테 절대 진실을 말하지 않거든요.

일링워스 경: 그렇다면 거울이 당신과 사랑에 빠진 겁니다.

MRS ALLONBY: You have your looking-glass.

LORD ILLINGWORTH: It is unkind. It merely shows me my wrinkles.

MRS ALLONBY: Mine is better behaved. It never tells me the truth.

LORD ILLINGWORTH: Then it is in love with you.

당신 마음속에 사랑을 간직하십시오. 사랑 없는 삶은 해가 들지 않아 꽃들이 죽어 버린 정원과 같습니다. 사랑하고 사랑받는다는 자각은 우리 삶에 그 어떤 것으로도 대신할 수 없는 따뜻함과 풍요로움을 선사해 줍니다.

Keep love in your heart. A life without it is like a sunless garden when the flowers are dead. The consciousness of loving and being loved brings a warmth and richness to life that nothing else can bring.

그들은 처음에는 소멸하는 사랑, 영혼에 대한 영혼의 사랑으로 사랑을 했다. 그런 다음에는 결코 죽지 않는 사랑, 육체에 대한 육체의 사랑으로 사랑을 했다.

First they loved with the love that dies — the love of the soul for the soul; and then they

loved with the love that never dies — the love
of the body for the body.

"언제나!"라고, 그건 정말 무서운 단어야. 나는 그 말을 들을
때마다 몸서리가 쳐져. 여자들은 그 말을 아주 즐겨 쓰지. 여
자들은 로맨스를 영원히 지속시키려다가 번번이 망쳐 버리곤
해. 그건 무의미한 말이기도 해. 변덕과 평생 지속되는 열정
사이에 다른 점이 있다면 변덕이 좀 더 오래간다는 것뿐이야.

Always! That is a dreadful word. It makes me
shudder when I hear it. Women are so fond of
using it. They spoil every romance by trying to
make it last for ever. It is a meaningless word
too. The only difference between a caprice and
a life-long passion is that the caprice lasts a
little longer.

살면서 단 한 번만 사랑하는 사람들은 생각이 얕은 사람들이
야. 사람들이 변치 않는 마음, 변함없는 사랑이라고 부르는 것
은 내겐 습관의 무기력 상태나 상상력 부족의 또 다른 이름일
뿐이야. 감정적인 삶에서의 변함없는 사랑은 지적인 삶에서
의 일관성과 같은 거라고. 그것은 단지 거듭된 실패의 고백일
뿐이라는 말이지. 변함없는 사랑이라고! 난 언젠가 그걸 분석
해 볼 생각이야. 그 속에는 소유에 대한 열정이 감춰져 있거

든. 우리에게는 다른 사람들이 빼앗아 가는 게 두렵지만 않다면 망설임 없이 내다 버릴 것들이 많이 있단 말이지.

The people who love only once in their lives are really the shallow people. What they call their loyalty, and their fidelity, I call either the lethargy of custom or their lack of imagination. Faithfulness is to the emotional life what consistency is to the life of the intellect — simply a confession of failures. Faithfulness! I must analyze it some day. The passion for property is in it. There are many things that we would throw away if we were not afraid that others might pick them up.

난 약혼 기간이 긴 것을 찬성하지 않는다. 긴 약혼 기간은 결혼 전에 서로의 본모습을 발견할 수 있는 기회를 제공한다. 그건 결코 바람직한 일이 아니다.

I am not in favour of long engagements. They give people the opportunity of finding out each other's character before marriage, which I think is never advisable.

결혼에는 상호 간의 오해가 적당히 필요한 법이다.

The proper basis for marriage is mutual misunderstanding.

내 남편은 약속 어음 같아요. 볼 때마다 넌더리가 나요.

My husband is a sort of promissory note; I'm tired of meeting him.

현대 생활에서는 다른 사람들의 부인에게 비밀을 가지는 것이 꼭 필요한 사치처럼 여겨진다. 그러나 어떤 남자도 자기 아내에게는 비밀이 있으면 안 된다. 그녀는 반드시 그걸 알아내고야 말 것이다. 여자들은 세상사에 대한 놀라운 직감을 갖고 있다. 그들은 명백한 것을 제외하고는 뭐든지 찾아낼 수 있다.

Secrets from other people's wives are a necessary luxury in modern life. But no man should have a secret from his wife. She invariably finds it out. Women have a wonderful instinct about things. They can discover everything except the obvious.

로맨스는 반복에 의해 살고, 반복은 단순한 욕구를 예술로 변화시킨다. 게다가 사랑을 할 때마다 그 사랑은 유일무이한 사랑이다. 대상의 차이가 열정의 유일성(唯一性)을 달라지게 하지는 않는다. 다만 그 유일성을 강화할 뿐이다.

Romance lives by repetition, and repetition converts an appetite into an art. Besides, each time that one loves is the only time one has ever loved. Difference of object does not alter singleness of passion. It merely intensifies it.

사랑에 빠지는 것은 자신을 넘어서는 것이다.

To be in love is to surpass oneself.

도리언 그레이: 나는 공작부인을 아주 좋아하긴 하지만 사랑하지는 않아요.
헨리 경: 공작부인은 자네를 대단히 사랑하지만 그만큼 자네를 좋아하지는 않지. 그래서 두 사람은 완벽한 한 쌍인 거야.

DORIAN GRAY: I like the Duchess very much, but I don't love her.
LORD HENRY: And the Duchess loves you very much, but she likes you less, so you are excellently matched.

사랑은 시장에서 거래하지도, 행상꾼의 저울을 사용하지도 않는다. 사랑의 기쁨은 지적인 기쁨처럼 사랑 자체로 살아 있음을 느끼는 것이다. 사랑의 목적은 사랑하는 것이다. 그 이상도 그 이하도 아닌.

Love does not traffic in a marketplace, nor use a huckster's scales. Its joy, like the joy of the intellect, is to feel itself alive. The aim of Love is to love: no more, and no less.

사랑은 지혜보다 훌륭하고, 재물보다 귀한 것이다.

Love is better than wisdom, and more precious than riches.

정말이지 사랑은 놀라운 것이다. 에메랄드보다 더 귀하고, 멋진 오팔보다 더 값지다. 진주와 석류로도 살 수 없고, 시장에서 구할 수도 없다. 사랑은 상인들에게서 살 수 없고, 금의 무게를 재는 저울로도 그 무게를 달 수 없다.

Surely love is a wonderful thing. It is more precious than emeralds, and dearer than fine opals. Pearls and pomegranates cannot buy it, nor is it set forth in the marketplace. It may not

be purchased of the merchants, nor can it be
weighed out in the balance for gold.

대부분의 사람들은 사랑과 존경을 '위해' 살아간다. 하지만
우린 사랑과 존경에 '의해' 살아야만 한다.

Most people live *for* love and admiration. But it
is *by* love and admiration that we should live.

사랑만이 누구라도 살아 있게 할 수 있다.

Only love can keep anyone alive.

사랑은 아주 하찮은 것이라도 달콤한 추억의 증표로 변화시
킬 수 있다.

Love can translate the very meanest thing into a
sign of sweet remembrances.

로맨스가 인류애가 아니라면 무엇이겠는가?

What is romance but humanity?

로맨스는 모든 곳에 존재했다. 하지만 옥스퍼드와 마찬가지로 베네치아는 로맨스를 위한 배경을 보존해 왔다. 진정으로 낭만적인 기질의 사람에게는 배경이 곧 모든 것이었다.

> There was romance in every place. But Venice, like Oxford, has kept the background for romance, and, to the true romantic nature, background was everything.

로맨스는 결코 죽지 않는다. 로맨스는 달과 같아서 영원히 살아 있다.

> Romance never dies. It is like the moon, and lives for ever.

로맨틱한 경험 같은 건 없다. 로맨틱한 기억들과 로맨스에 대한 욕망이 있을 뿐이다. 황홀경이 느껴지는 더없이 강렬한 순간들은 단지 어디선가 우리가 느꼈거나 언젠가 느끼기를 갈망하는 것의 반영일 뿐이다.

> There is no such thing as a romantic experience; there are romantic memories, and there is the desire of romance — that is all. Our most fiery moments of ecstasy are merely

shadows of what somewhere else we have felt,
or of what we long someday to feel.

난 전혀 낭만적이지 않습니다. 그 정도로 나이가 들진 않았거
든요. 낭만은 나보다 연장자들의 몫이죠.

I am not at all romantic. I am not old enough. I
leave romance to my seniors.

우리를 배신할 수 있는 것은 우리가 사랑하는 사람들뿐이다.

It is only those we love who can betray us,

한 번의 키스는 한 인간의 삶을 망칠 수 있다. 나는 그것을 잘
안다. 아주 잘 알고 있다.

A kiss may ruin a human life. *I* know that, *I*
know that too well.

남편이 너무 매력적이어서는 안 된다고 생각해요. 그건 너무
위험하거든요.

I don't think a husband should be too fascinating. It is so dangerous.

당신은 한평생 다시는 그런 사랑을 만날 수 없을 거예요. 그런 사랑을 버린다면, 언젠가 사랑에 목마를 날이 올 거예요. 그런 사랑은 두 번 다시 당신에게 주어지지 않을 거라고요.

You may never meet again with such love again in your whole life. If you throw it away, the day may come when you will starve for love and it will not be given to you.

사랑은 많은 사람들과 나눌 수 있지만 결혼은 딱 한 사람하고만 할 수 있는 것, 그것이 인생의 로맨스다.

The romance of life is that one can love so many people and marry but one.

사랑이 대체 뭐라는 말인가! 사랑이라는 고귀한 광기의 존엄하고 억누를 길 없는 힘은 꿀 발린 독으로 영혼을 독살하고 만다. 아아! 나는 그토록 달콤한 파멸로부터 멀리 달아나야겠다……

And Love! That noble madness, whose august and inextinguishable might can slay the soul with honeyed drugs — alas! I must from such sweet ruin play the runaway⋯⋯

당신과 나 같은 두 사람에게는 하나의 세상만으로는 충분하지 않다.

One world was not enough for two like me and you.

사랑은 안전하지 않다.

Love is not safe.

난 당신을 머물게 하지도 가 버리게 하지도 않을 것이다. 당신이 머물면 내게서 사랑을 훔쳐 갈 것이고,·당신이 가 버리면 내 사랑을 함께 가져가 버릴 테니까.

I would not have you either stay or go. For if you stay you steal my love away from me, and if you go you take my love away.

'내 인생의 가장 근사한 로맨스' 같은 말을 입에 올려서는 안 된다. 그보다는 '내 생애 최초의 로맨스'라고 말해야 한다. 당신은 언제나 사랑받을 것이고, 언제나 사랑과 사랑에 빠져 있을 것이기 때문이다.

> You should not say the greatest romance of
> your life. You should say the first romance of
> your life. You will always be loved, and you
> will always be in love with love.

그는 내게 삶이 무엇인지, 죽음이 무엇을 의미하는지 그리고 왜 사랑이 삶과 죽음보다 강한지를 알게 해 주었다.

> He made me see what Life is, and what Death
> signifies, and why Love is stronger than both.

그는 사랑이 바로 현자들이 찾아 헤매던 세상의 숨겨진 비밀이라는 것을 간파했고, 오직 사랑을 통해서만 나환자의 마음이나 하느님의 발밑에 다가갈 수 있음을 깨달았다.

> He saw that love was that lost secret of the
> world for which the wise men had been
> looking, and that it was only through love that
> one could approach either the heart of the

leper or the feet of God.

내게 사랑이 없다면, 사랑의 신성한 보물이 없다면,
나는 무시무시한 하데스로 건너갈 것이니.
무덤을 나의 기쁨의 방으로 삼을 것이며,
죽음을 나의 연인과 주님으로 여길 것이다.

Without love, or love's holiest treasure,
I shall pass into Hades abhorred,
To the grave as my chamber of pleasure,
To death as my Lover and Lord.

오직 사랑만이 겨울을 알지 못하고 결코 죽지 않으며,
위협적인 폭풍우나 납빛 하늘을 두려워하지 않는다.
나의 시를 읊는 내 나약한 입술이 더듬거릴지라도
당신을 향한 내 사랑은 결코 죽지 않으리니.

Love only knows no winter; never dies:
Nor cares for frowning storms or leaden skies,
And mine for thee shall never pass away,
Though my weak lips may falter in my lay.

겸양을 아는 사람에게 불가능이란 없다. 그리고 사랑을 아는 사람에겐 모든 것이 쉬워진다.

To Humility there is nothing that is impossible,
and to Love all things are easy.

한 사람을 다른 사람과 구분 짓는 것은 바로 사랑과 사랑을 하는 능력이다.

It is love, and the capacity for it, that
distinguishes one human being from another.

어떤 세상에도 사랑이 뚫고 들어가지 못할 감옥은 없다.

There is no prison in any world into which
Love cannot force an entrance.

사람들은 영원히 변하지 않는 것 때문에 얼마나 법석을 떠는지! 심지어 사랑이라는 것도 순전히 생리적인 문제일 뿐이라고. 우리의 의지와는 아무 상관없단 말이지. 젊은 남자들은 한 여자만 사랑하고 싶어 하지만 생리적으로 그게 안 되는 거야. 나이 든 남자들은 여러 여자를 사랑하고 싶어 하지만 몸이 따라 주질 않는 거라고.

What a fuss people make about fidelity!
Why, even in love it is purely a question for
physiology. It has nothing to do with our own
will. Young men want to be faithful and are
not; old men want to be faithless and cannot.

사교계에서 어슬렁대는 총각들의 수는 부끄러울 정도로 많
다. 열두 달 내로 그들을 강제로 결혼시키는 법이 통과되어야
만 한다.

It is perfectly scandalous the amount of
bachelors who are going about society. There
should be a law passed to compel them all to
marry within twelve months.

요즘엔 모두가 다른 사람들을 질투한다, 물론, 남편과 아내만
빼고는.

Nowadays everybody is jealous of everyone
else, except, of course, husband and wife.

총각은 이제 한물갔다. 총각들은 흠이 있는 사람들이다. 사람
들은 그들에 관해 너무 많은 것을 알고 있다.

Bachelors are not fashionable any more. They are a damaged lot. Too much is known about them.

처녀들은 자신들이 재미 삼아 놀던 남자하고는 절대 결혼하지 않는다. 그러는 게 옳지 않다고 생각하기 때문이다.

Girls never marry the men they flirt with. Girls don't think it right.

런던에는 자기 남편하고 시시덕거리는 여자들이 얼마나 많은지 정말 볼썽사나워. 아주 꼴불견이라니까. 깨끗한 빨래를 사람들 앞에서 빨아 대는 것과 뭐가 다르냔 말이야.

The amount of women in London who flirt with their husbands is perfectly scandalous. It looks so bad. It is simply washing one's clean laundry in public.

그녀의 유머 감각은 그녀로 하여금 위대한 사랑의 비극을 알지 못하게 한다. 그리고 그녀의 사랑에서는 로맨스나 겸손을 찾아볼 수 없다. 따라서 그녀는 이상적인 아내가 될 수 있을 것이다.

Her sense of humor keeps her from the tragedy of a *grande passion*, and, as there is neither romance nor humility in her love, she makes an excellent wife.

맙소사! 결혼이 이렇게 한 남자를 망칠 수 있다니! 결혼은 담배만큼이나 사람을 추하게 만들면서 훨씬 비싸게 먹힌다.

Good heavens! how marriage ruins a man! It's as demoralizing as cigarettes, and far more expensive.

남편들에게 때때로 잔소리를 해서, 우리에게 그럴 수 있는 완벽한 법적 권리가 있다는 것을 상기시키지 않으면 그들은 우리 존재를 까맣게 잊어버리고 말 거라고요.

Our husbands would really forget our existence if we didn't nag at them from time to time, just to remind them that we have a perfect legal right to do so.

모든 남자는 유부녀들의 재산이다. 그것은 유부녀가 가진 진정한 재산에 대한 유일하게 올바른 정의다.

All men are married women's property. That is the only true definition of what married women's property really is.

사랑 없는 결혼은 끔찍하다. 그러나 사랑이 전혀 없는 결혼보다 더 나쁜 게 하나 있다. 사랑은 있지만, 한쪽에서만 사랑을 하는 경우. 상대에 대한 신의가 있지만, 한쪽에서만 신의를 지키는 경우. 상대를 위해 헌신하지만, 한쪽에서만 헌신하는 경우. 그래서 두 사람의 마음 중 어느 한쪽 마음이 찢어질 게 분명한 결혼은 사랑 없는 결혼보다 더 나쁘다.

Loveless marriages are horrible. But there is one thing worse than an absolutely loveless marriage. A marriage in which there is love, but on one side only; faith, but on one side only; devotion, but on one side only, and in which of the two hearts one is sure to be broken.

아, 깜빡 잊었네요, 당신 남편은 예외적인 분이죠. 내 남편은 일반 규칙 같은 사람이거든요. 일반 규칙 같은 남자와 결혼해서 사는 것보다 여자를 더 빨리 늙게 하는 건 없답니다.

Ah, I forgot, your husband is the exception. Mine is the general rule, and nothing ages a woman so rapidly as having married the general rule.

우리 남자들 중에서 결혼하는 여자에게 충분히 좋은 짝인 사람은 아무도 없다.

None of us men may be good enough for the women we marry.

결혼의 진정한 단점은 자아를 상실하게 한다는 데에 있다. 이기적이지 않은 사람들은 색깔이 없는 사람들이다. 그들에겐 개성이 없다.

The real drawback to marriage is that it makes one unselfish. And unselfish people are colourless. They lack individuality.

요즘은 여자들의 교육 수준이 아주 높아져서, 행복한 결혼을 제외하고는 우리를 놀라게 할 만한 일이 거의 없다. 행복한 결혼은 분명 현저히 줄어들고 있다.

Women have become so highly educated that nothing should surprise us nowadays, except happy marriages. They apparently are getting remarkably rare.

마크비 부인: 물론 내가 젊었을 때는, 우린 아무것도 이해해서는 안 된다고 배웠어요. 그건 구식 체제이긴 했지만 굉장히 흥미로웠죠. 나와 가엾은 내 언니는 이해하면 안 된다고 배웠던 게 엄청나게 많았다니까요. 하지만 내가 듣기로 현대 여성은 모든 걸 이해한다지요.
취블리 여사: 자기 남편을 제외하고는요. 현대 여성도 자기 남편만은 절대 이해하지 못한답니다.
마크비 부인: 그건 아주 좋은 일인 것 같은데요. 여자들이 남편을 이해한다면 행복한 가정이 깨질 수도 있지 않겠어요.

LADY MARKBY: In my time, of course, we were taught not to understand anything. That was the old system, and wonderfully interesting it was. I assure you that the amount of things I and my poor dear sister were taught no to understand was quite extraordinary. But modern women understand everything, I am told.

MRS. CHEVELEY: Except their husbands. That

is the one thing the modern woman never understands.

LADY MARKBY: And a very good thing, too, dear, I dare say. It might break up many a happy home if they did.

프리즘 양: 결혼한 남자를 매력적이라고 생각하는 사람은 자기 아내 말고는 없어요.

채서블: 내가 듣기로는 아내조차도 매력을 느끼지 못하는 경우가 많다던데요.

MISS PRISM: No married man is ever attractive except to his wife.

CHASUBLE: And often, I am told, not even to her.

그녀는 여러 번 남편을 바꾸었다. 사실상 디브렛 귀족 연감에는 결혼을 세 번 한 것으로 기록되어 있다. 그러나 그녀가 연인을 바꾼 적은 한 번도 없으므로, 세상 사람들은 그녀에 관해 쑥덕거리는 일을 오래전에 그만두었다.

She had more than once changed her husband — indeed, Debrett credits her with three marriages but as she had never changed her love, the world had long ago ceased to talk scandal about her.

사랑 때문에 죄지은 사람에겐 아무 죄가 없다.

They do not sin at all, who sin for love.

내가 아는 모든 건, 우리는 큰 자비심 없이는 인생을 이해할 수 없으며, 큰 자비심 없이는 인생을 살아갈 수 없다는 사실이다. 다음 세상은 어떻게 설명될 수 있을지 모르겠지만, 지금 세상을 진정으로 설명할 수 있는 것은 독일 철학이 아니라 사랑이다.

All I do know is that life cannot be understood without much charity, cannot be lived without much charity. It is love, and not German philosophy, that is the true explanation of this world, whatever may be the explanation of the next.

당신을 평범한 사람으로 대하는 이를 결코 사랑하지 마라.

Never love anyone who treats you like you're

ordinary.

결혼은 지성에 대한 상상력의 승리다. 두 번째 결혼은 경험에 대한 희망의 승리다.

> Marriage is the triumph of imagination over intelligence. Second marriage is the triumph of hope over experience.

이제 세상은 예전의 세상이 아닙니다. 상아와 금으로 만들어진 당신이 있기 때문입니다. 당신 입술의 곡선이 역사를 다시 쓰고 있습니다.

> The world is changed because you are made of ivory and gold. The curves of your lips rewrite history.

그 모든 영광이 더럽혀진 세상을 바라보면서 여전히 그 세상을 사랑하는 데는 커다란 용기가 필요하다. 그리고 당신이 사랑하는 사람에게서 그런 세상을 발견하는 데는 더욱더 커다란 용기가 필요하다.

> It takes great courage to see the world in all its

tainted glory, and still to love it. And even more courage to see it in the one you love.

일부양처는 여분의 아내를 하나 더 두는 것이다. 일부일처도 마찬가지다.

Bigamy is having one wife too many. Monogamy is the same.

자기 아내가 농담을 받아들이지 못한다고 불평하는 남자는, 그녀가 자신을 받아들였다는 사실을 잊고 있다.

The man who says his wife can't take a joke, forgets she took him.

사랑은 한 사람과 다른 모든 사람들의 차이점에 대한 엄청난 과장이다.

Love is a gross exaggeration of the difference between one person and everybody else.

바보같이 무언가를 찾아 헤매는 것이 인생이라면, 사랑은 바보같이 두 사람이 서로를 찾아 헤매는 일이다.

Life is one fool thing after another whereas love
is two fool things after each other.

4

젊음과 노년,
부모와 자식, 친구:

스물한 살이라는 것은
아주 놀라운 재능이다

청춘은 아무런 이유 없이도 웃을 줄 안다. 그게 젊음이 지닌 가장 큰 매력 중 하나다.

Youth smiles without any reason. It is one of its chiefest charms.

젊음을 유지하는 비결은 자신에게 어울리지 않는 감정을 절대 느끼지 않는 것이다.

The secret of remaining young is never to have an emotion that is unbecoming.

지금 영국에 완벽한 외모로 인생을 시작해서 종국에는 몇몇 유용한 직업을 선택하고 마는 젊은이들이 엄청나게 많다는 사실에는 비극적인 무언가가 있다.

There is something tragic about the enormous number of young men there are in England at the present moment who start life with perfect profiles, and end by adopting some useful profession.

가족은 엄청나게 거추장스러운 짐이다. 결혼하지 않은 사람에겐 특히 더 그렇다.

A family is a terrible encumbrance, especially when one is not married.

인간은 그가 사귀는 친구로 평가될 수 있다. 친구는 모든 사람의 시금석이다.

Men can be judged by their friendship. It is a test of every man.

나는 외모가 잘생긴 이들은 친구로 삼고, 성격이 좋은 사람들과는 그냥 알고 지내며, 머리가 좋은 사람들은 적으로 만든다. 사람은 매우 신중하게 자신의 적들을 선택해야 한다. 내 적들

중에는 어리석은 사람이 하나도 없다. 그들은 모두 어느 정도 지성을 갖춘 사람들이다. 따라서 그들은 모두 나의 진가를 인정한다.

> I choose my friends for their looks, my acquaintances for their good characters, and my enemies for their good intellects. A man cannot be too careful in his choice of enemies. I have not got one who is a fool. They are all men of some intellectual power, and consequently they all appreciate me.

내 젊음을 되찾을 수만 있다면 난 무엇이든 할 거야. 운동을 하고 아침에 일찍 일어나고 품위 있게 살아야 한다는 주문만 아니라면 말이지. 청춘! 청춘보다 소중한 것은 없어. 젊은이들이 아무것도 모른다는 건 말도 안 되는 소리야. 지금 내가 진지하게 귀 기울여 듣는 의견은 나보다 훨씬 젊은 사람들의 의견이야. 그들이 나보다 더 앞서가는 것 같아. 삶이 그들에게 인생이 지닌 최근의 신비를 보여 주는 거지. 나이 든 사람들에 대해 말하자면, 난 언제나 그들의 말을 반박해. 난 내 원칙에 따라 그렇게 하는 거야. 어제 일에 대해 그들에게 의견을 구하면, 그들은 엄숙한 목소리로 1820년대에나 통했을 법한 의견을 늘어놓곤 하지. 장식깃이 달린 옷을 입은 사람들이 아무거나 믿으면서 정작 아는 건 하나도 없었던 시절 말이야.

To get back my youth, I would do anything in the world, except take exercise, get up early, or be respectable. Youth! There is nothing like it. It's absurd to talk of the ignorance of youth. The only people to whose opinions I listen now with any respect are people much younger than myself. They seem in front of me. Life has revealed to them her latest wonder. As for the aged, I always contradict the aged. I do it on principle. If you ask them their opinion on something that happened yesterday, they solemnly give you the opinions current in 1820, when people wore high stocks, believed in everything, and knew absolutely nothing.

나이 든 사람의 비극은 늙었다는 데 있는 게 아니라 여전히 젊다는 데 있다.

The tragedy of old age is not that one is old, but that one is young.

웃음은 우정을 시작하는 꽤 괜찮은 방법이다. 그리고 절교의 방법으로는 단연 최상이다.

Laughter is not at all a bad beginning for a friendship. And it is far the best ending for one.

서른다섯은 아주 매력적인 나이다. 런던 사교계에는 스스로의 선택에 따라 수년 동안 계속 서른다섯 살에 머물러 있는 고귀한 가문 출신의 여자들이 득실거린다.

Thirty-five is a very attractive age. London society is full of women of the very highest birth who have, of their own free choice, remained thirty-five for years.

노년에는 뭐든지 믿고, 중년에는 뭐든지 의심하며, 젊을 때는 뭐든지 안다.

The old believe everything, the middle-aged suspect everything: the young know everything.

생각이 고루한 사람들은 불필요한 것들만이 유일하게 필요한 시대에 우리가 살고 있음을 깨닫지 못하는 이들이다.

Old-fashioned people don't realize that we live

in an age when unnecessary things are our only necessities.

아이들은 어릴 때에는 부모를 사랑한다. 그러다 조금 지나면 부모를 판단한다. 그리고 아주 드물게 부모를 용서한다.

Children begin by loving their parents. After a time they judge them. Rarely, if ever, do they forgive them.

취블리 여사: 요즘에는 아버지가 아들에게 배울 게 아주 많죠.
마크비 부인: 그래요? 뭘 배우는데요?
취블리 여사: 처세술이요. 현대가 만들어 낸 유일한 진짜 예술이죠.

MRS CHEVELEY: Fathers have so much to learn from their sons nowadays.
LADY MARKBY: Really, dear? What?
MRS CHEVELEY: The art of living. The only really Fine Art we have produced in modern times.

일링워스 경: 난 절대 나이 들 생각이 없어요. 영혼은 늙게 태

어나 점점 젊어지죠. 그게 인생의 희극이죠.

알론비 여사: 그리고 몸은 젊게 태어나 점점 늙어 가고요. 그게 인생의 비극이죠.

LORD ILLINGWORTH: I never intend to grow old. The soul is born old but grows young. That is the comedy of life.

MRS ALLONBY: And the body is born young and grows old. That is life's tragedy.

요즘 부모님들은 자기 자식들이 하는 말에 아무 관심도 두지 않아요. 젊은이들에게 구식으로 존경을 표하는 행위는 빠른 속도로 사라지고 있어요. 내가 엄마한테 미칠 수 있는 영향은 그게 무엇이든 세 살 무렵에 이미 끝났다고요.

Few parents nowadays pay any regard to what their children say to them. The old-fashioned respect for the young is fast dying out. Whatever influence I ever had over mamma, I lost at the age of three.

물론 어머니의 사랑은 감동적이지만 이상하게도 이기적일 때도 많지. 내 말은, 어머니의 사랑 속에는 상당한 이기심이 포함되어 있다는 거야.

A mother's love is very touching, of course, but it is often curiously selfish. I mean, there is a good deal of selfishness in it.

내가 그를 잘 안다면 난 결코 그의 친구가 될 수 없을 것이다. 자기 친구를 잘 안다는 것은 아주 위험한 일이기 때문이다.

I dare say that if I knew him I should not be his friend at all. It is a very dangerous thing to know one's friend.

내 경험으로는, 사람들은 더 잘 알 만큼 충분히 나이가 들면 전혀 아무것도 모르게 된다.

My experience is that as soon as people are old enough to know better, they don't know anything at all.

잘못을 저지를 만큼 나이를 먹었다는 것은, 마찬가지로 옳은 일을 할 수 있을 만큼 나이를 먹었다는 걸 의미한다.

When a man is old enough to do wrong he

should be old enough to do right also.

우리 나이가 갖는 두 가지 결함은, 원칙의 부재와 옆모습이 형편없어진다는 것이다.

The two weak points in our age are its want of principle and its want of profile.

살아갈수록 절실히 느끼는 것은, 우리 아버지들에게 충분히 좋았던 것은 그게 무엇이든 우리에겐 충분히 좋지 않다는 사실이다.

The longer I live…… the more keenly I feel that whatever was good enough for our fathers is not good enough for us.

어떤 세대도 그 이전 세대의 속어를 빌려 쓰지 않는다.

No age borrows the slang of its predecessor.

당신은 무엇보다 멋진 젊음을 갖고 있다. 삶에서 가질 만한 가치가 있는 것은 젊음뿐이다.

You have the most marvellous youth, and youth is the one thing worth having.

당신의 과도한 사치는 그 자체로는 죄악이 아니야. 젊음은 본래 사치스러운 법이니까. 당신이 부끄럽게 생각해야 할 점은, 당신이 부리는 그 사치의 대가를 대신 치르도록 내게 강요했다는 사실이야.

Your reckless extravagance was not a crime. Youth is always extravagant. It was your forcing me to pay for your extravagances that was disgraceful.

세상은 한 철 동안만 젊음의 것이다.

The world belongs to you for a season.

스물한 살이라는 것은 아주 놀라운 재능이다.

It is a kind of genius to be twenty-one.

나는 자네의 젊음이 낭비된다면 얼마나 비극적인 일일지 생각했네. 자네의 젊음이 지속될 시간이 그토록 짧기 때문에, 진정 그토록 짧기 때문이지. 언덕의 평범한 들꽃은 시들지만 다시 피어나지. 금사슬나무 꽃은 내년 6월에도 지금처럼 노랗게 피어날 거야. 한 달 후면 클레머티스가 자색 별들을 피워 낼 것이고, 다음 해 또 그다음 해에도 클레머티스의 푸른 밤 같은 잎들엔 또다시 자색 별들이 피어날 거야. 하지만 우리는 결코 우리의 젊은 시절로 돌아갈 수 없네. 스무 살 때 우리 안에서 고동치던 기쁨의 맥박은 점점 느려질 거야. 사지에 힘이 빠지고 우리의 감각엔 녹이 슬겠지. 우린 흉측한 꼭두각시로 점점 퇴보해 가고, 우리가 그토록 두려워했던 열정의 기억과 우리가 굴복할 용기가 없었던 달콤한 유혹의 기억으로 괴로워하게 될 거야. 젊음! 젊음! 이 세상에서 젊음만큼 소중한 것은 아무것도 없네!

I thought how tragic it would be if you were wasted. For there is such a little time that your youth will last — such a little time. The common hill-flowers wither, but they blossom again. The laburnum will be as yellow next June as it is now. In a month there will be purple stars on the clematis, and year after year the green night of its leaves will hold the purple stars. But we never get back our youth. The pulse of joy that beats in us at twenty becomes sluggish. Our limbs fail, our senses rot. We degenerate into hideous puppets, haunted by the memory of the passions of which we were too much afraid, and the exquisite temptations that we had not the courage to yield to. Youth! Youth! There is absolutely nothing in the world but youth!

그에겐 적이 하나도 없다. 그리고 그를 좋아하는 친구 또한 아무도 없다.

He has no enemies, and none of his friends like him.

뛰어난 적을 만나는 것은 믿음직한 친구를 두는 것 다음으로 즐거운 일이다.

Next to having a staunch friend is the pleasure of having a brilliant enemy.

나는 최악의 적을 잃기보다는 가장 절친한 친구를 잃는 편을 택할 것이다. 심성이 온화하기만 하면 친구는 얼마든지 만들 수 있다. 그러나 적이 하나도 없다는 사실은 그 사람에게 비열한 구석이 있음을 말해 주는 것이다.

I would sooner lose my best friend than my
worst enemy. To have friends, you know, one
need only be good-natured; but when a man
has no enemy left there must be something
mean about him.

모리스는 베지크 게임에서 스물다섯 번을 이겼고, 나는 스물
네 번을 이겼다. 사실 그에게는 젊음이 있고 내가 가진 거라곤
천재성밖에 없으니, 그가 나를 이기는 것은 지극히 당연한 일
이다.

Maurice has won twenty-five games of bezique
and I twenty-four: however as he has youth,
and I have only genius, it is only natural that he
should beat me.

두려워 말게, 제럴드. 자네는 세상에서 가장 멋진 걸 갖고 있
다는 사실을 잊지 말게. 젊음! 세상에서 젊음보다 귀한 것은
없네. 중년은 인생에 저당 잡혀 살고, 노년은 뒷방 늙은이 신
세로 전락하지. 하지만 젊음은 인생의 왕이야. 젊음에겐 그를
위해 준비된 왕국이 있지.

Don't be afraid, Gerald. Remember that you've

got on your side the most wonderful thing in the world — youth! There is nothing like youth. The middle-aged are mortgaged to Life. The old are in Life's lumber-room. But youth is the Lord of Life. Youth has a kingdom waiting for it.

자신이 생각하는 바를 솔직히 말할 수 없다면 우정이 무슨 소용이 있겠는가? 누구라도 듣기 좋은 말을 하면서 비위를 맞추고 아첨할 수 있지만, 진정한 친구라면 언제라도 듣기 싫은 이야기를 해 줄 줄 알고, 고통을 주는 것도 꺼리지 않아야 하는 거야.

But what is the good of friendship if one cannot say exactly what one means? Anybody can say charming things and try to please and to flatter, but a true friend always says unpleasant things, and does not mind giving pain.

당신은 모든 사람을 좋아한다. 그건 즉 당신이 모두에게 무관심하다는 뜻이다.

You like everyone; that is to say, you are indifferent to everyone.

친구는 언제나 신이 보내 준 선물이다.

One's friends are always a gift-god-given.

우정은 사랑보다 훨씬 비극적이다. 우정이 사랑보다 더 오래 가기 때문이다.

Friendship is far more tragic than love. It lasts longer.

난 예전에는 친구의 가치를 그 수로 평가하곤 했다. 하지만 이젠 친구가 단 한 명밖에 없는 사람에게도 신은 두 개의 세상을 선물했음을 알게 되었다.

I used to estimate friends by their number: now I know that to everyone who has even *one* friend, God has given *two* worlds.

사랑은 나름대로 아주 좋은 것이지만, 우정은 사랑보다 더 고귀하다. 나는 세상에서 헌신적인 우정보다 숭고하거나 귀한 것을 알지 못한다.

Love is all very well in its way, but friendship

is much higher. Indeed I know nothing in the world that is either nobler or rare than a devoted friendship.

나는 그를 너무 잘 알아서 십 년간 그에게 한 마디도 하지 않았다.

I know him so well that I haven't spoken to him in ten years.

어니스트, 자넨 참 명쾌한 친구야. 하지만 자네 관점은 몹시 부적절해 보이네. 자네보다 나이가 많은 사람의 이야기에 내 내 귀 기울였던 게 문제인 것 같군. 그건 언제나 위험한 일이 거든. 그리고 그런 태도가 습관으로 굳어지게 내버려 둔다면, 그게 지적 발달에 얼마나 치명적인지 알게 될 거야.

Ernest, you are quite delightful, but your views are terribly unsound. I am afraid that you have been listening to the conversation of someone older than yourself. That is always a dangerous thing to do, and if you allow it to degenerate into a habit you will find it absolutely fatal to any intellectual development.

요즘 젊은 사람들은 돈이 전부라고 생각한다. 그리고 나이가 들면 그게 사실이라는 것을 알게 된다.

Young people nowadays imagine that money is everything, and when they grow older they know it.

당신의 결점들을 너무 자만하지 말아요. 나이가 들어가면서 그것들을 잃게 될 테니까요.

Don't be conceited about your bad qualities. You may lose them as you grow old.

어째서 부모님은 항상 부적절한 때에 나타나시는 거지? 아무래도 자연 현상의 기이한 실수인 것 같아.

Why will parents always appear at the wrong time? Some extraordinary mistake in nature, I suppose.

나이가 들면 지혜가 생기는 법이지만, 때로는 그냥 나이만 먹기도 한다.

With age comes wisdom, but sometimes age comes alone.

무엇이든 주저한다는 건 젊은이의 경우에는 정신적 퇴보의 징후고, 노인의 경우에는 신체적 노쇠의 징후다.

Hesitation of any kind is a sign of mental decay in the young, of physical weakness in the old.

진정한 친구는 등 뒤가 아닌 앞에서 당신을 칼로 찌른다.

A true friend stabs you in the front, not the back.

난 모든 것을 알 만큼 충분히 젊지 않다.

I am not young enough to know everything.

부모 중 한 사람을 잃는 것은 하나의 불운으로 여겨질 수 있다. 그러나 두 사람을 다 잃는 것은 무심함으로 비친다.

To lose one parent may be regarded as a

misfortune; to lose both looks like carelessness.

그렇게 로맨스로 채색된 우정에는 비극적인 무언가가 있는 듯했다.

There seemed to be something tragic in a friendship so coloured by romance.

마흔 살은 젊음의 노년이고, 쉰 살은 노년의 젊음이다.

Forty is the old age of youth; fifty is the youth of old age.

우정은 학교에서 배울 수 있는 게 아니다. 그러나 학교에서 우정의 의미를 배우지 못했다면 사실상 아무것도 배우지 못한 것이나 다름없다.

Friendship is not something you learn in school, but if you haven't learned the meaning of friendship you really haven't learned anything.

수많은 젊은이들이 과장하는 데 타고난 재능과 함께 삶을 시작한다. 적절하고 우호적인 환경에서 자라거나 최고의 모델들을 모방할 수 있다면, 그러한 재능은 진정 대단하고 훌륭한 무언가로 성장할 수 있을 것이다. 그러나 젊은이들은 대체로 아무것도 되지 못한다. 그들은 정확성이라는 부주의한 습관에 빠지거나 나이 많고 박식한 사람들과 어울리기 시작한다. 그리고 그 둘은 젊은이들의 상상력에 똑같이 치명적으로 작용한다.

Many a young man starts in life with a natural gift for exaggeration, which, if nurtured in congenial and sympathetic surroundings, or by the imitation of the best models, might grow into something really great and wonderful. But, as a rule, he comes to nothing. He either falls into careless habits of accuracy or takes to frequenting the society of the aged and the well informed. Both things are equally fatal to his imagination.

5 　대화의 기술,
　이야기와 스캔들:

　난 천재들을 바라보는 것과
　아름다운 사람들의
　이야기를 듣는 걸 좋아한다

대화의 목적은 기분 전환이지 가르치는 것이 아니다.

Recreation, not instruction, is the aim of conversation.

질문은 결코 경솔한 법이 없다. 대답이 때때로 경솔할 뿐이다.

Questions are never indiscreet. Answers sometimes are.

효과적인 대화의 본질은 '중단'이다. 효과적인 대화를 하려면 각자 상대방의 반응에 의해 이야기를 이어 가는 듯한 인상을 주어야 한다.

The essence of good dialogue is interruption. All good dialogue should give the effect of its being made by the reaction of the personages on one another.

대화는 가장 사랑스러운 예술 중 하나다.

Conversation is one of the loveliest of the art.

날씨 상태는 언제나 용납할 만한 서두가 될 수 있다. 하지만 언제라도 대화의 방향을 다른 데로 돌릴 수 있도록 날씨에 관한 패러독스나 이설(異說)을 항상 준비해 두는 게 편리하다.

The state of the weather is always an excusable exordium, but it is convenient to have a paradox or heresy on the subject always ready, so as to direct the conversation into other channels.

대화의 기술은 거의 모든 사람이 부릴 수 있는 것이다. 병적으로 정직하거나 언제나 진지한 태도로 높은 도덕적 가치를 지켜나가야 하는 사람, 대체로 둔한 정신의 소유자를 제외하고는.

The art of conversation is really within the reach of almost everyone, except those who are morbidly truthful, or whose high moral worth requires to be sustained by a permanent gravity of demeanor, and a general dullness of mind.

"같이 있는 사람이 지루하게 느껴지면 당신 자신을 탓하라." 라는 격언은 다소 낙관적인 말로 들린다.

The maxim "If you find the company dull, blame yourself" seems to us somewhat optimistic.

식사 자리에서 천재와 공작을 함께 만나는 경우, 능변가는 전자의 수준으로 자신을 높이고 후자를 자기 수준으로 끌어내리려고 애쓸 것이다. 자신보다 사회적으로 우위에 있는 사람들 사이에서 성공하려면 그들의 말을 반박하는 데 머뭇거림이 없어야 한다.

In the case of meeting a genius and a duke at dinner, the good talker will try to raise himself to the level of the former and to bring the latter down to his own level. To succeed

among one's social superiors one must have no
hesitation in contradicting them.

결코 남의 말을 경청해서는 안 된다. 경청은 말하는 사람에 대
한 무관심의 표시이기 때문이다.

One should never listen. To listen is a sign of
indifference to one's hearers.

헤스터: 난 런던에서 열리는 디너파티를 좋아하지 않아요.
알론비 여사: 난 굉장히 좋던데요. 똑똑한 사람들은 절대 남의
말을 듣지 않고, 멍청한 사람들은 절대 말을 하지 않거든요.

HESTER: I dislike London dinner-parties.
MRS ALLONBY: I adore them. The clever
people never listen, and the stupid people
never talk.

오! 그런 거창한 단어들은 쓰지 마세요. 그런 말들엔 별 의미
가 없으니까요.

Oh! don't use big words. They mean so little.

말들! 단지 말에 불과한 것들! 그런데도 그것들은 얼마나 무시무시한가! 얼마나 명료하고 생생하고 잔인한가! 우리는 말에서 도망칠 수 없다. 말들 안에는 얼마나 미묘한 마법이 숨어 있는가! 말은 형태 없는 것들에 조형적인 형태를 부여할 수 있는 듯하고, 비올이나 류트의 음악처럼 달콤한 음악을 간직하고 있는 듯 보인다. 말에 불과한 것들! 하지만 말만큼 실제적인 것이 또 있을까?

Words! Mere words! How terrible they are! How clear, and vivid, and cruel! One cannot escape from them. And yet what a subtle magic there is in them! They seem to be able to give a plastic form to formless things, and to have a music of their own as sweet as that of viol or of lute. Mere words! Is there anything so real as words?

똑똑한 사람들은 말이 너무 많아요, 안 그래요? 아주 나쁜 습성이죠. 그들은 언제나 자기 생각만 해요, 난 그들이 내 생각을 해 주길 바라는데.

Geniuses talk so much, don't they? Such a bad habit. And they are always thinking about themselves, when I want them to be thinking about me.

제발 나한테 날씨 얘기는 하지 마세요. 사람들이 날씨 얘기를
할 때마다, 무언가 다른 얘기를 하고 싶어 한다는 걸 느끼거든
요. 그래서 아주 짜증이 난다니까요.

Pray don't talk to me about the weather.
Whenever people talk to me about the weather,
I always feel certain that they mean something
else. And that makes me so nervous.

대화란 모든 주제를 폭넓게 다루어야 하며, 어느 한군데에 치
중해서는 안 된다.

Conversation should touch everything, but
should concentrate itself on nothing.

논쟁은 아주 천박한 것이다. 바람직한 사회에서는 모두가 똑
같은 의견을 갖고 있기 때문이다.

Arguments are extremely vulgar, for everybody
in good society holds exactly the same
opinions.

나는 어떤 종류의 논쟁도 싫어한다. 논쟁은 언제나 천박하고,

종종 설득력이 있기 때문이다.

> I dislike arguments of any kind. They are always vulgar, and often convincing.

경청한다는 것은 아주 위험한 일이다. 귀를 기울이면 설득당할 수 있기 때문이다. 논쟁에 설득당하는 것을 허용하는 사람은 철저하게 비이성적인 사람이다.

> It is a very dangerous thing to listen. If one listens one may be convinced; and a man who allows himself to be convinced by an argument is a thoroughly unreasonable person.

논쟁을 벌이는 사람은 지적으로 길을 잃은 사람들뿐이다.

> It is only the intellectually lost who ever argue.

캐버샴 경: 자네는 정말로 자신이 말하는 걸 항상 이해하나?
고링 경: (약간 머뭇거린 뒤) 네, 아버지, 주의 깊게 듣는다면 말이죠.

> LORD CAVERSHAM: Do you always really

understand what you say, sir?

LORD GORING: (after some hesitation) Yes, father, if I listen attentively.

교육을 잘 받은 사람들은 다른 사람들의 말을 반박한다. 현명한 사람들은 자기 자신의 말을 반박한다.

The well-bred contradict other people. The wise contradict themselves.

유일하게 가능한 운동 형태는 걷는 것이 아니라 말하는 것이다.

The only possible form of exercise is to talk, not walk.

사람들은 다른 이들에 관해 이야기할 때는 대체로 지루해. 그런데 자신들에 관해 이야기할 때는 거의 언제나 흥미로워지거든. 만약 그들이 지루해지기 시작할 때쯤, 읽기 싫증 난 책을 덮듯 쉽게 그들의 입을 다물게 할 수만 있다면 그들은 더없이 완벽해질 거야.

When people talk to us about others they are usually dull. When they talk to us about themselves they are nearly always interesting, and if one could shut them up, when they become wearisome, as easily as one can shut up a book of which one has grown wearied, they would be perfect absolutely.

아가씨, 당신 말에는 상당히 일리가 있어요. 그리고 그 말을 할 때 당신은 정말 예뻐 보였어요. 내겐 그 사실이 훨씬 더 중요해요.

My dear young lady, there was a great deal of truth, I dare say, in what you said, and you looked very pretty while you said it, which is much more important.

모든 여자에게는 그녀와 사랑에 빠진 것처럼 말하고, 모든 남자에게는 그가 자네를 지루하게 만드는 것처럼 말하게. 그러면 첫 번째 사교 시즌이 끝날 때쯤에는 자넨 가장 완벽한 사교술을 지녔다는 평판을 얻게 될 걸세.

Talk to every woman as if you loved her, and to every man as if he bored you, and at the end of your first season you will have the reputation of possessing the most perfect social tact.

난 천재들을 바라보는 것과 아름다운 사람들의 이야기를 듣는 걸 좋아한다.

I like looking at geniuses, and listening to beautiful people.

말하는 것보다 행동하는 게 더 어렵다고 했나? 전혀 그렇지 않네. 사람들이 흔히 범하는 가장 일반적인 오류가 바로 그거야. 어떤 것을 행동하는 것보다 그것에 관해 이야기하는 게 훨씬 더 어려운 법이라는 말이지. 실제 삶의 영역에서 보더라도 그건 너무나 명백해. 누구나 역사를 만들 수 있어. 하지만 위대한 사람만이 역사를 쓸 수 있지. 하등 동물들도 우리가 하는 행동을 하고 우리가 느끼는 감정을 느껴. 인간은 오직 언어에 의해서만 동물보다 우월할 수 있거나 우열을 가릴 수 있어. 생각의 자녀가 아닌, 생각의 부모인 언어에 의해서만 말이지.

More difficult to do a thing than to talk about it? Not at all. That is a gross popular error. It is very much more difficult to talk about a thing than to do it. In the sphere of actual life that is, of course, obvious. Anybody can make history. Only a great man can write it. There is no mode of action, no form of emotion, that we do not share with the lower animals. It is only by language that we rise above them, or above each other — by language, which is the parent, and not the child, of thought.

내 말에 신경 쓰지 말게, 로버트! 난 항상 말해서는 안 되는 말을 하니까. 사실, 난 늘 내가 정말로 생각하는 걸 말하지. 요즘에는 그러는 게 아주 큰 실수인데 말이야. 그랬다가는 오해받기 십상이거든.

Never mind what I say, Robert! I am always saying what I shouldn't say. In fact, I usually say what I really think. A great mistake nowadays. It makes one so liable to be misunderstood.

요즘 사람들은 참으로 어처구니없는 행동들을 한다. 전적으로 틀림없이 진실인 것을 등 뒤에서 불리하게 말하곤 한다.

It is perfectly monstrous the way people go about, nowadays, saying things against one behind one's back that are absolutely and entirely true.

정말 멋진 여성이죠, 마크비 부인 말이에요, 안 그래요? 내가 지금껏 만난 그 누구보다 말은 더 많이 하는데 무슨 이야기를 하려는 건지는 잘 모르겠거든요. 대중 연설가로 나서면 딱 좋을 것 같아요.

Wonderful woman, Lady Markby, isn't she? Talks more and says less than anybody I ever met. She is made to be a public speaker.

나는 다른 사람들과 관련한 스캔들은 좋아하지만, 나에 대한 스캔들은 내게 아무런 흥미도 불러일으키지 못한다. 나에 관한 스캔들에는 참신함이라는 매력이 없기 때문이다.

I love scandals about other people, but scandals about myself don't interest me. They have not got the charm of novelty.

예전에는 스캔들이 당사자에게 매력을 부여하거나 적어도 그에 대한 관심을 불러일으키곤 했다. 그러나 요즘의 스캔들은 한 사람을 짓밟아 망가뜨릴 뿐이다.

Scandals used to lend charm, or at least interest, to a man — now they crush him.

당신들 화가들이란 참으로 이상한 부류들이다! 무명 시절에는 유명해지기 위해 못 할 것이 없어 보인다. 하지만 일단 이름이 나면 유명세를 치르지 않으려고 애쓴다. 그건 어리석은 짓이다. 세상에서 구설수에 오르는 것보다 더 나쁜 건 단 하나, 구설수에 오르지 않는 일이다.

What odd chaps you painters are! You do anything in the world to gain a reputation. As soon as you have one, you seem to want to throw it away. It is silly of you, for there is only one thing in the world worse than being talked about, and that is not being talked about.

궁극적으로 결혼이나 우정과 같은 공동 관계를 이어 주는 건 대화이고, 대화는 서로의 공통적인 기반이 있어야 가능하다. 그리고 지적 수준이 아주 다른 두 사람 사이에 가능한 공통적 기반은 가장 낮은 수준이 될 수밖에 없다.

Ultimately the bond of all companionship, whether in marriage or in friendship, is conversation, and conversation must have a common basis, and between two people widely different culture the only common basis possible is the lowest level.

나는 벽돌 벽에게 이야기하는 것을 좋아한다. 벽은 세상에서 유일하게 나한테 대들지 않기 때문이다.

I like talking to a brick wall — it's the only thing in the world that never contradicts me!

나는 언제나 내가 사실이라고 믿는 것을 분명하게 말한다. "아마도."라고 말하는 것은 논평을 망치는 법이다.

I always say clearly what I know to be true. To say "perhaps" spoils the remark.

로켓: 대화라고, 기가 막혀서! 넌 내내 혼자 떠들어 댔어. 그건 대화가 아니지.
개구리: 누군가는 들어야 하잖아. 난 혼자 말하는 게 좋아. 시간도 절약되고 논쟁을 피할 수 있거든.

THE ROCKET: Conversation, indeed! You have talked the whole time yourself. That is not conversation.
THE FROG: Somebody must listen, and I like to do all the talking myself. It saves time, and prevents arguments.

카페에 있는 사람들이 다른 사람들의 이야기를 주의 깊게 듣는다고 생각하는 것은 착각이다. 번거롭게 남의 말에 귀 기울이는 수고를 할 사람은 아무도 없다. 사람들은 일상생활에서 주로 자신이 하는 이야기를 들으며, 자신과 함께 있는 사람들이 흥미로우면 그제야 그들의 이야기에 귀를 기울인다.

> You must not imagine that people in cafes listen to the conversations of others; nobody bothers to do anything of the kind. People in life listen primarily to their conversation, then to the conversation of the person or persons with whom they are, if the latter are interesting.

행동을 잘하는 사람은 많지만, 말을 잘하는 사람은 별로 없다. 그것만 봐도 말하는 게 행동하는 것보다 훨씬 어렵고 더 훌륭한 일이라는 것을 알 수 있다.

> Lots of people act well, but very few people talk well, which shows that talking is much the more difficult thing of the two, and much the finer thing also.

행동은 삶의 첫 번째 비극이고, 말은 두 번째 비극이다. 어쩌면 말이 최악의 비극인지도 모른다. 말은 무자비하기 때문이다.

Actions are the first tragedy in life, words are the second. Words are perhaps the worst. Words are merciless.

나는 나처럼 내 얘기를 하고 싶어 하는 사람 앞에서, 당신처럼 자기 얘기만 하는 사람들을 아주 싫어한다. 나는 그런 것을 이기심이라고 부른다.

I hate people who talk about themselves, as you do, when one wants to talk about oneself, as I do. It is what I call selfishness.

엽서는 우리에게 남겨진 유일한 침묵의 방식이다.

The postcard is the only mode of silence left to us.

요즘 훌륭한 이야기꾼들은 모두 끝에서 시작해서 앞으로 갔다가 중간에서 이야기를 끝낸다.

Every good storyteller nowadays starts with the end, and then goes on to the beginning and concludes with the middle.

윈더미어 경: 스캔들과 가십의 차이가 뭐지?

세실 그레이엄: 차이라! 가십은 매력적이지! 역사는 가십에 지나지 않아. 반면, 스캔들은 도덕으로 따분해진 가십이지.

LORD WINDERMERE: What is the difference between and gossip?

CECIL GRAHAM: Oh! gossip is charming! History is merely gossip. But scandal is gossip made tedious by morality.

화제에 자주 오르내리는 남자는 당연히 언제나 매우 매력적이다. 그런 남자에게는 분명 무언가가 있기 때문이다.

Of course a man who is much talked about is always very attractive. One feels there must be something in him after all.

결코 스캔들로 세상에 데뷔해서는 안 된다. 스캔들은 노년의 삶에 자극을 주기 위해 아껴 두어야 한다.

One should never make one's *début* with a scandal. One should reserve that to give an interest to one's old age.

취블리 여사는 새 모자만큼이나 새로운 스캔들이 자신에게
잘 어울린다고 생각하는 우리 시대의 아주 현대적인 여성들
중 하나다. 그녀는 매일 오후 다섯 시 반에 공원에서 모자와
스캔들을 사람들에게 과시한다. 그녀는 스캔들을 몹시 사랑
하는 게 분명하다. 그리고 요즘 그녀의 삶을 슬프게 하는 것은
원하는 만큼 충분한 스캔들을 만들 수 없다는 점일 터다.

Mrs Cheveley is one of those very modern
women of our time who find a new scandal as
becoming as a new bonnet, and air them both
in the Park every afternoon at five-thirty. I am
sure she adores scandals, and that the sorrow
of her life at present is that she can't manage to
have enough of them.

모든 스캔들은 부도덕한 확신에서 비롯된다.

The basis of every scandal is an immoral
certainty.

영국 사람들이 주로 어떤 이야기들을 하는지는 나도 잘 압니
다. 중산층 사람들은 저녁 식탁에서 자신들의 도덕적 편견들
을 떠벌리고, 자기들보다 나은 사람들의 방탕한 삶―그들이
그렇게 부르는―에 대해 수군거리지요. 자신들이 똑똑한 사

람들과 어울린다고 주장하기 위해, 자신들이 험담하는 사람들과 친밀한 관계에 있음을 과시하기 위해서 말입니다. 이 나라에서는 남다른 품격과 두뇌를 가진 것만으로도 모든 평범한 사람들의 입방아에 오르내릴 수밖에 없어요. 도덕군자인 척하는 사람들이 영위하는 삶이란 대체 어떤 삶인 거죠? 이봐요, 당신은 지금 우리가 위선자들의 본산인 나라에서 살고 있다는 사실을 잊고 있는 것 같군요.

I know how people chatter in England. The middle classes air their moral prejudices over their dinner-tables, and whisper about what they call the profligacies of their betters in order to try and pretend that they are in smart society and on intimate terms with the people they slander. In this country, it is enough for a man to have distinction and brains for every common tongue to wag against him. And what sort of lives do these people, who pose as being moral, lead themselves? My dear fellow, you forget that we are in the native land of the hypocrite.

박식한 대화라는 건 무지한 자들의 허세이거나 안일한 정신을 가진 자들의 일일 뿐이다. 그리고 이른바 교화적인 대화라는 것은, 단지 그보다 더 어리석은 박애주의자들이 범죄자 계층의 정당한 적대감을 무장 해제시키기 위해 만들어 낸 미약하고 어리석은 방법일 뿐이다.

> Learned conversation is either the affectation of the ignorant or the profession of the mentally unemployed. And, as for what is called improving conversation, that is merely the foolish method by which the still more foolish philanthropist feebly tries to disarm the just rancor of the criminal classes.

스캔들과 비방은 그것들을 만들어 내는 사람들의 증오심과 관련돼 있으며, 어떤 불분명한 의미에서 보더라도 공격 대상인 인물의 초상(肖像)이나 이미지와는 아무 상관이 없다.

> Scandals and slander are related to the hatred of the people who invent them and are not, in any shadowy sense even, effigies or images of the person attacked.

사람들이 남들의 비밀을 캐내는 것을 좋아하는 것은 바로 그런 이유에서다. 자신들의 비밀에 쏠리는 사람들의 관심을 다른 데로 돌릴 수 있기 때문이다.

That is the reason people are pleased to find out other people's secrets. It distracts public attention from their own.

한 사람에 관해 이야기되는 것들은 아무 의미도 없다. 중요한 것은 '누가 그것을 말하는가?'이다.

What is said of a man is nothing. The point is, who says it.

캐리커처는 범용한 사람들이 천재들에게 바치는 헌사다.

Caricature is the tribute which mediocrity pays to genius.

인용은 기지(機智)의 편리한 대용품이다.

Quotation is a serviceable substitute for wit.

빈정거림은 기지의 가장 저급한 형태다.

Sarcasm is the lowest form of wit.

자연스러움은 세심하게 준비된 기술이다.

Spontaneity is a meticulously prepared art.

모방은 범용함이 위대함에게 바치는 가장 진지한 형태의 찬사다.

Imitation is the sincerest form of flattery that mediocrity can pay to greatness.

모두가 그것을 인용했다. 그 속에는 그들이 이해하지 못하는 말들이 가득했기 때문이다.

Everyone quoted it, it was full of so many words that they could not understand.

오직 둔한 사람들만이 실용적인 농담을 좋아하는 법이다.

It is only the dull who like practical jokes.

6 열정과 유혹,
행복과 고통,
쾌락과 관능:

열정은 기필코 희생자를
만들어 내고야 마는
거짓된 신이다

나는 유혹 말고는 뭐든지 이겨 낼 수 있다.

I can resist everything except temptation.

감상주의자는 아무런 대가를 치르지 않고 감정의 사치를 누리고자 하는 사람을 가리킨다.

A sentimentalist is simply one who desires to have the luxury of an emotion without paying for it.

나약하다고? 아서, 자네는 정말로 유혹에 굴복하는 게 나약한 거라고 생각하나? 분명히 말하지만 엄청난 유혹에 굴복하는 데에는 힘이, 힘과 용기가 필요한 거야. 한순간에 자신의 삶

전부를 건다는 것, 그것이 권력을 위한 것이든 쾌락을 위한 것이든 간에 단 한 번의 모험에 모든 것을 건다는 것, 거기에 나약함이라는 건 없네. 거기에는 무시무시하고 굉장한 용기가 있을 뿐이라고.

Weak? Do you really think, Arthur, that it is weakness that yields to temptation? I tell you that there are terrible temptations that it requires strength, strength and courage, to yield to. To stake all one's life on a single moment, to risk everything on one throw, whether the stake be power or pleasure, I care not—there is no weakness in that. There is a horrible, a terrible courage.

나는 나 자신을 위해 당신을 용서해야만 해. 가슴속에 독뱀을 품은 채 자신을 갉아먹고 자라게 하거나 매일 밤 일어나 자기 영혼의 정원에 가시를 심을 수는 없으니까.

For my own sake I must forgive you. One cannot always keep an adder in one's breast to feed on one, nor rise up every night to sow thorns in the garden of one's soul.

열정은 기필코 희생자를 만들어 내고야 마는 거짓된 신이다.

Passions are False Gods that will have victims
at all costs.

고통은 우리를 살아갈 수 있게 해 주는 수단이다. 고통만이 유일하게 우리가 살아 있음을 의식하게 해 주기 때문이다. 과거의 고통에 대한 기억은 우리에게 꼭 필요하다. 그것은 우리의 지속적인 정체성에 대한 보증서이자 증거 같은 것이기 때문이다.

Suffering is the means by which we exist,
because it is the only means by which we
become conscious of existing; and the
remembrance of suffering in the past is
necessary to us as the warrant, the evidence, of
our continued identity.

나는 엄청난 고통을 겪었어요. 그리고 그 고통은 사라졌습니다. 난 똑같은 감정을 되풀이해서 느낄 수는 없어요. 감정을 되풀이해서 느끼는 건 감상주의자들뿐입니다.

I suffered immensely. Then it passed away. I
cannot repeat an emotion. No one can, except

sentimentalists.

이 세상에서 겸손보다 이상한 것은 없다. 누군가에게 그것을
줄 수도 없고, 누군가가 그것을 줄 수도 없다. 자신이 가진 모
든 걸 포기하지 않으면 그것을 얻을 수도 없다. 우리는 자신이
가진 모든 것을 잃고 나서야 비로소 자신이 그걸 가지고 있다
는 사실을 알게 된다.

Of all things it(humility) is the strangest. One
cannot give it away, and another may not give
it to one. One cannot acquire it, except by
surrendering everything that one has. It is only
when one has lost all things, that one knows
that one possesses it.

어떤 감정에서 벗어나는 데 오랜 세월이 필요한 사람은 속이
얕은 사람들뿐입니다. 자신을 통제할 수 있는 사람은 쾌락이
생겨나게 할 수 있는 것만큼이나 쉽게 슬픔을 끝낼 수 있습니
다. 나는 내 감정에 휘둘리고 싶지 않습니다. 나는 그 감정들
을 이용하고 즐기고 지배하고 싶다고요.

It is only shallow people who require years to
get rid of an emotion. A man who is master of
himself can end a sorrow as easily as he can

invent a pleasure. I don't want to be at the mercy of my emotions. I want to use them, to enjoy them, and to dominate them.

예민한 사람은 자기가 아프다고 늘 남의 아픈 데를 찌르는 사람이다.

A sensitive person is one who, because he has corns himself, always treads on other people's toes.

바질, 난 자네가 시가를 피우는 걸 용납할 수 없네. 피우려면 궐련을 피워야지. 궐련은 완벽한 쾌락의 전형이지. 우리에게 강렬한 즐거움을 선사하지만, 결코 우릴 만족시키는 법이 없으니까. 그 이상 뭘 더 바랄 수 있겠나?

Basil, I can't allow you to smoke cigars. You must have a cigarette. A cigarette is the perfect type of a perfect pleasure. It is exquisite, and it leaves one unsatisfied. What more can one want?

당신이 외롭거나 권태의 위험에 처해 있다는 걸 알게 되어 유감이야. 권태는 현대 생활의 적이거든.

I hate to know you are lonely, or in danger of *ennui*, that enemy of modern life.

술에 취하는 데는 백포도주를 마시고 취했는지 적포도주를 마시고 취했는지는 조금도 중요하지 않다. 인간이 사악한 열정들을 가지고 있다면, 그것들의 특정한 발현 방식 역시 조금도 중요하지 않다.

If a man gets drunk, whether he does so on white wine or red is of no importance. If a man has perverse passions, their particular mode of manifestations is of no importance either.

관능의 숭배는 종종 비난의 대상이 되어 왔고, 그 비난은 일면 정당했다. 인간은 자신보다 더 강해 보이는 열정과 감각—인간은 자신보다 덜 체계적인 형태의 존재와도 이런 감정들을 공유한다는 걸 알고 있다.—앞에서 본능적인 두려움을 느끼기 때문이다. 하지만 도리언 그레이가 보기에 관능은, 그 본질을 조금도 이해받지 못한 채 미개하고 동물적인 것으로 머물러 있었다. 그것은 세상 사람들이 관능으로 하여금 아름다움에 대한 섬세한 본능을 지배적 특징으로 갖는 새로운 영성의 요소가 되게 하기보다는, 관능을 굶김으로써 굴복시키거나 고통을 가해 죽여 버리고자 했기 때문이다.

The worship of the senses has often, and with much justice, been decried, men feeling a natural instinct of terror about passions and sensations that seem stronger than themselves, and that they are conscious of sharing with the less highly organized forms of existence. But it appeared to Dorian Gray that the true nature of the senses had never been understood, and that they had remained savage and animal merely because the world had sought to starve them into submission or to kill them by pain, instead of aiming at making them elements of a new spirituality, of which a fine instinct for beauty was to be the dominant characteristic.

고통은 하나의 긴 순간이다. 고통은 계절처럼 나눌 수 있는 게 아니다. 우린 다만 그 다양한 순간들을 기록하고, 그 순간들이 다시 돌아오는 것을 이야기할 수 있을 뿐이다. 우리에게 시간은 전진하는 게 아니다. 순환할 뿐이다.

Suffering is one long moment. We cannot divide it by seasons. We can only record its moods, and chronicle their return. With us time does not progress. It revolves.

그렇다, 삶을 다시 창조하고 지금 우리 시대에 기이하게 부활하고 있는 냉혹하고 추악한 청교도주의로부터 삶을 구해 낼 새로운 쾌락주의가 마련되어야 했다. 지성이 그러한 쾌락주의를 위해 봉사할 것이다. 하지만 쾌락주의는 어떤 방식의 열정적인 경험을 희생시키는 이론이나 체계를 결코 용납하지 않을 것이다. 쾌락주의의 목표는 경험의 달콤하거나 씁쓸한 결과가 아닌 경험 자체가 될 것이다. 쾌락주의는 감각을 무디게 하는 천박한 방종도, 감각을 죽이는 금욕주의에 대해서도 아무것도 알지 못할 것이다. 쾌락주의는 인간으로 하여금 단지 한순간에 지나지 않는 삶의 순간들에 집중할 수 있도록 가르칠 것이다.

Yes: there was to be a new Hedonism that was to recreate life, and to save it from that harsh, uncomely puritanism that is having, in our own day, its curious revival. It was to have its service of the intellect, certainly; yet, it was never to accept any theory or system that would involve the sacrifice of any mode of passionate experience. Its aim, indeed, was to be experience itself, and not the fruits of experience, sweet or bitter as they might be. Of the asceticism that deadens the senses, as

of the vulgar profligacy that dulls them, it was
to know nothing. But it was to teach man to
concentrate himself upon the moments of a life
that is itself but a moment.

그의 천성은 그것의 완벽한 평온함을 망가뜨리고 해치고자 하
는 번민의 과잉에 반항했다. 미묘하고 섬세한 기질을 타고난
사람들에겐 늘 있는 일이다. 그들의 강렬한 열정들은 멍들거
나 휜다. 열정들은 사람을 죽게 하거나 스스로 죽어 간다. 얄
팍한 슬픔과 얄팍한 사랑은 끈질기게 살아남는다. 위대한 사
랑과 위대한 슬픔은 스스로의 충만함 때문에 파멸하고 만다.

His own nature had revolted against the excess
of anguish that had sought to maim and mar
the perfection of its calm. With subtle and
finely-wrought temperaments it is always so.
Their strong passions must either bruise or
bend. They either slay man, or themselves die.
Shallow sorrows and shallow loves live on. The
loves and sorrows that are great are destroyed
by their own plenitude.

지적인 관점에서 볼 때, 증오는 영원한 부정(否定)이다. 감정
적인 관점에서 볼 때, 증오는 위축증의 한 형태이며 자신을 제

외한 모든 것을 죽인다.

> Hate is, intellectually considered, the Eternal Negation. Considered from the point of view of the emotions it is a form of Atrophy, and kills everything but itself.

즐거움과 웃음 뒤에는 거칠고 엄혹하고 냉담한 기질이 있을 수 있다. 하지만 고통 뒤에는 언제나 고통이 있을 뿐이다. 기쁨과는 달리 고통은 가면을 쓰지 않는다.

> Behind Joy and Laughter there may be a temperament, coarse, hard and callous. But behind Sorrow there is always Sorrow. Pain, unlike Pleasure, wears no mask.

강렬한 감정을 느꼈던, 환희나 기쁨의 열렬한 순간들로 채워진 시절들을 돌이켜 보면 모든 게 꿈만 같고 환상인 듯하다. 한때 불같이 우리를 타오르게 했던 열정이 비현실적인 게 아니라면 무엇이겠는가? 우리가 충실하게 믿었던 것이 못 믿을 게 아니면 무엇이겠는가? 있을 법하지 않은 것은 무엇이겠는가? 그건 우리 자신이 했던 일들이다. 삶은 마치 꼭두각시놀이를 하듯 그림자들로 우리를 속인다. 우린 삶에 기쁨을 달라고 요청하지만, 삶은 우리에게 쓸쓸함과 실망을 함께 안겨 주곤 한다.

When one looks back upon the life that was so vivid in its emotional intensity, and filled with such fervent moments of ecstasy or of joy, it all seems to be a dream and an illusion. What are the unreal things, but the passions that once burned one like fire? What are the incredible things, but the things that one has faithfully believed? What are the improbable things? The things that one has done oneself. Life cheats us with shadows, like a puppet-master. We ask it for pleasure. It gives it to us, with bitterness and disappointment in its train.

자신이 가진 열정을 실행에 옮기지 않는 것은 스스로를 불완전하고 한정된 존재로 만드는 일이다.

To have a capacity for a passion and not to realize it, is to make oneself incomplete and limited.

캐버샴 경: 자넨 오직 쾌락만을 위해 사는 것 같군.
고링 경: 안 그러면 다른 무엇을 위해 살아야 하죠, 아버지? 행복만큼 나이를 잘 먹게 하는 건 없어요.

LORD CAVERSHAM: You seem to me to be living entirely for pleasure.

LORD GORING: What else is there to live for, father? Nothing ages like happiness.

행복할 때는 언제나 선할 수 있다. 그러나 선하다고 해서 언제나 행복한 것은 아니다.

When we are happy we are always good, but when we are good we are not always happy.

더 나은 사람이 되겠다고 장담하는 것은 비과학적이고 위선적인 말일 수 있지만, 더 깊이 있는 사람이 되는 것은 고통을 겪은 사람들에게 주어진 특전이다.

While to propose to be a better man is a piece of unscientific cant, to have become a deeper man is the privilege of those who have suffered.

세상은 고통으로부터 만들어졌고, 어린아이나 별의 탄생에도 고통이 함께한다.

Out of Sorrow have the worlds been built, and
at the birth of a child or a star there is pain.

그에게 고통을 준 것에 대해서는 진심으로 미안하게 생각하고 있습니다. 하지만 대부분의 사람들처럼 그는 자신이 받는 고통만 생각하지 자신이 주는 고통에 대해서는 생각하지 않지요.

I am deeply sorry I gave him pain, but, like
most people, he only realizes the pain he gets
and not the pain he gives.

인류 역사상 기쁨과 아름다움이 세상의 이상이 되었던 적은 거의 없다. 그보다는 고통의 숭배가 훨씬 더 자주 세상을 지배해 왔다.

It is rarely in the world's history that its ideal
has been one of joy and beauty. The worship
of pain has far more often dominated the
world.

이러한 감정의 전이란 참으로 기이한 것이다. 우리는 시인과 같은 병을 앓고, 노래하는 이는 우리에게 그의 고통을 전한다. 죽은 입술은 우리에게 전할 메시지를 간직하고, 먼지가 된 심장은 우리에게 그 기쁨을 전할 수 있다. 우리는 팡틴의 피 흘리는 입에 키스하기 위해 달려가고, 마농 레스코를 따라 전 세계를 누빈다. 우리는 또한 티레인(人)의 광적인 사랑과 오레스테스의 공포도 함께 느낀다. 우리가 느끼지 못할 열정은 없으며, 우리가 누리지 못할 쾌락도 없다. 그리고 우리는 무언가에 뛰어들어야 할 순간과 자유로워질 수 있는 때도 선택할 수 있다.

It is a strange thing, this transference of emotion. We sicken with the same maladies as the poets, and the singer lends us his pain. Dead lips have their message for us, and hearts that have fallen to dust can communicate their joy. We run to kiss the bleeding mouth of Fantine, and we follow Manon Lescaut over the whole world. Ours is the love-madness of the Tyrian, and the terror of Orestes is ours also. There is no passion that we cannot feel, no pleasure that we may not gratify, and we can choose the time of our initiation and the time of our freedom also.

고통은 무시무시한 불과 같다. 고통은 우리를 정화하거나 파괴한다.

Suffering is a terrible fire; it either purifies or destroys.

고통은 누구나 겪을 수 있지만 영원히 지속될 수는 없다.

Pain, if it comes, cannot last forever.

이제 난 인간이 느낄 수 있는 지고한 감정인 고통이 모든 위대한 예술의 전형이자 시금석이라는 것을 알 것 같다. 예술가가 언제나 추구하는 것은, 영혼과 육체가 하나이면서 불가분의 관계에 있는 삶의 방식이다. 외양이 내면을 표현하고, 형식이 내용을 드러내는 삶이다. 그리고 그러한 삶의 방식이 아주 드문 것도 아니다. 어떤 때에는 젊음과 젊음에 관심을 두는 예술이 우리에게 그러한 본보기가 될 수 있다. 또 어떤 때에는 현대적 풍경화가 섬세하고 감각적으로 인상(印象)을 표현함으로써, 외적인 사물에 영혼이 깃들어 있음을 암시함으로써, 대지와 대기, 엷은 안개와 도시를 외관에 걸침으로써, 그리고 분위기와 색조와 색채의 병적인 동조(同調)를 이룸으로써, 그리스인들이 놀라운 조형적 완벽성을 통해 실현했던 것을 우리를 위해 그림으로써 실현하고 있다고 생각할 수도 있다. 그 표현 속에 모든 주제가 녹아 있는 음악, 표현과 주제가 분리될 수 없는 음악은 복잡한 하나의 예이며, 꽃이나 어린아이는 내가 말하고자 하는 것의 단순한 예가 될 수 있다. 하지만 고통은 삶과 예술 모두에서 지고한 전형이다.

I now see that sorrow, being the supreme emotion of which man is capable, is at once the type and test of all great Art. What the artist is always looking for is that mode of existence in which soul and body are one and indivisible: in which the outward is expressive of the inward: in which Form reveals. Of such modes of existence there are not a few: youth and the arts preoccupied with youth may serve as a model for us at one moment: at another, we may like to think that, in its subtlety and sensitiveness of impression, its suggestion of a spirit dwelling in external things and making its raiment of earth and air, of mist and city alike, and in the morbid sympathy of its moods, and tones and colours, modern landscape art is realizing for us pictorially what was realized in such plastic perfection by the Greeks. Music, in which all subject is absorbed in expression and cannot be separated from it, is a complex example, and a flower or a child a simple example of what I mean: but Sorrow is the ultimate type both in life and Art.

고통 속에 있는 영혼을 조롱하는 것은 아주 끔찍한 일이다. 그런 짓을 저지르는 사람들의 삶은 추할 수밖에 없다. 이 세상을 지배하는 묘하게 단순한 경제학적 논리에 의하면, 사람들은 자신들이 주는 것만큼만 받을 수 있기 때문이다. 어떤 대상의 겉모습을 뚫고 들어가 연민을 느낄 수 있을 만큼 충분한 상상력이 없는 사람들에 대해 경멸적인 동정심 말고 무엇을 느낄 수 있을까?

To mock at a soul in pain is a dreadful thing. Unbeautiful are their lives who do it. In the strangely simple economy of the world people only get what they give, and to those who have not enough imagination to penetrate the mere outward of things and feel pity, what pity can be given save that of scorn?

열정은 같은 생각을 끊임없이 반복하게 만든다.

Passion makes one think in a circle.

환상은 모든 쾌락 중에서 으뜸이다.

Illusion is the first of all pleasures.

즐거움의 상실을 아쉬워하기보다는 죄를 회개하는 편이 낫다.

It is better to repent a sin than regret the loss of
a pleasure.

마음은 상처받음으로써 살아간다.

Hearts Live By Being Wounded.

우리가 목 졸라 죽이려는 모든 충동은 우리의 정신 속에서 새
끼를 쳐서는 우리에게 독을 퍼뜨린다.

Every impulse that we strive to strangle broods
in the mind and poisons us.

예술가가 아닌 사람들과 사실로 이루어진 실제 삶 말고는 또
다른 삶의 방식을 알지 못하는 사람들에게는 고통만이 완성
에 이르게 하는 유일한 문이다.

For those who are not artists, and to whom
there is no mode of life but the actual life of
fact, pain is the only door to perfection.

감각들은 우리 삶의 이야기들을 형성하는 세부들이다.

Sensations are the details that build up the stories of our lives.

난 예전에는 공포가 무엇인지 결코 알지 못했다. 이젠 그게 어떤 건지 알 것 같다. 그건 차가운 얼음 손이 심장에 와 닿는 느낌과 같다. 또한 심장이 어느 텅 빈 공간에서 홀로 죽도록 뛰는 것과도 같다.

I never knew what terror was before; I know it now. It is as if a hand of ice were laid upon one's heart. It is as if one's heart were beating itself to death in some empty hollow.

7 문학, 비평, 저널리즘:

당신 자신을 창조하라,
스스로를 자신의 시가
되게 하라

당신 자신을 창조하라. 스스로를 자신의 시가 되게 하라.

Create yourself. Be yourself your poem.

읽어야 할 책과 읽지 말아야 할 책에 관해 엄격한 규칙을 정하는 것은 아무런 의미가 없다. 현대 문화의 대부분이 읽지 말아야 할 책에 달려 있기 때문이다.

It is absurd to have a hard and fast rule about what one should read and what one shouldn't. More than half of modern culture depends on what one shouldn't read.

삶이 우리로 하여금 수치스럽게 이십 년 동안 살게 하는 것보다 단 한 시간 만에 더 많은 삶을 살게 해 주는 책들이 있지 않은가?

Are there not books that can make us live more in one single hour than life can make us live in a score of shameful years?

어니스트: 하지만 문학과 저널리즘의 차이가 뭐지?
길버트: 차이점이라! 저널리즘은 읽을 만한 게 없고, 문학은 읽히지 않는다는 거지.

ERNEST: But what is the difference between literature and journalism?
GILBERT: Oh! journalism is unreadable, and literature is not read.

진실은 순수한 적이 거의 없고, 결코 단순하지 않다. 만약 둘 중에 하나라면, 현대의 삶은 매우 따분해질 것이다. 그리고 현대 문학은 아예 존재하지도 않을 것이다!

The truth is rarely pure and never simple. Modern life would be very tedious if it were either, and modern literature a complete impossibility!

대중은 책의 '겉모습'에 많은 영향을 받는다. 우리 모두가 그렇다. 대중에게는 그것만이 유일하게 예술적인 것이기 때문이다.

The public is largely influenced by the *look* of a book. So are we all. It is the only artistic thing about the public.

시인은 오자(誤字)만 빼고는 뭐든지 견뎌 낼 수 있다.

A poet can survive everything but a misprint.

인간에게 해악을 끼치는 책이라, 세상에 그런 책은 없다. 예술은 인간의 행동에 아무런 영향을 끼치지 않는다. 예술은 행동하고자 하는 욕망을 절멸시킨다. 예술의 본질은 아름다운 불모성(不毛性)이다. 세상이 부도덕하다고 비난하는 책은 세상을 향해 세상의 수치를 드러내 보여 주는 책이다.

As for being poisoned by a book, there is no such thing as that. Art has no influence upon action. It annihilates the desire to act. It is superbly sterile. The books that the world calls immoral are books that show the world its own shame.

비평가는 예술가의 성격에 대한 아무런 언급 없이 예술 작품을 비평하는 법을 배워야 한다. 사실상 그것이 비평의 시작이다.

A critic should be taught to criticize a work of art without making any reference to the personality of the author. This, in fact, is the beginning of criticism.

최고의 비평은 표현이 아닌 순전히 인상(印象)으로서의 예술을 다룬다.

The highest Criticism deals with art not as expressive but as impressive purely.

현대의 위대한 이들은 누구나 자신의 제자들을 거느리고 있다. 그리고 그들의 전기를 쓰는 건 언제나 유다다.

Every great man nowadays has his disciples, and it is always Judas who writes the biography.

우리는 영국 소설에 지나치게 엄격해서는 안 된다. 그것은 지적인 실업자들의 유일한 소일거리이기 때문이다.

> One should not be too severe on English novels: they are the only relaxation of the intellectually unemployed.

영국에는 훌륭한 시인들이 있지만 스위스에는 단 한 명도 없다. 그곳의 산들은 너무도 높다. 그래서 예술이 자연에 무언가를 더할 여지가 없다.

> There are good poets in England but none in Switzerland. There the mountains are too high. Art cannot add to nature.

가장 훌륭한 문학 작품은 언제나 문학에 생계가 달려 있지 않은 사람들에 의해 쓰인다. 그리고 문학의 지고한 형태인 시는 시인에게 아무런 부도 가져다주지 않는다.

> The best work in literature is always done by those who do not depend upon it for their daily bread, and the highest form of literature, poetry, brings no wealth to the singer.

시(詩)의 인기는 시인의 고통스러운 아사(餓死)로 현저하게 높아질 것이다. 대중은 시인들이 그런 식으로 죽는 것을 좋아한다. 그들에게는 그런 죽음이 극적으로 옳은 것처럼 보이기 때문이다. 어쩌면 정말 그런지도 모르겠다.

> The popularity of the poem will be largely increased by the author's painful death by starvation. The public love poets to die in that way. It seems to them dramatically right. Perhaps it is.

당신은 시인들에게는 정신적 고뇌가 유익하게 작용한다고 믿는 것 같군요. 하지만 돈 문제로 걱정할 경우에는 그렇지가 않답니다.

> I suppose you think that mental anxiety is good for poets. It is not the case, when pecuniary worries are concerned.

나는 비평가들이 하나같이 찬사를 보내는 책에는 동정심을 느낀다. 아주 뻔하고 얄팍한 수준의 작품임이 분명하기 때문이다.

> I pity the book on which critics are agreed.

It must be a very obvious and shallow production.

훈스탄튼 부인: 하지만 당신은 신문에 나는 모든 것을 믿나요?
일링워스 경: 물론이죠. 요즘 일어나는 일들은 신문에서는 볼 수 없으니까요.

LADY HUNSTANTON: But do you believe all that is written in the newspapers?
LORD ILLINGWORTH: I do. Nowadays it is only the unreadable that occurs.

사람들은 비평이 편견이라는 사실을 이해하지 못한다. 무언가를 이해하려면 그것을 사랑해야 하고, 사랑하기 위해서는 열정이 필요하다. 언제나 공정한 사람들은 상상력이 결여된 사람들뿐이다.

People don't understand that criticism is prejudice, because to understand one must love, and to love one must have passion. It is only the unimaginative who are ever fair.

영국에서 훌륭한 시들이 나올 수 있었던 것은 대중이 시를 읽지 않아서 그것에 어떤 영향도 미치지 않기 때문이다.

We have been able to have fine poetry in
England because the public do not read it, and
consequently do not influence it.

영국은 시인이 죽기 전까지는 결코 그의 진가를 알아보지 못
한다.

England never appreciate a poet until he is
dead.

예술가가 볼 수 없는 단 한 가지는 '명백한 것'이다. 대중이 볼
수 있는 단 한 가지도 '명백한 것'이다. 그 결과로 나타난 것이
저널리스트의 비평이다.

The only thing that the artist cannot see is the
obvious. The only thing that the pubic can see
is the obvious. The result is the Criticism of the
Journalist.

'전도유망하다.'라는 말은 가장 기본적인 예술 비평에서조차
아무 의미가 없는 표현이다.

Full of promise is an expression quite
meaningless in even the most elementary art-
criticism.

대중 소설가가 된다는 것은 너무나 쉬우면서도 너무나 어려
운 일이다. 너무나 쉽다는 것은 구성과 스타일, 등장인물의 심
리, 삶과 문학을 다루는 법에 관한 대중의 요구가 아주 저속하
고 무지한 수준에 머물러 있기 때문이다. 동시에 너무나 어렵
다는 것은 그러한 요구를 충족시키려면 예술가는 자신의 기
질을 왜곡하고, 글쓰기의 예술적 즐거움을 위한 것이 아닌, 우
매한 대중을 즐겁게 하기 위한 글을 써야 하기 때문이다. 자신
의 개인주의를 억누르고, 자신의 문화를 잊고, 자신의 스타일
을 내던져 버리고, 자신 안에 있는 소중한 것은 그게 무엇이든
포기해야만 하는 것이다.

It is at once too easy and too difficult to be a
popular novelist. It is too easy, because the
requirements of the public as far as plot, style,
psychology, treatment of life and treatment of
literature are concerned, are within the reach
of the very meanest capacity and the most
uncultivated mind. It is too difficult, because to
meet such requirements the artist would have
to do violence to his temperament, would have

to write not for the artistic joy of writing, but for
the amusement of half-educated people, and
so would have to suppress his individualism,
forget his culture, annihilate his style, and
surrender everything that is valuable in him.

과거에는 인간에게 고문대가 있었다면, 지금은 언론이 있다. 이것도 물론 발전이기는 하다. 하지만 여전히 매우 나쁘고 부당하며, 인간의 의기를 꺾는 데 일조한다. 누군가가 저널리즘을 제4계급이라고 칭한 바 있다. 아마도 당시에는 맞는 말이었을 것이다. 하지만 오늘날 언론은 유일한 계급을 이루고 있다. 언론이 다른 세 계급을 다 집어삼킨 것이다. 상원의 귀족 의원들은 아무 말도 하지 않고, 성직자 의원들은 아무런 할 말이 없으며, 하원 의원들은 아무런 할 말이 없고, 할 말이 없다고 말한다. 우리는 이제 언론에 지배당하고 있다. 미국에서는 대통령이 사 년간 통치를 한다. 하지만 언론은 영원히 통치한다. 다행히 미국의 언론은 가장 거칠고 잔혹한 과격파들에게까지 그 권력을 행사해 왔다. 그 자연스러운 결과로 반항 정신이 생겨나기 시작했다. 사람들은 각자의 기질에 따라 언론을 즐기기도 하고 역겨워하기도 한다. 그러나 언론은 더 이상 예전처럼 진정한 힘으로 작용하지는 못한다. 아무도 언론을 진지하게 생각하지 않는다.

In old days men had the rack. Now they have
the press. That is an improvement certainly.

But still it is very bad, and wrong, and demoralizing. Somebody called journalism the fourth estate. That was true at the time, no doubt. But at the present moment it really is the only estate. It has eaten up the other three. The Lords Temporal say nothing, the Lords Spiritual have nothing to say, and the House of Commons have nothing to say and says it. We are dominated by Journalism. In America the President reigns for four years, and Journalism governs for ever and ever. Fortunately in America journalism has carried its authority to the grossest and most brutal extreme. As a natural consequence it has begun to create a spirit of revolt. People are amused by it, or disgusted by it, according to their temperaments. But it is no longer the real force it was. It is not seriously treated.

비평가는 일반적인 의미에서 결코 공정할 수 없다. 사람들은 흥미를 느끼지 못하는 것에 대해서만 진정으로 편파적이지 않은 견해를 제시할 수 있다. 그게 바로 편파적이지 않은 견해가 언제나 전적으로 무가치한 이유다. 어떤 문제의 양면을 모두 보는 사람은 아무것도 보지 못하는 것과 같다. 예술은 열정이며, 예술에서 생각은 필연적으로 감정으로 물들게 되어 있다. 따라서 예술은 고정되기보다는 유동적이고, 섬세한 기분과 절묘한 순간에 따라 좌우되기 때문에 엄밀한 과학적 공식이나 신학적 도그마로 좁혀질 수가 없다. 예술은 영혼에 말을 걸고, 영혼은 육체와 마찬가지로 정신의 포로가 될 수도 있다. 물론 아무런 편견을 갖지 않을 수도 있다. 그러나 그런 문제에서 어떤 것을 선호하는 건 자기 마음에 달린 것이다. 그리고 무언가를 선호하게 되면 더 이상 공정할 수가 없다. 모든 예술 유파에 똑같이 공평하게 찬사를 보낼 수 있는 것은 경매인밖에 없다.

A critic cannot be fair in the ordinary sense of the world. It is only about things that do not interest one that one can give a really unbiased opinion, which is no doubt the reason why an unbiased opinion is always absolutely valueless. The man who sees both sides of a question, is a man who sees absolutely nothing at all. Art is a passion, and, in matters of art, Thought is inevitably coloured by emotion, and so is fluid rather than fixed, and, depending upon fine moods and exquisite moments, cannot be narrowed into the rigidity of a scientific formula or a theological dogma. It is to the soul that Art speaks, and the soul may be made the prisoner of the mind as well as of the body. One should, of course, have no

prejudices; but it is one's business in such
matters to have preferences, and when one
has preferences one ceases to be fair. It is only
an auctioneer who can equally and impartially
admire all schools of Art.

약간의 성실성은 위험한 것이며, 전적인 성실성은 절대적으
로 치명적인 것이다. 진정한 비평가는 아름다움의 원칙에 자
신을 바친다는 의미에서는 언제나 성실하다고 볼 수 있다. 그
러나 그는 모든 시대와 모든 학파를 초월해서 아름다움을 추
구하면서, 결코 어떤 고정된 생각의 틀이나 사물을 바라보는
정형화된 방식에 자신을 국한시키지 않는다. 비평가는 다양
한 형식과 각기 다른 수많은 방식으로 자신을 표현하고, 새로
운 감각과 신선한 관점에 끊임없이 호기심을 나타낸다. 그는
지속적인 변화를 통해서, 오직 지속적인 변화를 통해서만 진
정한 일관성을 발견할 수 있다. 그는 결코 스스로의 견해에 얽
매이지 않을 것이다. 지적 영역에서 정신이라는 게 움직임이
아니라면 무엇이겠는가. 삶의 본질과 마찬가지로 생각의 본
질은 성장에 있다.

A little sincerity is a dangerous thing, and a
great deal of it is absolutely fatal. The true
critic will always be sincere in his devotion to
the principle of beauty, but he will seek for
beauty in every age and in each school, and

will never suffer himself to be limited to any settled custom of thought, or stereotyped mode of looking at things. He will realize himself in many forms, and by a thousand different ways, and will ever be curious of new sensations and fresh points of view. Through constant change, and through constant change alone, he will find his true unity. He will not consent to be the slave of his own opinions. For what is mind but motion in the intellectual sphere? The essence of thought, as the essence of life, is growth.

시는 수정과 같아야 한다. 그래야 삶이 더 아름답고 비현실적으로 보이기 때문이다.

Poetry should be like a crystal: it should make life more beautiful and less real.

알다시피 시는 언제나 과학보다 앞서 왔다. 과학의 모든 위대한 발견들은 그 이전에 시에서 언급되었던 것들이다.

Poets, you know, are always ahead of science; all the great discoveries of science have been stated before in poetry.

달변은 아름다운 것이다. 그러나 과도한 미사여구가 수많은 비평가들을 망치고 있다.

Eloquence is a beautiful thing, but rhetoric ruins many a critic.

문학이 당신의 가장 아름답고 귀한 순간들을 위한 것이 되게 하라.

Keep literature for your finest, rarest moments.

행동할 때 인간은 꼭두각시지만, 묘사할 때는 시인이 된다.

When a man acts, he is a puppet. When he describes, he is a poet.

읽을 만한 가치가 없는 것을 읽을 바에야 아예 아무것도 읽지 않는 게 낫다.

The unread is always better than the unreadable.

"당신의 입담은 책을 무색하게 만드는군요. 직접 책을 써 볼 생각은 없소?"

"그러기엔 책 읽는 것을 너무 좋아해서요, 어스킨 씨. 사실 소설을 한 편 써 보고 싶긴 합니다만. 제가 쓰고 싶은 건 페르시아 양탄자처럼 아름답고 비현실적인 소설입니다. 하지만 영국에는 신문, 입문서, 백과사전을 제외하고는 문학을 읽는 독자층이 존재하지 않아요. 전 세계에서 영국인들처럼 문학의 아름다움을 즐길 줄 모르는 사람들도 아마 없을 겁니다."

"You talk books away. Why don't you write one?"

"I am too fond of reading books to care to write them, Mr Erskine. I should like to write a novel certainly, a novel that would be as lovely as a Persian carpet and as unreal. But there is no literary public in England for anything except newspapers, primers, and encyclopaedias. Of all people in the world the English have the least sense of the beauty of literature."

누구라도 세 권짜리 소설을 쓸 수 있다. 삶과 문학에 대해 철저하게 무지하기만 하다면.

Anybody can write a three-volumed novel. It merely requires a complete ignorance of both life and literature.

시인들은 열정이라는 것이 출판에 얼마나 유용한지 잘 알고 있다. 요즘은 실연한 것만으로도 책을 몇 판이나 찍을 수 있기 때문이다.

Poets know how useful passion is for publication. Nowadays a broken heart will run to many editions.

무위(無爲)는 글을 쓸 수 있는 분위기를, 고립은 그 조건을 제공한다.

Idleness gives one the mood in which to write, isolation the conditions.

낭만적인 환경은 낭만적인 작가에겐 단연코 최악의 환경이다.

Romantic surroundings are the worst surroundings possible for a romantic writer.

예언자들조차도 교정쇄를 수정한다.

Even prophets correct their proofs.

위고와 셰익스피어는 그들끼리 모든 주제를 고갈시켰다. 독
창적인 것은 더 이상 남아 있지 않다. 죄악에 있어서조차 그렇
다. 따라서 이제 진정한 감동 또한 사라져 버렸다. 단지 몇몇
특별한 형용사들만이 남아 있을 뿐이다.

Between them Hugo and Shakespeare have
exhausted every subject. Originality is no
longer possible — even in sin. So there are
no real emotions left — only extraordinary
adjectives.

나는 해피엔드로 끝나는 소설을 좋아하지 않는다. 그런 소설
은 나를 몹시 우울하게 만든다.

I don't like novels that end happily. They
depress me so much.

평론가들은 어떤 기준을 유지하는 데 어려움을 느끼는 듯 보
인다. 스타일이 부재한 곳에 기준이 있을 리 없다. 가엾은 평
론가들은 문학의 즉결 재판소의 리포터나 예술의 상습 범죄

자들의 행위를 기록하는 존재들로 전락하고 만 것이다. 때때로 그들이 논평해야 할 작품을 끝까지 읽지 않는다는 얘기도 들려온다. 그 말은 사실이다. 또는 적어도 끝까지 읽어서는 안 된다. 만약 그랬다가는 지독한 인간 혐오자가 되고 말 것이다. 게다가 작품을 다 읽을 필요도 없다. 포도주가 얼마나 오래 묵었고 품질이 어떤지를 알기 위해 한 통을 다 마셔 볼 필요는 없다. 책이 어떤 가치가 있는지 또는 아무런 가치가 없는지를 판단하는 데는 넉넉잡아 삼십 분이면 족하다. 형식에 대한 본능이 발달해 있다면 십 분으로도도 충분하다.

The difficulty that I should fancy the reviewer feels is the difficulty of sustaining any standard. Where there is no style a standard must be impossible. The poor reviewers are apparently reduced to be the reporters of the police-court of literature, the chroniclers of the doings of the habitual criminals of art. It is sometimes said of them that they do not read all through the works they are called upon to criticize. They do not. Or at least they should not. If they did so, they would become confirmed misanthrope. Nor is it necessary. To know the vintage and quality of a wine one need not drink the whole cask. It must be perfectly easy in half an hour to say whether a book is worth anything or worth nothing. Ten minutes are really sufficient, if one has the instinct for form.

나는 요즘 나오는 회고록들을 별로 좋아하지 않는다. 그런 건 대개 기억을 완전히 잃어버렸거나 기억할 만한 일을 아무것도 하지 않은 사람들이 쓴 것들이다. 물론, 바로 그런 이유 때문에 대중적 인기를 얻을 수 있었겠지만. 영국 대중은 별 볼일 없는 인물이 이야기를 할 때 언제나 가장 편안해하기 때문이다.

I dislike modern memoirs. They are generally written by people who have either entirely lost their memories, or have never done anything worth remembering; which, however, is, no doubt, the true explanation of their popularity, as the English public always feels perfectly at ease when a mediocrity is talking to it.

오늘날 소설가들이 글을 쓸 때 겪는 어려움은 다음과 같은 게 아닌가 싶다. 만약 그들이 사회 속으로 들어가지 않는다면, 그들의 작품은 읽을 만한 게 못 된다. 반면, 그들이 사회 속으로 들어간다면, 그들에겐 글을 쓸 시간이 없다.

The difficulty under which the novelists of our day labour seems to me be this. If they do not go into society, their books are unreadable; if they go into society, they have no time left for writing.

글을 잘 쓰지 못하면 제대로 생각할 수 없다. 제대로 생각을 하지 못하면, 다른 사람들이 당신을 위해 대신 생각하게 될 것이다.

If you cannot write well, you cannot think well. If you cannot think well, others will do your thinking for you.

당신이 읽는 것이 곧 당신 자신이다.

You are what you read.

작가는 자신의 정신에게 비행(非行)을 저지를 것을 가르쳐 온 사람이다.

A writer is someone who has taught his mind to misbehave.

그는 자신이 쓸 수 없는 시를 살고 있다. 또 다른 사람들은 자신들이 감히 실현하지 못하는 것을 시로 쓴다.

He lives the poetry that he cannot write. The others write the poetry that they dare not realize.

비평가는 대중을 교육해야 하고, 예술가는 비평가를 가르쳐야 한다.

The critic has to educate the public; the artist has to educate the critic.

대중은 알 만한 가치가 있는 것을 제외하고는 모든 걸 알고 싶어 하는 끝없는 호기심을 지니고 있다. 본디 장사꾼 기질이 있는 언론은 그 사실을 잘 알고 그들의 요구를 충족시켜 준다.

The public have an insatiable curiosity to know everything, except what is worth knowing. Journalism, conscious of this, and having tradesmanlike habits, supplies their demands.

현대적 저널리즘으로 말하자면, 그것을 옹호하는 건 내 소관이 아니다. 그것은 가장 속물적인 것이 살아남는다는 위대한 다윈의 법칙에 따라 스스로의 존재를 정당화할 것이기 때문 이다.

As for modern journalism, it is not my business to defend it. It justifies its own existence by the great Darwinian principle of the survival of the vulgarest.

현대적 저널리즘은 우리에게 못 배운 사람들의 견해를 전달함 으로써 공동체의 무지와 계속 접촉하게 한다. 이 시대의 최근 사건들을 주의 깊게 기록함으로써 그런 사건들이 실제로는 얼 마나 하찮은지를 우리에게 보여 주고 있다. 그리고 변함없이 불필요한 것들을 논의함으로써 우리로 하여금 문화를 위해 요 구되는 것과 그렇지 않은 것이 무엇인지를 깨닫게 한다.

By giving us the opinions of the uneducated, modern journalism keeps us in touch with the ignorance of the community. By carefully chronicling the current events of contemporary life, it shows us of what very little importance such events really are. By invariably discussing the unnecessary, it makes us understand what things are requisite for culture, and what are not.

우리가 사물에 아름다운 이름을 붙여 주는 능력을 잃었다는 것은 슬프지만 사실이다. 이름은 모든 것이다. 나는 결코 행위와 드잡이하지 않는다. 나는 오직 말들을 문제 삼을 뿐이다. 그것이 내가 문학에서 천박한 사실주의를 혐오하는 이유다. 삽을 삽이라고 불러야만 한다고 주장하는 사람은 반드시 삽을 쓰게끔 되어 있다. 그 사람에게 어울리는 일은 그것밖에 없기 때문이다.

It is a sad truth, but we have lost the faculty of giving lovely names to things. Names are everything. I never quarrel with actions. My one quarrel is with words. That is the reason I hate vulgar realism in literature. The man who could call a spade a spade should be compelled to use one. It is the only thing he is fit for.

때때로 세상 사람들은 어떤 매력적이고 예술적인 시인을 두고, 케케묵은 우스꽝스러운 표현을 빌리자면, 그는 '할 말이 없다.'라는 이유로 소리 높여 비난하기도 한다. 그러나 그에게 할 말이 있었다면 아마도 그는 그것을 말했을 테고, 그 결과는 따분한 것이 되고 말았을 것이다. 그가 아름다운 시를 쓸 수 있는 건 새롭게 전달할 메시지가 없기 때문이다. 시인은 형식으로부터 영감을 얻는 것이다. 모름지기 예술가라면 그래야 하는 것처럼, 순전히 형식으로부터 말이다. 실제의 열정은 그를 망치고 말 것이다. 무엇이든 실제로 일어나는 건 예술엔 해가 되는 법이기 때문이다. 하찮은 시들은 모두 실제의 감정에서 비롯한다. 자연스럽다는 것은 명백하다는 것이고, 명백한 것은 예술적이라고 볼 수 없다.

> From time to time the world cries out against some charming artistic poet, because, to use its hackneyed and silly phrase, he has 'nothing to say.' But if he had something to say, he would probably say it, and the result would be tedious. It is just because he has no new message, that he can do beautiful work. He gains his inspiration from form, and from form purely, as an artist should. A real passion would ruin him. Whatever actually occurs is spoiled for art. All bad poetry springs from genuine feeling. To be natural is to be obvious, and to be obvious is to be inartistic.

비평은 우리로 하여금 세계주의자가 되게 한다. 이익을 위한 탐욕이 그럴 수 없듯이 감정은 우리를 세계주의자로 만들어 주지 못한다. 인종적 편견을 넘어설 수 있는 유일한 길은 지적 비평의 습관을 기르는 것이다. 괴테는 독일인 중의 독일인이었다. 그는 어느 누구보다도 자기 나라를 사랑했다. 그는 독일 국민을 소중히 여겼고 그들을 이끌었다. 하지만 나폴레옹이

쇠로 된 말발굽으로 독일의 포도밭과 옥수수 밭을 짓밟았을 때 그는 침묵을 지켰다. "증오하지 않으면서 어떻게 증오의 노래를 쓸 수 있겠나?" 그는 에커만에게 이렇게 말했다. "문화와 야만에 관한 문제만을 중요하게 생각하는 내가, 지구상에서 문화가 가장 발달한 나라 중 하나이자 나의 교양의 많은 부분을 빚지고 있는 나라를 어떻게 미워할 수 있겠는가 말이야." 괴테에 의해 현대 세계에 가장 먼저 울려 퍼진 이 말은 아마도 미래의 세계시민주의를 위한 출발점이 될 거라고 생각한다. 비평은 다양한 형태에도 불구하고 인간의 정신은 결국 하나라는 사실을 강조함으로써 인종적 편견을 없애게 될 것이다. 다른 나라에 선전 포고를 하고 싶은 유혹이 느껴질 때면 우린 우리들 문화의 한 요소, 어쩌면 가장 중요한 요소를 파괴하려고 한다는 사실을 떠올리게 될 것이다. 전쟁이 사악한 것으로 여겨지는 한 언제나 매혹적으로 느껴지는 법이다. 하지만 전쟁이 저속한 것으로 간주되면 더 이상 사람들의 관심을 끌지 못할 것이다

It is Criticism that makes us cosmopolitan. The emotions will not makes us cosmopolitan, any more than the greed for gain could do so. It is only by the cultivation of the habit of intellectual criticism that we shall be able to rise superior to race-prejudices. Goethe was a German of the Germans. He loved his country — no man more so. Its people were dear to him; and he led them. Yet, when the iron hood of Napoleon trampled upon vineyard and cornfield, his lips were silent. "How can one write songs of hatred without hating?" he said to Eckerman, "and how could I, to whom culture and barbarism are alone of importance, hate a nation which is among the most cultivated of the earth, and to which I owe so great a part of my own cultivation?" This note, sounded in the modern world by Goethe first, will become, I think, the starting point for the cosmopolitanism of the future. Criticism will annihilate race-prejudices, by insisting upon the unity of the human mind in the variety of its forms. If we are tempted to make war upon another nation, we shall remember that we are seeking to destroy an element of our own culture, and possibly its most important element. As long as war is regarded as wicked, it will always have its fascination. When it is looked upon as vulgar, it will cease to be popular.

문학은 언제나 삶을 앞지른다. 삶을 모방하는 게 아니라 자신이 원하는 대로 삶을 빚는 것이다. 우리가 아는 것처럼, 19세기는 대부분 발자크의 머릿속에서 창조되었다. 우리의 뤼시

앵 드 뤼방프레, 라스티냐크, 드 마르세는 '인간극'의 무대에서 데뷔한 것이다. 우린 각주(脚註)와 불필요한 사항들을 덧붙여 가면서 한 위대한 소설가의 변덕이나 공상이나 창조적 비전을 충실히 따르고 있을 뿐이다.

> Literature always anticipates life. It does not copy it, but moulds it to its purpose. The nineteenth century, as we know it, is largely an invention of Balzac. Our Lucien de Rubempré, our Rastignac, and De Marsays made their first appearance on the stage of the *Comédie Humaine*. We are merely carrying out, with footnotes and unnecessary additions, the whim or fancy or creative vision of a great novelist.

사람들에게 무엇을 읽어야 할지를 말하는 건 아무런 소용이 없거나 유해한 일이다. 문학을 감상하는 것은 기질의 문제이지 교육의 문제가 아니기 때문이다.

> To tell people what to read is, as a rule, either useless or harmful; for the appreciation of literature is a question of temperament not of teaching.

과거에는 문인들이 책을 쓰고 대중이 그것을 읽었다. 오늘날에는 대중이 책을 쓰고 아무도 그것을 읽지 않는다.

> In old days books were written by men of letters and read by the public. Nowadays books are written by the public and read by nobody.

그는 고전 작가가 되었습니다. 알다시피, 고전이란 모두들 아는 것처럼 이야기하지만 정작 아무도 읽지 않는 작품을 말합니다.

> He has become a classic, you see, and classics are what everybody talks about, but nobody reads.

우리 시대에는 사람들이 책을 너무 많이 읽다 보니 감탄할 시간이 없고, 글을 너무 많이 쓰다 보니 생각할 시간이 없다.

> This age of ours, an age that reads so much that it has no time to admire, and writes so much that it has no time to think.

하지만 명료하게 글을 쓰도록 하게. 그렇지 않으면 아무것도 감출 게 없는 것처럼 보일 테니까.

But do write clearly. Otherwise it works as if
you had nothing to conceal.

도덕적이거나 부도덕한 책 같은 건 없다. 잘 썼거나, 잘 못 쓴
책이 있을 뿐이다.

There is no such thing as a moral or an immoral
book. Books are well written, or badly written.
That is all.

모든 면에서 현대 신문에 동의하지 않는다는 사실은 온전한
정신 상태를 가리키는 중요한 지표 중 하나다.

To disagree on all points with the modern
newspaper is one of the chief indications of
sanity.

비평의 가장 저급한 형태와 최고의 형태는 모두 자서전의 방
식을 따른다.

The highest as the lowest form of criticism is a

mode of autobiography.

어떤 책을 읽고 또 읽는 데서 즐거움을 느낄 수 없다면, 그건 아예 읽을 가치가 없는 책이다.

If one cannot enjoy reading a book over and over again, there is no use reading it at all.

뛰어난 상상력을 보여 주는 작품들은 모두가 철저하게 의식적인 숙고의 산물이다. 노래를 해야 하기 때문에 노래하는 시인은 없다. 적어도 위대한 시인은 그렇지 않다. 위대한 시인은 스스로 노래하기를 원해서 노래하는 것이다. 지금도 그렇고, 언제나 그랬다. 우리는 때때로, 시의 여명기에 울리던 목소리들은 우리 시대의 목소리들보다 더 단순하고 신선하며 자연스러웠을 거라고, 초기 시인들이 바라보고 거닐던 세상은 그 자체로 시적 특성을 지니고 있어서 거의 그대로 노래 속으로 녹아들 수 있었을 거라고 생각하는 경향이 있다. 지금은 올림 포스 산 위에 눈이 두껍게 쌓여 있고 가파른 급경사면이 황량하고 척박하지만, 한때는 아침이면 뮤즈들의 새하얀 발이 아네모네의 이슬을 털어 냈고, 저녁이 되면 아폴론 신이 계곡에 내려와 양치기들에게 노래를 불러 주었을 거라고 상상하곤 한다. 하지만 우리는 자신을 위해 열망하는 것이나 열망한다고 생각하는 것들을 다른 시대에 투영하고 있을 뿐이다. 우리는 잘못된 역사 감각을 가지고 있다. 지금까지 시를 생산해 낸 시대는 모두가 인위적인 시대다. 그리고 그 시대의 지극히 자연적이고 단순한 산물처럼 보이는 작품도 언제나 가장 의식적인 노력의 결과물이다. 자의식이 결여된 훌륭한 예술은 있을 수 없다. 자의식과 비평 정신은 하나인 것이다.

All fine imaginative work is self-conscious and deliberate. No poet sings because he must sing. At least, no great port does. A great poet sings because he chooses to sing. It is so now, and it has always been so. We are sometimes apt to think that the voices that sounded at the dawn of poetry were simpler, fresher and more natural than ours, and that the world which the early poets looked at, and through which they walked, had a kind of poetical quality of its own, and almost without changing could pass into song. The snow lies thick now upon Olympus, and its steep scarped sides are bleak and barren, but once, we fancy, the white feet of the Muses brushed the dew from the anemones in the morning, and at evening came Apollo to sing to the shepherds in the vale. But in this we are merely lending to other ages what we desire, or think we desire, for our own. Our historical sense is at fault. Every century that produces poetry is, so far, an artificial century, and the work that seems to us to be the most natural and simple product of its time is always the result of the most self-conscious effort. There is no fine art without self-consciousness, and self-consciousness and the critical spirit are one.

심리 소설의 대가 폴 부르제는 현대 생활 속 남자와 여자가 수많은 장(章)으로 나뉘어 끝없이 분석될 수 있다고 생각하는 우를 범했다. 사실 상류층 사람들과 관련해 흥미로운 것은 그들이 쓰고 있는 가면이지 그 가면 뒤에 숨은 현실이 아니다. 굴욕적인 고백이지만 우리는 너나없이 모두 똑같은 부류의 사람들이다. 팔스타프 안에도 햄릿적인 요소가 들어 있으며, 햄릿의 내면에도 팔스타프의 모습이 적잖이 들어 있다. 뚱뚱한 노기사도 우울할 때가 있으며, 젊은 왕자도 음탕한 유머를 구사할 때가 있다. 우리가 서로 다른 건 순전히 부차적인 것들에서 기인한다. 옷차림, 태도, 말투, 종교적 의견, 용모, 기벽 등. 그래서 사람들을 분석하면 할수록 점점 더 분석해야 할 이유가 사라지게 된다. 오래지 않아 인간 본성이라고 불리는 무시무시한 보편성에 도달하게 되기 때문이다.

As for M. Paul Bourget, the master of the *roman psychologique*, he commits the error of imagining that the men and women of modern life are capable of being infinitely analyzed for an innumerable series of chapters. In point of fact what is interesting about people in good society is the mask that each one of them wears, not the reality that lies behind the mask. It is a humiliating confession, but we are all of us made out of the same stuff. In Falstaff there is something of Hamlet, in Hamlet there is not a little of Falstaff. The fat knight has his moods of melancholy, and the young prince his moments of coarse humor. Where we differ from each other is purely in accidentals: in dress, manner, tone of voice, religious opinions, personal appearance, tricks of habit and the like. The more one analyzes people, the more all reasons for analysis disappear. Sooner or later one comes to that dreadful universal thing called human nature.

발자크로 말하자면, 그는 한마디로 예술적 기질과 과학적 정신의 가장 놀라운 조합을 보여 준 작가다. 그의 과학적 정신은 신봉자들에게 전해졌지만, 그의 예술적 기질은 온전히 그만의 것이었다. 보들레르는 발자크에 관해 이런 말을 했다. "발자크의 모든 등장인물은 발자크 자신을 부추겼던 것과 똑같은 삶에 대한 열정을 부여받았다. 그의 소설들은 모두 꿈의 색깔로 짙게 채색되어 있다. 소설 속의 등장인물들 하나하나는 총구까지 의지로 장전된 무기와 같다. 아주 하찮은 인물들에 게서도 천재성이 느껴진다." 발자크를 꾸준히 읽다 보면 우리의 살아 있는 친구들이 그림자들처럼 보이고, 우리의 지인들이 그늘의 그림자들처럼 느껴진다. 발자크의 등장인물들은 불타는 듯한 강렬한 삶을 살아가면서 우리를 지배하고 회의론에 맞서 싸운다. 내 인생의 가장 큰 비극 중 하나는 뤼시앵 드 뤼방프레의 죽음이다. 나는 그 슬픔에서 결코 완전하게 헤어날 수 없었다. 행복한 순간에도 그의 죽음이 나를 따라다닌다. 나는 웃을 때도 그의 죽음을 떠올린다. 그러나 홀바인만큼이나 발자크도 사실주의자라고 말할 수 없다. 그는 삶을 모방하지 않고 직접 창조해 냈기 때문이다.

As for Balzac, he was a most remarkable combination of the artistic temperamant with the scientific spirit. The latter he bequeathed to his disciples. The former was entirely his own. "All Balzac's characters," said Baudelaire, "are gifted with the same ardour of life that animated himself. All his fictions are as deeply coloured as dreams. Each mind is a weapon loaded to the muzzle with will. The very scullions have genius." A steady course of Balzac reduces our living friends to shadows, and our acquaintances to the shadows of shades. His characters have a kind of fervent fiery-coloured existence. They dominate us, and defy scepticism. One of the greatest tragedies of my life is the death of Lucien de Rubempré. It is a grief from which I have never been able completely to rid myself. It haunts me in my moments of pleasure. I remember it when I laugh. But Balzac is no more a realist than Holbein was. He created life, he did not copy it.

게다가 발자크는 근본적으로 보편성을 추구한다. 그는 다양한 관점에서 삶을 바라본다. 그는 어떤 선호나 편견을 가지고 있지 않다. 그는 그 무엇도 증명하려고 하지 않는다. 삶의 광경이 스스로의 비밀을 간직하고 있음을 느끼기 때문이다.

As for Balzac, besides, is essentially universal. He sees life from every point of view. He has no preferences and no prejudices. He does not try to prove anything. He feels that the spectacle of life contains its own secret.

나는 문인들에게 실망한 적이 한 번도 없다. 그들은 모두 더할 나위 없이 매력적이다. 나를 실망시키는 것은 그들의 작품이다.

I am never disappointed in literary men. I think

they are perfectly charming. It is their works I find so disappointing.

삶과 문학을 연구하면 할수록, 모든 황홀한 것들 뒤에는 개인이 있고, 시대가 인간을 만드는 게 아니라 인간이 시대를 창조하는 것이라는 생각이 더욱더 확고해진다.

The longer one studies life and literature, the more strongly one feels that behind everything that is wonderful stands the individual, and that it is not the moment that makes the man, but the man who creates the age.

오늘날의 문학 대부분이 이상하리만큼 진부해진 주된 이유를 한 가지 꼽자면 단연코 예술과 과학과 사회적 기쁨으로서의 거짓의 쇠락을 들 수 있다. 고대 역사가들은 사실의 형식으로 우리에게 유쾌한 허구를 제공했다. 반면, 현대 소설가는 허구를 가장해 지루한 사실들을 전해 주고 있다. 현대 소설가는 따분한 인간에 관한 자료나 초라하고 보잘것없는 자연의 측면을 현미경으로 자세히 들여다본다. 국립 도서관이나 대영 박물관에 가면 파렴치하게 그 속에서 소설의 주제를 열심히 찾고 있는 그를 만날 수 있다. 그는 다른 사람들의 생각을 모방할 용기조차 없는지 모든 걸 삶 속에서 직접 캐내기를 고집한다. 그리하여 백과사전과 개인의 경험 사이를 오간 끝에 한 집안이나 주급(週給) 세탁부 등에서 인물의 유형을 이끌어 내거나 가장 사색적인 순간에도 결코 떨쳐 낼 수 없는 유용한 정보들을 잔뜩 수집하고야 만다.

이 시대의 그릇된 이상이 문학 전반에 야기하는 손실은 실로 엄청나다. 사람들은 '타고난 시인'이라는 말처럼 별생각 없이 '타고난 거짓말쟁이'라는 말을 한다. 하지만 이는 두 경우 모두에 있어 잘못된 표현이다. 거짓말과 시는 예술——플라톤이 지적한 대로, 서로가 무관하지 않은 예술——이며 더없이 세심한 연구와 순수한 몰두를 필요로 한다. 그렇다, 거짓말과 시는 그것들보다 더 물질적인 예술들——그림과 조각 같은——처럼 그 고유한 기법, 형태와 색채에 관한 미묘한 비밀, 기교, 그것들만의 의도적인 예술적 방식을 가지고 있다.

One of the chief causes that can be assigned for the curiously commonplace character of most of the literature of our age is undoubtedly the decay of Lying as an art, a science and a social pleasure. The ancient historians gave us delightful fiction in the form of fact; the modern novelist presents us with dull facts under the guise of fiction. He has his tedious *document humain*, his miserable little *coin de la création*, into which he peers with his microscope. He is to be found at the Librairie Nationale, or at the British Museum, shamelessly reading up his subject. He has not even the courage of other people's ideas, but insists on going directly to life for everything, and ultimately, between encyclopaedias and personal experience, he comes to the ground, having drawn his types from the family circle or from the weekly washerwoman, and having acquired an amount of useful information from which never, even in his most meditative moments, can he thoroughly free himself.

The loss that results to literature in general from this false ideal of our time can hardly be overestimated. People have a careless way of talking about a 'born liar', just as they talk about a 'born poet.' But in both cases they are wrong. Lying and poetry are arts — arts, as Plato saw, not unconnected with each other — and they require the most careful study, the most disinterested devotion. Indeed, they have their technique, just as the more material arts of painting and sculpture have, their subtle secrets of form and colour, their craft-mysteries, their deliberate artistic methods.

삼백여 년 전에 출간된 한 권의 소네트집이, 한 죽은 젊은이를 기리기 위해 죽은 이가 쓴 그 책이 불현듯 내 영혼의 로맨스에 관한 모든 이야기를 나에게 설명해 주었다.

> A book of Sonnets, published nearly three hundred years ago, written by a dead hand and in honour of a dead youth, had suddenly explained to me the whole story of my soul's romance.

말라르메는 시인이며, 진정한 시인이다. 그러나 난 그가 프랑스어로 시를 쓸 때가 더 좋다. 그가 프랑스어로 시를 쓸 때는 이해가 안 되지만, 영어로 시를 쓸 때는 유감스럽게도 그렇지가 않다. '이해가 안 된다는 것'은 대단한 재능이다. 모두가 그런 재능을 가진 건 아니다.

> Mallarmé is a poet, a true poet. But I prefer him when he writes in French, because in that language he is incomprehensible, while in English, unfortunately, he is not. Incomprehensibility is a gift, not everyone has it.

사실 우리 삶에서 현대적인 것은 모두 그리스인들에게서 비롯됐다. 시대착오적인 것은 모두 중세주의에서 기인한다. 우리에게 총체적인 예술 비평 시스템을 물려준 것은 바로 그리스인들이다. 그들의 비평적 본능이 얼마나 뛰어났는지는, 그들이 가장 주의 깊게 비평했던 예술의 재료가 바로 언어였다는 사실만 봐도 알 수 있다. 화가나 조각가가 사용하는 재료는 언어라는 재료에 비하면 빈약한 편이다. 언어는 비올이나 류트가 내는 것 같은 감미로운 음악과 베네치아나 스페인 화가들의 화폭을 사랑스럽게 보이게 하는 풍부하고 생생한 색채, 대리석이나 청동에서만큼 분명하고 확실하게 드러나는 조형성을 포함하고 있을 뿐만 아니라, 다른 예술들에는 없는 생각과 열정 그리고 영성(靈性)까지 지니고 있다. 그리스인들이 단지 언어만을 비평했다고 하더라도, 그들은 여전히 세상에서 가장 위대한 예술 비평가들이 될 수 있었을 것이다. 가장 지고한 예술의 원칙들을 이해하는 것은 곧 모든 예술의 원칙들을 이해하는 것이기 때문이다.

Whatever, in fact, is modern in our life we owe to the Greeks. Whatever is an anachronism is due to medievalism. It is the Greeks who has given us the whole system of art-criticism, and how fine their critical instinct was, may be seen from the fact that the material they criticized with most care was language. Fot the material that painter or sculptor uses is meagre in comparison with that of words. Words have not merely music as sweet as that of viol and lute, colour as rich and vivid as any that makes lovely for us the canvas of the Venetian or the

Spaniard, and plastic form no less sure and certain than that which reveals itself in marble or in bronze, but thought and passion and spirituality are theirs also, are theirs indeed alone. If the Greeks had criticized nothing but language, they would still have been the great art-critics of the world. To know the principles of the highest art is to know the principles of all the arts.

예술적 비평가는 신비주의자와 마찬가지로 언제나 도덕률 폐기론자일 수밖에 없다. 선(善)의 통속적 기준에 따르면, 선해지기는 분명 아주 쉽다. 그저 어느 정도의 추악한 공포, 창의적 생각의 적당한 결핍, 중산층 품위에 대한 저급한 열정 정도만 있으면 되기 때문이다. 미학은 윤리학보다 우위에 있다. 더 정신적인 영역에 속하는 것이다. 어떤 대상의 아름다움을 알아보는 것은 우리가 도달할 수 있는 최고의 지점이다. 심지어 개인의 발전에서도 옳고 그름에 대한 감각보다 색채에 대한 감각이 더 중요하다. 사실 의식적인 문명의 영역에서 미학과 윤리학의 관계는, 외적 세계의 영역에서 성 선택(性選擇)과 자연 선택의 관계와도 같다. 윤리학은 자연 선택처럼 생존을 가능하게 한다. 미학은 성 선택처럼 삶을 아름답고 멋지게 만들어 주고 새로운 형식으로 채워 주며, 삶에 진보와 다양성과 변화를 선사한다. 그리하여 우리의 목표인 진정한 문화를 꽃피우게 되면, 우리는 성인들이 꿈꾸었던 완전함의 경지, 죄악을 저지르는 것이 불가능한 이들의 완전함의 경지에 이르게 된다. 그들은 금욕주의자처럼 어떤 것을 포기하지 않고도 영혼을 다치는 일 없이 무엇이든 원하는 것을 할 수 있고, 영혼을 다치게 할 어떤 것도 바라지 않을 수 있기 때문이다. 또한 지극히 신성한 실체인 영혼은 더욱 풍부한 경험이나 한층 섬세한 감수성, 또는 더욱더 새로운 생각과 행동 혹은 열정의 방식으로 변화할 수 있다.

The artistic critic, like the mystic, is an antinomian always. To be good, according to the vulgar standard of goodness, is obviously quite easy. It merely requires a certain amount of sordid terror, a certain lack of imaginative thought and a certain low passion for middle-class respectability. Aesthetics are higher than ethics. They belong to a more spiritual sphere. To discern the beauty of a thing is the finest point to which we can arrive. Even a colour-sense is more important, in the development of the individual, then a sense of right and wrong. Aesthetics, in fact, are to Ethics in the sphere of conscious civilization, what, in the sphere of the external world, sexual is to natural selection. Ethics, like natural selection, make existence possible. Aesthetics, like sexual selection, make life lovely and

wonderful, fill it with new forms, and give it
progress, and variety and change. And when
we reach the true culture that is our aim, we
attain to that perfection of which the saints
have dreamed, the perfection of those to whom
sin is impossible, not because they make the
renunciation of the ascetic, but because they
can do everything they wish without hurt to the
soul, and can wish for nothing that can do the
soul harm, the soul being an entity so divine
that it is able to transform into elements of a
richer experience, or a finer susceptibility, or a
newer mode of thought, acts or passions.

사람들은 황열병이 무섭다고 떠들어 대지만, 난 신문의 공격
에서 살아남은 사람이야말로 어떤 위협이든 이겨 낼 수 있을
거라고 생각한다.

They talk about yellow fever but I think that
one who has survived the newspapers is
impregnable.

오! 스파이는 이제 아무런 쓸모가 없어. 한물간 직업이라고.
이젠 신문이 그들의 일을 대신하거든.

> Oh! Spies are of no use nowadays. Their profession is over. The newspapers do their work instead.

이를테면 요즘 신문들은, 조각가를 그의 조각상들이 아닌 그가 아내를 다루는 방식으로, 화가를 그의 수입 여부로, 시인을 그의 넥타이 색깔로 판단하게끔 대중들을 부추기느라 부단히 애쓰고 있다.

> At present the newspapers are trying hard to induce the public to judge a sculptor, for instance, never by his statues but by the way he treats his wife; a painter by the amount of his income and a poet by the colour of his necktie.

드 난작 자작: 난 당신네 영국 신문을 모두 읽어요. 아주 재미있더군요.
고링 경: 그렇다면, 친애하는 난작, 분명 행간의 뜻도 읽겠군요.

> VICOMTE DE NANJAC: I read all your English newspapers. I find them so amusing.
> LORD GORING: Then, my dear Nanjac, you must certainly read between the lines.

사실 프랑스는 언론인의 자유를 제한하고 예술가에게는 거의 전적인 자유를 부여한다. 반면 이곳에서는 언론인에게는 절대적인 자유를 허용하고, 예술가의 자유는 철저하게 제한한다. 이를테면 영국의 여론은 아름다운 것들을 창조해 내는 이를 속박하고 방해하며 왜곡하려고 하는 것이다. 그리고 언론인에게는 추하고 역겨우며 혐오스러운 것들을 들려주도록 강요한다. 그 결과 우리는 세상에서 가장 진지한 언론인들과 가장 저속한 신문들을 동시에 갖게 되었다. 여기서 강제를 이야기하는 건 전혀 과장이 아니다. 언론인 중에는 아마도 추악한 것들을 대중에게 알리는 데에서 진정으로 즐거움을 느끼는 이들이 있을 것이다. 또는 형편이 어려운 탓에 지속적인 수입원을 만들려는 목적으로 스캔들을 찾아다니는 사람들도 있을 것이다. 하지만 나는 이런 것들을 신문에 신는 걸 정말로 싫어하는, 학식과 교양을 갖춘 언론인들도 있을 것이라고 확신한다. 그들은 옳지 못하다는 것을 알면서도, 그들이 처한 불건전한 직업 환경이 그들로 하여금 대중이 원하는 걸 제공하게 하고, 대중의 탐욕스러운 호기심을 되도록 최대한 충족시키는 일로 다른 언론인들과 경쟁해야 하기 때문에 그렇게 하는 것뿐이다. 그것은 학식과 교양을 갖춘 누구에게나 몹시 모멸스러운 상황일 것이며, 그들 대부분이 실제로 통절한 자괴감을 느끼고 있으리라 확신한다.

In France, in fact, they limit the journalist, and allow the artist almost perfect freedom. Here we allow absolute freedom to the journalist, and entirely limit the artist. English public opinion, that is to say, tries to constrain and impede and warp the man who makes things that are beautiful in effect, and compels the journalist to retail things that are ugly, or disgusting, or revolting in fact, so that we have the most serious journalists in the world and the most indecent newspapers. It is no exaggeration to talk of compulsion. There are possibly some journalists who take a real pleasure in publishing horrible things, or who, being poor, look to scandals as forming a sort of permanent basis for an income. But there are other journalists, I feel certain, men of education and cultivation, who really dislike publishing these things, who know that it is wrong to do so, and only do it because the unhealthy conditions under which their occupation is carried on oblige them to supply the public with what the public wants, and to compete with other journalists in making that supply as full and satisfying to the gross popular appetite as possible. It is a very degrading position for anybody of educated men to be placed in, and I have no doubt that most of them feel it acutely.

조각상은 완성의 순간에 집중돼 있다. 캔버스에 그려진 이미지는 성장이나 변화 같은 정신적인 요소를 지니고 있지 않다. 그것들이 죽음에 대해 아무것도 알지 못하는 것은 삶에 관해 아무것도 알지 못하기 때문이다. 삶과 죽음의 비밀은 오직 시간의 흐름에 영향을 받는 존재들, 현재와 미래를 함께 소유하고 있으며, 영예롭거나 수치스러운 과거에서 추락하거나 다시 일어설 수도 있는 이들에게만 속해 있기 때문이다. 시각 예술의 문제인 움직임은 오직 문학에 의해서만 진정으로 구현될 수 있다. 우리에게 신체의 민첩성과 영혼의 동요를 보여 주는 건 문학이다.

The statue is concentrated to one moment of perfection. The image stained upon the canvas possesses no spiritual element of growth or change. If they know nothing of death, it is because they know little of life, for the secrets of life and death belong to those, and those only, whom the sequence of time affects, and who possess not merely the present but the future, and can rise or fall from a past of glory or of shame. Movement, that problem of the visible arts, can be truly realized by Literature alone. It is Literature that shows us the body in its swiftness and the soul in its unrest.

우리가 문학에 요구하는 것은 차별성, 매력, 아름다움 그리고 상상력이다.

In literature we require distinction, charm, beauty and imaginative power.

영국에 사는 우리들은 문학에서의 전통적 가치를 언제나 과소평가하는 경향이 있다. 음악의 새로운 목소리와 신선한 방식을 찾고자 하는 열망 때문에 메아리가 얼마나 아름다울 수 있는지를 잊어버렸던 것이다.

In England we have always been prone to underrate the value of tradition in literature. In our eagerness to find a new voice and a fresh mode of music we have forgotten how beautiful Echo may be.

유일하게 사실적인 사람들은 현실에선 결코 존재하지 않았던 사람들이다. 만약 소설가가 삶에서 자신의 등장인물들을 빌려 올 정도로 파렴치하다면, 적어도 그들이 실제 사람들의 복제물이라고 떠벌리는 대신 자신의 창작물이라고 주장해야만 한다. 소설 속 인물의 정당성은 다른 이들이 어떤 사람들인가가 아니라 작가가 어떤 사람인가에 달려 있다. 그렇지 않다면 소설은 예술 작품이라고 할 수 없다.

The only real people are the people who never existed, and if a novelist is base enough to go to life for his personages he should at least pretend that they are creations, and not boast of them as copies. The justification of a character in a novel is not that other persons are what they are, but that the author is what he is. Otherwise the novel is not a work of art.

최고의 비평은 창작보다 더 창조적이며, 비평의 가장 중요한 목적은 대상을 실제와 다르게 보는 것이다.

The highest Criticism is more creative than creation, and the primary aim of the critic is to see the object as in itself it really is not.

비평가에게 예술 작품은 단지 그의 새로운 작품을 위한 하나의 제안일 뿐이며, 그의 작품이 비평의 대상과 반드시 명백한 유사성을 지닐 필요도 없다. 아름다운 형식이 지니는 한 가지 특징은 그 속에 무엇이든 우리가 원하는 것을 더할 수 있고, 그 안에서 우리가 보고자 하는 것을 볼 수 있다는 점이다. 그리고 창작에 보편적이고 심미적인 요소를 부여하는 아름다움은 이번엔 비평가를 창조자로 만들면서, 조각상을 깎아 만들고 그림을 그리고 보석을 연마했던 사람들의 마음속엔 존재하지 않았던 다른 수많은 것들을 그에게 속삭인다.

> To the critic the work of art is simply a suggestion for a new work of his own, that need not necessarily bear any obvious resemblance to the thing it criticizes. The one characteristic of a beautiful form is that one can put into it whatever one wishes, and see in it whatever one chooses to see; and the Beauty, that gives to creation its universal and aesthetic element, makes the critic a creator in his turn, and whispers of a thousand different things which were not present in the mind of him who carved the statue or painted the panel or graved the gem.

어떤 아름다운 창작품의 의미는 적어도 그것을 창조해 낸 사람의 영혼 속에서처럼 그것을 바라보는 사람의 영혼 속에도 동일하게 존재한다. 더 정확히 말하자면, 아름다운 것에 수많은 의미를 부여하고, 우리에게 그것을 멋져 보이게 하며, 그것으로 하여금 우리 시대와 어떤 새로운 관계를 맺게 하는 것. 그리하여 그것으로 하여금 우리 삶의 중요한 한 부분, 우리가 갈구하는 것의 표징, 또는 어쩌면 무언가를 갈구한 탓에 얻게 될까 우려하는 것의 상징이 되게 하는 건 그것을 바라보는 사람의 몫인 것이다.

The meaning of any beautiful created thing
is, at least, as much in the soul of him who
looks at it, as it was in his soul who wrought it.
Nay, it is rather the beholder who lends to the
beautiful thing its myriad meanings, and makes
it marvellous for us, and sets it in some new
relation to the age, so that it becomes a vital
portion of our lives, and a symbol of what we
pray for, or perhaps of what, having prayed for,
we fear that we may receive.

단순한 창조적 본능은 혁신하지 않고 재생산할 뿐이다.

The mere creative instinct does not innovate,
but reproduces.

길버트: 비평은 분명 그 자체로 하나의 예술이야. 예술적 창조
가 비평적 기능─사실상 그게 없이는 애초에 예술적 창조가
존재할 수도 없지만─의 작용을 내포하는 것처럼, 비평은 가
장 고귀한 의미에서 진정 창조적이라고 할 수 있어. 사실, 비
평은 창조적이면서 독자적이야.
어니스트: 독자적이라고?

길버트: 그래, 비평은 독자적인 거야. 비평은 시인이나 조각가의 작품만큼이나 모방이나 유사성 같은 저급한 기준에 의해 평가되어서는 안 돼. 비평가와 그의 비평 대상인 예술 작품과의 관계는, 형태와 색채로 이루어진 가시적 세상이나 열정과 생각으로 이루어진 눈에 보이지 않는 세상과 예술가가 맺는 관계와 같아. 게다가 비평가는 자신의 예술을 완성하는 데 최상의 재료를 필요로 하지도 않아. 무엇이든 비평의 소재가 될 수 있거든. 비평가처럼 창조적인 예술가에게 소재란 어떤 의미일까? 소설가나 화가가 다루는 것들과 하나도 다를 바가 없어. 그들처럼 비평가도 어디서든 작품의 모티프를 발견할 수 있는 거라고. 그것을 어떻게 다루느냐가 관건이지. 어떤 제안이나 도전을 내포하지 않은 것은 이 세상에 없거든.

GILBERT: Surely, Criticism is itself an art. And just as artistic creation implies the working of the critical faculty, and, indeed, without it cannot be said to exist at all, so Criticism is really creative in the highest sense of the word. Criticism is, in fact, both creative and independent.

ERNEST: Independent?

GILBERT: Yes; independent. Criticism is no more to be judged by any low standard of imitation or resemblance than is the work of poet or sculptor. The critic occupies the same relation to the work of art that he criticizes

as the artist does to the visible world of form
and colour, or the unseen world of passion
and of thought. He does not even require for
the perfection of his art the finest materials.
Anything will serve his purpose. To an artist so
creative as the critic, what does subject-matter
signify? No more and no less than it does to the
novelist and the painter. Like them, he can find
his motives everywhere. Treatment is the test.
There is nothing that has not in it suggestion or
challenge.

길버트: 난 비평을 창조 안에서의 창조라고 부르고 싶어. 호메로스와 아이스킬로스에서 셰익스피어와 키츠에 이르기까지 위대한 예술가들이 그들의 소재를 삶에서 직접적으로 찾지 않고 신화와 전설 그리고 옛날이야기에서 찾았던 것처럼, 말하자면 비평가는 다른 사람들이 그를 위해 정화시켜 놓은 소재들, 창의적인 형태와 색채가 이미 더해진 소재들을 다루기 때문이지. 아니, 그보다 최고의 비평은 개인적인 느낌이 가장 순수하게 표출된 방식이므로 그 나름대로 창작보다 더 창조적인 것이라고 말하고 싶네. 비평은 어떤 외적 기준을 거의 참고하지 않고, 사실상 그 자체로 스스로의 존재 이유가 되며 오로지 그 자체가 목적이기 때문이지. 물론 비평은 사실성이라는 족쇄에 절대 구속받지 않지. 졸렬하게 개연성에 신경 쓰는 일, 개인적 또는 사회적 삶의 지루한 반복에 비겁하게 자리를

내주는 일은 결코 없거든. 허구는 사실에 도움을 청할지 모르지만, 영혼은 절대 그러는 법이 없다는 말이지.

어니스트: 영혼이라고?

길버트: 그래, 영혼. 영혼의 기록, 그게 바로 최고의 비평이지. 비평은 역사보다도 더 매력적이야. 오로지 자기 자신에만 신경을 쓰기 때문이지. 그 대상이 추상적이지 않고 구체적이며, 모호하지 않고 실체적이라는 점에서 철학보다 더 유쾌하기도 하지. 또한 비평은 유일하게 세련된 형태의 자서전이기도 해. 사건들이 아닌 누군가의 삶에 관한 생각들을, 어떤 행위나 상황 같은 물리적인 우연들이 아닌 누군가의 정신적 분위기와 상상적 열정을 다루기 때문이야. 비평가의 가장 중요한 역할이, 자신들의 이류 작품들에 관해 지껄이는 일이라고 생각하는 듯싶은 우리 시대의 작가들과 예술가들의 어리석은 자만심은 언제나 날 즐겁게 해. 대부분의 현대 창조 예술에 대해 해 줄 수 있는 최고의 말은 현실보다는 다소 덜 저속하다는 거야. 그래서 섬세한 품위에 대한 확실한 직감과 훌륭한 판별력을 갖춘 비평가는 차라리 은거울을 들여다보거나 베일을 통해 보는 것을 선호할 것이고—더럽혀진 거울과 찢긴 베일이라 할지라도—현재 삶의 혼란과 소란스러움으로부터 먼 곳으로 시선을 돌릴 거야. 그의 유일한 목적은 자신의 느낌들을 기록하는 것이야. 그림이 그려지고, 책이 쓰이고, 대리석이 조각되는 것은 모두 그를 위한 거란 말이지.

GILBERT: I would call criticism a creation within a creation. For just as the great artists, from Homer and Aeschylus, down to

Shakespeare and Keats, did not go directly to life for their subject-matter, but sought for it in myth, and legend, and ancient tale, so the critic deals with materials that others have, as it were, purified for him, and to which imaginative form and colour have been already added. Nay, more, I would say that the highest Criticism, being the purest form of personal impression, is in its way more creative than creation, as it has least reference to any standard external to itself, and is, in fact, its own reason for existing, and in itself, and to itself, an end. Certainly, it is never trammelled by any shackles of verisimilitude. No ignoble considerations of probability, that cowardly concession to the tedious repetitions of domestic or public life, affect it ever. One may appeal from fiction unto fact. But from the soul there is no appeal.

ERNEST: From the soul?

GILBERT: Yes, from the soul. That is what the highest Criticism really is, the record of one's soul. It is more fascinating than history, as it is concerned simply with oneself. It is more delightful than philosophy, as its subject is concrete and not abstract, real and not vague. It is the only civilized form of autobiography, as it deals not with the events, but with the thoughts of one's life; not with life's physical accidents of deed or circumstance, but with the spiritual moods and imaginative passions of the mind. I am always amused by the silly vanity of those writers and artists of our day who seem to imagine that the primary function of the critic is to chatter about their second-rate work. The best that one can say of most modern creative art is that it is just a little less vulgar than reality, and so the critic, with his fine sense of distinction and sure instinct of delicate refinement, will prefer to look into the silver mirror or through the woven weil, and will turn his eyes away from the chaos and clamour of actual existence, though the mirror be tarnished and the veil be torn. His sole aim is to chronicle his own impressions. It is for him that pictures are painted, books written, and marble hewn into form.

이러한 인간 경험의 전달로 가능해진 문화는 오직 비평 정신에 의해서만 완성될 수 있고, 사실상 비평 정신과 하나다. 진정한 비평가란 자신의 내면에 수많은 세대들의 꿈과 사상과 감정 들을 지니고 어떤 생각의 형태도 낯설게 느끼지 않으며,

어떤 모호한 감정적 충동도 이해할 수 있는 사람이 아니라면 누구이겠는가? 또한 진정한 교양인이란 훌륭한 학식과 까다로운 거부로써 본능을 자의식 강한 지적 감각이 되게 하며, 탁월한 작품과 그렇지 않은 작품을 구분할 줄 알고, 접촉과 비교를 통해 스스로를 양식(樣式)과 유파의 비밀에 정통하게 하고, 그것들의 의미를 이해하고 그것들의 목소리에 귀 기울이며, 지적인 삶의 진정한 꽃이자 진정한 뿌리이기도 한 편향 없는 호기심을 발달시키고, 그리하여 지적인 명확성에 도달하고, '세상에 알려지고 생각되어진 최상의 것'을 익힘으로써 불멸의 존재들과 함께 살아가는—이는 허황된 말이 아니다.—그런 사람이 아닐까. 관조적인 삶, 즉 '행하는 것'이 아닌 '존재하는 것', 그리고 단지 '존재하는 것'이 아닌 '무언가가 되는 것'을 목적으로 하는 삶, 그것이 바로 비평 정신이 우리에게 줄 수 있는 것이다. 그것은 또한 신들이 살아가는 방식이기도 하다.

The culture that this transmission of racial experiences makes possible can be made perfect by the critical spirit alone, and indeed may be said to be one with it. For who is the true critic but he who bears within himself the dreams, and ideas, and feelings of myriad generations, and to whom no form of thought is alien, no emotional impulse obscure? And who the true man of culture, if not he who by fine scholarship and fastidious rejection has made instinct self-conscious and intelligent, and can separate the work that has distinction from the work that has it not, and so by contact and comparison makes himself master of the secrets of style and school, and understands their meanings, and listens to their voices, and develops that spirit of disinterested curiosity which is the real root, as it is the real flower, of the intellectual life, and thus attains to intellectual clarity, and, having learned 'the best that is known and thought in the world', lives — it is not fanciful to say so — with those who are the Immortals. The contemplative life, the life that has for its aim not *doing* but *being*, and not *being* merely, but *becoming* — that is what the critical spirit can give us. The gods live thus.

비평이 존재하지 않는 시대란 예술이 정지돼 있고, 종교적이며, 정형화된 유형들의 재생산에 한정돼 있거나 예술이 전혀 존재하지 않는 시대다. 일반적 의미에서의 창조성이 결여된 비평의 시대도 있었다. 인간의 정신이 그의 보물 창고 속에 간직된 보물들을 정돈하고자 했던 시대, 금과 은, 은과 납을 구분하고, 보석들을 일일이 헤아리고, 진주들에 이름을 붙이고자 했던 시대가. 하지만 비평적이지 않으면서 창조적인 시대는 결코 없었다. 새로운 형식의 발명은 비평 능력에서 비롯되는 것이기 때문이다. 창조는 스스로를 반복하는 경향이 있다. 새로 생겨나는 유파들과 예술이 자유롭게 자신을 표현할 수 있는 새로운 틀은 모두 비평적 본능에 빚지고 있다.

An age that has no criticism is either an age in which art is immobile, hieratic, and confined to the reproduction of formal types, or an age that possesses no art at all. There have been critical ages that have not been creative, in the ordinary sense of the word, ages in which the spirit of man has sought to set in order the treasures of his treasure-house, to separate the gold from the silver, and the silver from the lead, to count over the jewels, and to give names to the pearls. But there has never been a creative age that has not been critical also. For it is the critical faculty that invents fresh forms. The tendency of creation is to repeat itself. It is to the critical instinct that we owe each new school that springs up, each new mould that art finds ready to its hand.

"이제 당신의 훌륭한 숙모님께 작별 인사를 드려야겠군요. 애서니엄 클럽에 가 봐야 해서 말이오. 거기선 지금이 잠을 잘 시간이라오."

"회원 모두가 말입니까, 어스킨 씨?"

"그렇소, 마흔 명 모두가 마흔 개의 안락의자에서 낮잠을 잔다오. 우린 영국 문예 진흥원에 입성할 날을 위해 연습을 하는 중이라오."

"And now I must bid good-bye to your Excellent Aunt. I am due at the Athenaeum. It is the hour when we sleep there."

"All of you, Mr. Erskine?"

"Forty of us, in forty armchairs. We are practising for an English Academy of Letters."

8 예술과 예술가,
연극과 관객:

대중성은 세상이
보잘것없는 예술에
씌우는 월계관이다

우리는 하나의 예술 작품이 되거나, 예술 작품을 입어야 한다.

One should either be a work of art, or wear a
work of art.

예술은 당신이 취사선택할 수 있는 것이 아니다. 예술은 인간
의 삶에 없어서는 안 될 필수품이다.

Art is not something which you can take or
leave. It is a necessity of human life.

우리가 원하는 것은 정신적인 무언가를 삶에 더하는 일이다.
예술은 그 어떤 비천한 것도 신성한 것으로 변화시킬 수 있다.

What we want is something spiritual added to life. Nothing is so ignoble that Art cannot sanctify.

예술가는 아름다운 것들의 창조자다.

The artist is the creator of beautiful things.

예술가들에겐 성별이 있지만 예술엔 성별이 없다.

Artists have sex but art has none.

당신으로 하여금 "정말 기이한 그림이네."라고 말하게 하는 모든 고고학적 그림들, 당신으로 하여금 "너무 슬퍼."라고 말하게 하는 모든 감상적인 그림들, 당신으로 하여금 "정말 흥미롭군."이라고 말하게 하는 모든 역사화들, 당신으로 하여금 "너무나 아름다워."라고 말하게 하면서 즉각적인 예술적 기쁨을 선사해 주지 않는 그림들은 모두 무가치한 그림들이다.

All archeological pictures that make you say, "How curious", all sentimental pictures that make you say, "How sad", all historical pictures that make you say, "How interesting", all

pictures that do not immediately give you such
artistic joy as to make you say, "How beautiful",
are bad pictures.

예술 자체는 사실 과장의 한 형태다. 그리고 예술의 정수인
'선택'은 지나친 강조의 심화된 한 방식일 뿐이다.

Art itself is really a form of exaggeration;
and selection, which is the very spirit of art,
is nothing more than an intensified mode of
overemphasis.

예술의 목적은 예술을 드러내고 예술가를 감추는 것이다.

To reveal art and conceal the artist is art's aim.

예술은 하나의 상징이다. 인간이 하나의 상징이기 때문이다.

Art is a symbol, because man is a symbol.

인간의 도덕적 삶은 예술가에게 소재가 되고, 예술의 도덕성
은 불완전한 수단의 완벽한 사용에 있다.

The moral life of man forms part of the subject-matter of the artist, but the morality of art consists in the perfect use of an imperfect medium.

도덕적 이유는 언제나 미적 감각이라곤 조금도 없는 사람들의 마지막 도피처가 된다.

Moral grounds are always the last refuge of people who have no sense of beauty.

우물에서 물을 긷는 여인이나 낫을 들고 비스듬히 서 있는 남자와 같은 단순한 것들에서 예술을 위한 고귀한 모티프를 발견하지 못한다면 어디에서도 그것을 찾을 수 없을 것이다.

If man cannot find the noblest motives for his art in such simple things as a woman drawing water from a well or a man leaning with his scythe, he will not find them anywhere at all.

예술에서 좋은 의도는 아무런 가치가 없다. 형편없는 예술은 모두 좋은 의도에서 비롯된 것이다.

In art good intentions are not of the smallest value. All bad art is the result of good intentions.

예술에 관해 진실인 것은 삶에 대해서도 진실이다.

What is true about Art is true about Life.

그리고 마지막으로, 예술은 죽음조차도 망가뜨릴 수 없는 유일한 것이라는 사실을 기억하도록 합시다.

And lastly, let us remember that art is the one thing which Death cannot harm.

예술은 세상에서 유일하게 진지한 것이다. 그리고 예술가는 결코 진지하지 않은 유일한 사람이다.

Art is the only serious thing in the world. And the artist is the only person who is never serious.

무언가를 증명하기를 열망하는 예술가는 어디에도 없다. 진실한 것들조차도 입증될 수 있다.

> No artist desires to prove anything. Even things that are true can be proved.

예술은 무용(無用)하다. 예술의 목적은 단지 분위기를 조성하는 것뿐이다. 예술은 어떤 식으로든 가르치거나 행동에 영향을 미치기 위한 것이 아니다.

> Art is useless because its aim is simply to create a mood. It is not meant to instruct, or to influence action in any way.

예술가에게는 아이디어를 제외하고는 뭐든지 쓸모가 있다.

> Everything is of use to an artist except an idea.

어떤 것이 아무 쓸모가 없을 경우에는 아름답게 만들어져야 한다. 그렇지 않으면 그것은 전혀 존재할 이유가 없다.

> When a thing is useless it should be made beautiful, otherwise it has no reason for

existing at all.

화가가 알아야 하는 사람들은 오직 우매하면서 아름다운 사람들뿐이다. 바라볼 때는 예술적 즐거움을 느끼게 하고, 이야기할 때는 지적인 휴식을 선사하는 사람들. 댄디와 사랑스러운 여자 들이 세상을 지배한다. 적어도 그렇게 되어야만 한다.

The only people a painter should know are people who are *bête* and beautiful, people who are an artistic pleasure to look at and an intellectual repose to talk to. Men who are dandies and women who are darlings rule the world, at least they should do so.

예술의 진정한 목적은 '거짓말', 즉 사실이 아닌 아름다움에 관해 이야기하는 것이다.

Lying, the telling of beautiful untrue things, is the proper aim of Art.

예술은 아름다움에 대한 감정적 욕망이 수학적인 결과로 나타나는 것이다.

Art is the mathematical result of the emotional
desire for beauty.

어니스트: 위대한 예술가는 자신의 작품하고 다른 작품의 아
름다움을 알아보지 못한다는 거로군.

길버트: 그러는 게 불가능하기 때문이지. 워즈워스는 『엔디
미온』을, 단지 이교주의를 다룬 사랑스러운 작품으로 보았어.
현실적인 걸 싫어하는 셸리는 그 형식을 혐오한 나머지 워즈
워스의 메시지를 듣지 못했고, 위대하고 열정적이며 인간적
이고 불완전한 바이런은 구름의 시인이나 호반의 시인을 제
대로 평가하지 못했어. 물론 키츠의 경이로움도 알지 못했지.
(……) 형편없는 예술가들은 언제나 서로의 작품에 감탄하지.
그런 게 관대하고 편견 없는 행동이라고 자처하면서 말이야.
하지만 진정으로 위대한 예술가는 자신이 선택하지 않은 다
른 어떤 조건 아래에서 그려진 삶과 창조된 아름다움을 생각
할 수 없는 거야. 창작은 본래 자신의 영역 안에서만 그 비평
능력을 모두 활용하는 법이거든. 다른 사람들에게 속한 영역
에서는 그것을 발휘하지 않을 수도 있어. 인간이 어떤 것의 적
절한 심판이 될 수 있는 건 그것을 할 수 없기 때문이야.

어니스트: 정말 그렇게 생각하나?

길버트: 그렇다네, 관조는 시야를 넓히지만 창작은 시야를 제
한하거든.

어니스트: 하지만 기법은 어떤가? 각각의 예술은 저마다 개별
적인 기법을 가지고 있지 않은가?

길버트: 물론이지. 모든 예술은 저마다의 문법과 재료를 가지

고 있지. 둘 중 어느 것도 특별한 건 없어. 무능력한 사람도 언제나 정확할 수 있고 말이지. 하지만 예술의 근본을 이루는 법칙들이 아무리 불변하고 명확할지라도, 실제로 그것들을 구현하려면 상상력이 빚어내는 아름다움을 더해야 하는 거야. 마치 각각의 법칙이 하나의 예외인 것처럼 보이게끔 말이지. 기법은 곧 개성인 거야. 그게 바로 예술가가 기법을 가르칠 수 없고, 문하생이 기법을 배울 수도 없으며, 심미 비평가만이 그것을 이해할 수 있는 이유야. 위대한 시인에게는 오직 한 가지—그 자신의—음악적 방식만이 존재하는 거야. 위대한 화가에게도 오직 한 가지—그 자신이 사용하는—화법(畵法)만이 존재하는 거고. 오직 심미 비평가만이 모든 형식과 방식을 제대로 알아볼 수 있어. 예술은 심미 비평가에게 호소하는 거라는 말이지.

ERNEST: You say that a great artist cannot recognize the beauty of work different from his own.

GILBERT: It is impossible for him to do so. Wordsworth saw in *Endymion* merely a pretty piece of Paganism, and Shelly, with his dislike of actuality, was deaf to Wordsworth's message, being repelled by its form, and Byron, that great passionate human incomplete creature, could appreciate neither the poet of the cloud nor the poet of the lake, and the wonder of Keats was hidden from him. (……) Bad artists always admire each other's work. They call it being large-minded and free from prejudice. But a truly great artist cannot conceive of life being shown, or beauty fashioned, under any conditions other than those that he has selected. Creation employs all its critical faculty within its own sphere. It may not use it in the sphere that belongs to others. It is exactly because a man cannot do a thing that he is the proper judge of it.

ERNEST: Do you really mean that?

GILBERT: Yes, for creation limits, while contemplation widens, the vision.

ERNEST: But what about technique? Surely each art has its separate technique?

GILBERT: Certainly: each art has its grammar and its materials. There is no mystery about either, and the incompetent can always be correct. But, while the laws upon which Art rests may be fixed and certain, to find their true realization they must be touched by the imagination into such beauty that they will seem an exception, each one of them. Technique is really personality. That is the reason why the artist cannot teach it, why the pupil cannot learn it, and why the aesthetic critic can understand it. To the great poet, there is only one method of music — his own. To the great painter, there is only one manner of painting — that which he himself employs. The aesthetic critic, and the aesthetic critic alone, can appreciate all forms and modes. It is to him that Art makes her appeal.

철학은 우리 이웃들의 불운을 침착하게 견디는 법을 우리에게 가르쳐 줄 수 있고, 과학은 도덕적 감각을 당분의 분비로 변화시킬 수 있지만, 예술은 각 시민의 삶을 하나의 신성한 의식(儀式)이 되게 한다.

Philosophy may teach us to bear with equanimity the misfortunes of our neighbours, and science resolve the moral sense into a secretion of sugar, but art is what makes the life of each citizen a sacrament.

우리로 하여금 잠시 멈춰 서서 사물을 한 번 더 바라보게 하는 것, 그것이 진정한 예술의 사명이다.

That is the mission of true art — to make us pause and look at a thing a second time.

기다려야만 하는 작품들, 오랫동안 사람들에게 이해받지 못하는 작품들이 있다. 그 작품들이 아직 던지지 않은 질문들에 대한 답을 제시하고 있기 때문이다. 답이 제시되고 아주 오랜 시간이 지난 뒤에야 질문을 던지는 경우가 종종 있는 것이다.

> There are works which wait, and which one
> does not understand for a long time; the reason
> is that they bring answers to questions which
> have not yet been raised; for the question often
> arrives a terribly long time after the answer.

모든 훌륭한 작품은 지극히 현대적인 것처럼 보인다. 그리스 조각상이나 벨라스케스가 그린 초상화 같은 작품은 언제나 현대적이고 언제나 우리 시대에 속해 있다.

> All good work looks perfectly modern:
> a piece of Greek sculpture, a portrait of
> Velázquez — they are always modern, always
> of our time.

대중은 한 나라의 고전들을 예술의 진보를 저지하는 수단으로 이용한다. 그들은 고전들을 권력으로 격하시킨다. 아름다움을 새로운 형태로 자유롭게 표현하는 것을 막기 위한 강압적 수단으로 이용하는 것이다.

The public make use of the classics of a country as a means of checking the progress of Art. They degrade the classics into authorities. They use them as bludgeons for preventing the free expression of Beauty in new forms.

대중성은 세상이 보잘것없는 예술에 씌우는 월계관이다.

Popularity is the crown of laurel which the world puts on bad art.

예술은 언제나 신비스러움을 잃지 말아야 한다. 예술가는 신처럼 결코 자신의 좌대를 내려와서는 안 된다.

Art should always remain mysterious. Artists, like Gods, must never leave their pedestals.

진정한 예술가는 대중에게 조금도 신경 쓰지 않는다. 그에게 대중은 존재하지 않는 것과 마찬가지다.

A true artist takes no notice whatever of the public. The public to him are nonexistent.

성공을 삶의 목표로 여기는 사람이 어떻게 진정한 예술가일
수 있겠는가?

> How can a man who regards success as a goal
> of life be a true artist?

어떤 예술가도 윤리적 공감을 느껴서는 안 된다. 예술가에게
윤리적 공감은 용납되지 않는 스타일의 매너리즘이다.

> No artist has ethical sympathies. An ethical
> sympathy in an artist is an unpardonable
> mannerism of style.

아름다운 것만을 그리는 젊은 예술가는 세상의 반쪽을 보지
못하는 것이다.

> The young artist who paints nothing but
> beautiful things misses one half of the world.

예술이 삶을 모방하는 것보다 삶이 예술을 훨씬 더 많이 모방
한다. 사실상 예술이 실재(實在)이고 삶이 거울인 것이다. 그
건 단지 삶의 모방 본능뿐만 아니라, 삶의 의식적인 목표는 자
신을 표현하는 것이라는 사실에서 비롯한다. 예술은 삶에 그

에너지를 구현할 수 있는 일종의 아름다운 형식들을 제공하는 것이다.

> Life imitates Art far more than Art imitates Life.
> Life in fact is the mirror, and Art the reality. This
> results not merely from Life's imitative instinct,
> but from the fact that the self-conscious aim of
> Life it to find expression, and that Art offers it
> certain beautiful forms through which it may
> realize that energy.

자연은 언제나 시대에 뒤처진다. 자연이 철저히 현대적이기 위해서는 위대한 예술가가 필요하다.

> Nature is always behind the age. It takes a great
> artist to be thoroughly modern.

터너 이전에는 런던에 안개가 존재하지 않았다.

> Before Turner there was no fog in London.

자연이 그토록 불완전한 것은 우리에게는 다행스러운 일이다. 그렇지 않았다면 예술은 존재하지 않았을 것이다. 예술은 자연에 어울리는 자리를 가르쳐 주기 위한 우리의 맹렬한 항의이자 용맹한 시도다. 자연의 무한한 다양성이라는 건 순전한 헛소리다. 그러한 다양성은 자연 자체에서는 찾을 수 없다. 그것은 자연을 바라보는 사람의 상상력이나 환상, 또는 길러진 맹목성에서 비롯되는 것이기 때문이다.

It is fortunate for us that Nature is so imperfect, as otherwise we should have had no art at all. Art is our spirited protest, our gallant attempt to teach Nature her proper place. As for the infinite variety of Nature, that is a pure myth. It is not to be found in Nature herself. It resides in the imagination, or fancy, or cultivated blindness of the man who looks at her.

자연이 정신으로 나아가는 물질이라면, 예술은 물질을 빌려 자신을 표현하는 정신이다.

Nature is matter struggling into mind, so Art is mind expressing itself under the conditions of matter.

삶은 예술을 거울에 비추면서 화가나 조각가의 상상 속에서 태어난 새로운 유형을 재현하거나 소설 속에서 꿈꾸어 왔던 것을 실제로 구현한다. 과학적으로 설명하자면, 삶의 원천—
아리스토텔레스의 표현에 의하면 삶의 에너지—은 한마디로
표현에 대한 갈망이다. 그리고 예술은 언제나 그 표현이 실현
될 수 있는 다양한 형식들을 제공한다.

Life holds the mirror up to Art, and either
reproduces some strange type imagined by
painter or sculptor, or realizes in fact what
has been dreamed in fiction. Scientifically
speaking, the basis of life — the energy of life,
as Aristote would call it — is simply the desire
for expression, and Art is always presenting
various forms through which the expression
can be attained.

예술은 기쁨이나 고통을 주기 위해 존재하는 것이 아니다.

The aim of art is no more to give pleasure than
to give pain.

볼만한 가치가 없는 것 말고는 그 어떤 것도 그릴 가치가 없다.

Nothing is worth painting but what is not worth
looking at.

오직 스타일의 위대한 대가들만이 언제나 모호해지는 데 성공한다.

Only the great masters of style ever succeed in being obscure.

위대한 예술가가 하나의 유형을 창조해 내면, 삶은 그것을 모방하고 야심 찬 출판업자처럼 대중적인 형태로 재생산하고자 애쓴다.

A great artist invents a type, and Life tries to copy it, to reproduce it in a popular form, like an enterprising publisher.

위대한 예술가의 진정한 제자들은 아틀리에의 모방자들이 아니라 그의 작품처럼 살아가는 이들이다. 그리스 시대의 조각상이든 현대의 회화 작품이든 위대한 예술가의 작품들을 닮아 가는 사람들이다. 한마디로, 삶은 예술의 유일하고도 가장 훌륭한 제자인 것이다.

The true disciples of the great artist are not his studio-imitators, but those who become like his works of art, be they plastic as in Greek days, or pictorial as in modern times; in a word, Life

354

is Art's best, Art's only pupil.

우리가 유일하게 믿을 수 있는 초상화는 모델에 관한 건 아주 적게, 예술가의 정신은 아주 많이 담긴 초상화다. 홀바인이 그린 당대 남녀의 초상화들은 대단히 사실적인 감각으로 우리에게 깊은 인상을 남긴다. 하지만 그건 단지 홀바인이 삶으로 하여금 그의 조건을 받아들이고 그가 정해 놓은 제약에 따르며, 그의 유형을 재생산하고 그가 바라는 외관을 지니게 했기 때문인 것이다. 우리로 하여금 어떤 것을 믿게 하는 것은 예술가의 고유한 스타일, 오직 스타일뿐이다. 이 시대의 초상화가들 대부분은 모두 까맣게 잊히고 말 것이다. 그들은 결코 자신들이 보는 것을 그리지 않는다. 그들은 대중이 보는 것을 그리지만, 대중은 절대로 무언가를 보는 법이 없다.

The only portraits in which one believes are portraits where there is very little of the sitter, and a very great deal of the artist. Holbein's drawings of the men and women of his time impress us with a sense of their absolute reality. But this is simply because Holbein compelled life to accept his conditions, to restrain itself within his limitations, to reproduce his type, and to appear as he wished it to appear. It is style that makes us believe in a thing — nothing but style. Most of our modern portrait painters are doomed to absolute oblivion. They never paint what they see. They paint what the pubic sees, and the public never sees anything.

화가가 감정을 가지고 그린 모든 초상화는 모델이 아닌 화가의 초상화다. 모델은 단지 하나의 우연, 하나의 경우일 뿐이다. 화가가 드러내 보여 주는 사람은 모델이 아니다. 화가 자신이 채색된 캔버스 위에 스스로를 드러내 보여 주는 것이다.

Every portrait that is painted with feeling is a portrait of the artist, not of the sitter. The sitter is merely the accident, the occasion. It is not he who is revealed by the painter; it is rather the painter who, on the coloured canvas, reveals himself.

생각과 언어는 예술가에게는 예술을 위한 도구다. 악덕과 미덕은 예술가에게는 예술을 위한 재료다.

Thought and language are to the artist instruments of an art. Vice and virtue are to the artist materials for an art.

예술가는 결코 병적이지 않다. 예술가는 무엇이든 표현할 수 있다. 예술가는 자신의 주제 바깥에 머물면서 그것을 매체로 훌륭한 예술적 결과물을 만들어 낸다. 예술가가 병적인 것들을 주제로 다룬다고 해서 그를 병적이라고 규정짓는 것은 셰익스피어가 『리어 왕』을 썼다고 해서 그를 미친 사람으로 취급하는 것만큼이나 어리석은 일이다.

> The artist is never morbid. He expresses everything. He stands outside his subject, and through its medium produces incomparable and artistic effects. To call an artist morbid because he deals with morbidity as his subject-matter is as silly as if one calls Shakespeare mad because he wrote *King Lear*.

진정한 예술가는 전적으로 자신을 믿는 사람이다. 그는 철저하게 자기 자신이기 때문이다

> The true artist is a man who believes absolutely in himself, because he is absolutely himself.

예술가들에게 흥미를 느낄수록 대중은 예술에 흥미를 덜 느끼게 된다. 대중은 예술가의 성격에 대해서는 아무것도 알아서는 안 된다. 그것은 지극히 부차적인 것이기 때문이다.

The more the public is interested in artists, the less it is interested in art. The personality of the artist is not a thing the public should know anything about. It is too accidental.

만약 누군가가 예술 작품과 예술가에게 권력을 행사하고자 하는 욕심으로 작품에 접근한다면 그는 아무것도 느끼지 못할 것이다. 예술적 느낌을 결코 수용할 수 없는 정신 상태로 예술 작품에 접근했기 때문이다. 작품이 관객을 지배해야지 관객이 작품을 지배해서는 안 된다. 관객은 수용적이어야 한다. 마치 대가가 연주하는 바이올린과 같은 존재가 되어야 하는 것이다. 관객이 스스로의 어리석은 관점과 우매한 편견, 예술은 이래야만 하거나 이래서는 안 된다는 몰상식한 생각을 더욱 철저히 떨쳐 버릴수록 문제의 예술 작품을 더 잘 이해하고 감상할 수 있는 가능성이 커진다. 이것은 물론 영국의 통속적인 남녀 관객층의 경우에는 너무나 당연한 사실이다. 그러나 소위 식자들이라고 불리는 사람들의 경우에도 마찬가지로 통용된다. 이들의 예술에 대한 생각은 당연히 기존 예술에 바탕을 두고 있다. 하지만 새로운 예술 작품의 아름다움은 기존에는 없었던 예술로부터 비롯되는 것이다. 따라서 예술 작품을 과거의 기준으로 평가하는 것은, 예술의 진정한 완벽성이 실현될 수 있는 조건을 배제한 기준으로 평가하는 것과 같다. 창의적인 조건에서 창의적인 표현 수단을 통해 새롭고 아름다운 느낌을 수용할 수 있는 기질이 예술 작품의 진정한 가치를 알아볼 수 있는 유일한 기질인 것이다.

If a man approaches a work of art with any
desire to exercise authority over it and the
artist, he approaches it in such a spirit that he
cannot receive any artistic impression from
it at all. The work of art is to dominate the
spectator: the spectator is not to dominate the
work of art. The spectator is to be receptive.
He is to be the violin on which the master
is to play. And the more completely he can
suppress his own silly views, his own foolish
prejudices, his own absurd ideas of what Art
should be or should not be, the more likely he
is to understand and appreciate the work of art
in question. This is, of course, quite obvious
in the case of the vulgar theatre-going public
of English men and women. But it is equally
true of what are called educated people. For
an educated person's ideas of Art are drawn
naturally from what Art has been, whereas
the new work of art is beautiful by being
what Art has never been; and to measure it
by the standard of the past is to measure it by
a standard on the rejection of which its real
perfection depends. A temperament capable

of receiving, through an imaginative medium, and under imaginative conditions, new and beautiful impressions is the only temperament that can appreciate a work of art.

예술 작품은 유일한 기질의 유일한 결과물이다. 예술 작품의 아름다움은 그것을 창조해 낸 예술가가 그 자신이라는 사실에서 비롯된다. 다른 사람들이 그들이 원하는 것을 원한다는 사실과는 아무런 상관이 없다. 다른 사람들이 원하는 것을 신경 쓰기 시작하는 순간부터, 그들의 요구를 충족시키고자 애쓰는 순간부터 예술가는 더 이상 예술가가 아니다. 따분하거나 흥미로운 기능공이나 정직하거나 부정직한 상인이 되어 버리고 마는 것이다. 그는 더 이상 예술가임을 주장할 수 없다.

A work of art is the unique result of a unique temperament. Its beauty comes from the fact that the author is what he is. It has nothing to do with the fact that other people want what they want. Indeed, the moment that an artist takes notice of what other people want, and tries to supply the demand, he ceases to be an artist, and becomes a dull or an amusing craftsman, an honest or a dishonest tradesman. He has no further claim to be considered as an artist.

현대적 그림들이 눈을 즐겁게 해 주는 건 사실이다. 적어도 그 중 몇몇은 그렇다. 하지만 그것들과 함께 살아가는 건 불가능하다. 그런 그림들은 지나치게 영리하고 너무나 확신에 차 있는 데다 지나치게 지적이다. 그 의미가 너무나 명백하고, 그 기법이 지나치게 명확히 규정돼 있다. 그것들이 말하고자 하는 게 금세 파악되면서, 그림들이 친척들처럼 따분하게 느껴지는 것이다.

Modern pictures are, no doubt, delightful to look at. At least, some of them are. But they are quite impossible to live with; they are too clever, too assertive, too intellectual. Their meaning is too obvious, and their method too clearly defined. One exhausts what they have to say in a very short time, and they become as tedious as one's relations.

나더러 드가에 관해 얘기해 달라고 했었지요. 글쎄요, 그는 젊게 보이기를 좋아하는 사람이라 자기 나이를 말하지는 않을 것 같군요. 또한 예술 교육이라는 것을 믿지 않기 때문에 대가(大家)를 지명하는 일도 없을 겁니다. 게다가 그는 자신이 가질 수 없는 것을 경멸하는 터라 상이나 훈장 따위에 관한 어떤 정보도 알려 주지 않을 테고요. 그런데 어째서 그 사람에 대해 얘기하려고 하는지 모르겠군요. 그의 파스텔화가 곧 그 자신인데 말입니다.

You asked me about Degas. Well, he loves to be thought young, so I don't think he would tell his age. He disbelieves in art-education, so I don't think he will name a Master. He despises what he cannot get, so I am sure he will not give any information about prizes or honours. Why say anything about his person? His pastels are himself.

저널리스트는 언제나 대중에게 예술가의 존재를 상기시킨다. 그것은 불필요한 일이다. 또한 예술가에게는 언제나 대중의 존재를 상기시킨다. 그것은 무례한 일이다.

The journalist is always reminding the public of the existence of the artist. That is unnecessary of him. He is always reminding the artist of the existence of the public. That is indecent of him.

모든 예술은 오로지 예술적 기질에만 호소한다. 예술은 전문가에게 의견을 구하지 않는다. 예술이 주장하는 바는, 예술은 보편적인 것이며 어떻게 발현이 되든지 결국 하나라는 것이다. 사실 예술가가 예술의 가장 훌륭한 심판자라는 것은 전혀 사실도 아닐뿐더러, 진정으로 위대한 예술가는 결코 다른 사람의 작품을 평가할 수 없고 사실상 자기 작품에 대한 판단을 내릴 수도 없다. 한 사람을 예술가로 만드는 것은 바로 집중된 상상력인데, 그 강렬함 때문에 섬세한 평가 능력이 제약을 받게 되는 것이다. 창작의 에너지는 예술가로 하여금 맹목적으로 자신의 목표를 향해 돌진하게 만든다. 그의 마차 바퀴는 마치 구름처럼 그의 주위에 먼지를 일으킨다. 신들은 서로의 모습을 볼 수 없다. 단지 그들의 숭배자들을 알아볼 수 있을 뿐이다.

The appeal of all art is simply to the artistic temperament. Art does not address herself to the specialist. Her claim is that she is universal, and that in all her manifestations she is one. Indeed, so far from its being true that the artist is the best judge of art, a really great artist can never judge of other people's work at all, and can hardly, in fact, judge of his own. That very concentration of vision that makes a man an artist, limits by its sheer intensity his faculty of fine appreciation. The energy of creation hurries him blindly on to his own goal. The wheels of his chariot raise the dust as a cloud around him. The gods are hidden from each other. They can recognize their worshippers.

대중은 자신들이 아주 가까운 주변의 것들에 관심을 가지니까 예술도 그래야만 하고, 따라서 그런 것들을 예술의 주제로 삼아야 한다고 생각한다. 그런데 바로 그런 사람들의 관심 때문에 그런 것들이 예술의 주제가 될 수 없는 것이다. 언젠가 누군가가 말했듯이, 유일하게 아름다운 것들은 우리와 상관없는 것들이다. 어떤 것이 우리에게 유용하거나 필요한 한, 또는 고통이나 기쁨 그 어느 쪽으로든 우리에게 어떤 영향을 미치거나 우리의 공감을 강력하게 호소하는 한, 혹은 우리가 사는 환경의 중요한 한 부분이 되는 한, 그것은 진정한 예술의 영역에서 제외되고 만다. 우리는 예술의 주제에 어느 정도 무관심해야 한다. 선호나 편견, 어떤 종류의 편파적인 감정 같은 것을 가지면 안 되는 것이다. 헤카베의 슬픔이 비극의 훌륭한 모티프가 될 수 있는 건 바로 그녀가 우리와 아무 상관이 없기 때문이다.

The public imagine that, because they are interested in their immediate surroundings, Art should be interested in them also, and should take them as her subject-matter. But the mere fact that they are interested in these things makes them unsuitable subjects for Art. The only beautiful things, as somebody once said, are the things that do not concern us. As long as a thing is useful or necessary to us, or affects us in any way, either for pain or for pleasure, or appeals strongly to our sympathies, or is a vital part of the environment in which we live, it is outside the proper sphere of art. To art's subject-matter we should be more or less indifferent. We should, at any rate, have no preferences, no prejudices, no partisan feeling of any kind. It is exactly because Hecuba is nothing to us that her sorrows are such an admirable motive for a tragedy.

자연은 우리를 낳은 위대한 어머니가 아니다. 자연은 우리의 창조물이다. 자연은 우리 머릿속에서 생명을 부여받는다. 모든 사물은 우리가 보고 있기에 존재하고, 우리가 무엇을 어떻게 보느냐 하는 것은 우리에게 영향을 미친 예술에 따라 달라진다. 어떤 사물을 제대로 보는 것은 그냥 보는 것과는 아주 다르다. 사물의 아름다움을 발견하기 전까지는 아무것도 보지 못한 것과 같다. 사물은 그제야, 그때서야 비로소 진정으로 존재하게 된다. 오늘날 사람들이 안개를 바라보는 것은, 안개가 거기 있어서가 아니라 시인들과 화가들이 그들에게 그 신비한 매력을 가르쳐 주었기 때문인 것이다. 아마도 런던에는 몇 세기 전부터 안개가 껴 있었을 것이다. 분명 그랬을 것이다. 그러나 아무도 그것을 보지 못했고, 따라서 사람들은 안개를 제대로 인식하지 못했다. 안개는 예술에 의해 구현될 때까지는 존재하지 않았던 것이다. 그런데 누구나 인정하겠지만, 이젠 안개가 지나치게 남용되고 있다. 안개가 단지 어떤 파벌의 타성으로 전락하고 만 것이다. 심지어 과도한 사실주의 수

법 때문에 어리석은 사람들은 기관지염에 걸리기까지 한다. 교양 있는 사람들이 예술적 효과를 이끌어 내는 데에서 무지한 사람들은 감기에 걸리는 것이다.

Nature is no great mother who has borne us. She is our creation. It is in our brain that she quickens to life. Things are because we see them, and what we see, and how we see it, depends on the arts that have influenced us. To look at a thing is very different from seeing a thing. One does not see anything until one sees its beauty. Then, and then only, does it come into existence. At present, people see fogs, not because there are fogs, but because poets and painters have taught them the mysterious loveliness of such effects. There may have been fogs for centuries in London, I dare say there were. But no one saw them, and so we do not know anything about them. They did not exist till Art had invented them. Now, it must be admitted, fogs are carried to excess. They have become the mere mannerism of a clique, and the exaggerated realism of their method gives dull people bronchitis. Where the cultured catch an effect, the uncultured catch cold.

문명이 진보하고 우리 사회가 고도로 조직화될수록 각 시대의 선택된 정신들, 비판적이고 개화된 정신들은 현실의 삶에 점점 더 흥미를 잃어 가면서 거의 대부분 예술이 관여한 것으로부터 감동을 받으려고 하게 될 것이다. 삶이란 그 형식이 너무 형편없기 때문이다. 삶의 재앙들은 잘못된 방식으로 엉뚱한 사람들에게 닥치곤 한다. 삶의 코미디에는 기괴한 공포가 깃들어 있고, 삶의 비극은 웃음거리로 끝나는 것처럼 보인다. 우리는 삶에 가까이 갈수록 언제나 상처받을 수밖에 없다. 모든 건 너무 오래 끌거나 너무 빨리 끝나기 때문이다.

As civilization progresses and we become more highly organized, the elect spirits of each age, the critical and cultured spirits, will grow less and less interested in actual life, and will seek to gain their impressions almost entirely from what Art has touched. For Life is terribly deficient in form. Its catastrophes happen in the wrong way and to the wrong people. There is a grotesque horror about its comedies, and its tragedies seem to culminate in farce. One is always wounded when one approaches it. Things last either too long, or not long enough.

대중이 아주 싫어하는 것 중의 하나가 새로움이다. 대중은 예술의 주제를 확장하고자 하는 어떤 시도에도 극도의 반감을 나타낸다. 그런데 예술의 생명력과 발전은 상당 부분 끊임없는 주제의 확장에 달려 있다. 대중이 새로움을 싫어하는 것은 그것을 두려워하기 때문이다. 새로움은 대중에게 개인주의의 한 방식, 스스로 자신의 주제를 정하고 그것을 자기 방식대로 다루겠다는 예술가의 확고한 일면을 보여 준다. 대중이 그런 반응을 보이는 것은 전적으로 옳다. 예술은 개인주의이며, 개인주의는 혼란을 야기하고 기존 질서를 와해시키는 힘이기 때문이다. 바로 거기에 예술의 무한한 가치가 있다. 예술이 뒤엎고자 하는 것은 정형화된 유형의 단조로움과 전통의 속박, 습관의 독재, 인간의 기계화다. 예술에 관한 한 대중은 이미 존재하는 것만을 용인한다. 그것의 진가를 알아봐서가 아니라, 그들은 그것을 변화시킬 수 없기 때문이다.

The one thing that the public dislike is novelty. Any attempt to extend the subject-matter of art is extremely distasteful to the public; and yet the vitality and progress of art depend in a large measure on the continual extension of subject-matter. The public dislike novelty because they are afraid of it. It represents to them a mode of Individualism, an assertion on the part of the artist that he selects his own subject, and treats it as he chooses. The public is quite right in their attitude. Art is Individualism, and Individualism is a disturbing and disintegrating force. Therein lies its immense value. For what it seeks to disturb is monotony of type, slavery of custom, tyranny of habit, and the reduction of man to the level of a machine. In Art, the public accept what has been, because they cannot alter it, not because they appreciate it.

사물을 있는 그대로 보는 위대한 예술가는 존재하지 않는다. 만약 그렇게 한다면, 그는 더 이상 예술가라고 할 수 없다.

No great artist ever sees things as they really are. If he did, he would cease to be an artist.

예술은 모방이 끝나는 곳에서야 비로소 시작된다.

Art only begins where imitation ends.

예술에 보편적인 진실 같은 것은 없다. 예술에서의 진실이란, 그것과 정반대되는 것 역시 진실인 것을 가리킨다.

In art there is no such thing as a universal truth. A truth in art is that whose contradictory is also true.

삶에서 비정상적인 것은 예술과 정상적인 관계를 이룬다. 삶에서 예술과 정상적인 관계를 이루는 건 오직 그것뿐이다.

What is abnormal in Life stands in normal relations to Art. It is the only thing in Life that stands in normal relations to Art.

가장 완벽한 예술은 인간의 무한한 다양성을 가장 충실하게 반영하는 것이다.

The most perfect art is that which most fully mirrors man in all his infinite variety.

그 자체로 아름다운 대상은 예술가에게 아무런 암시도 주지 못한다. 그러한 대상에는 불완전함이 결여돼 있기 때문이다.

A subject that is beautiful in itself gives no suggestion to the artist. It lacks imperfection.

예술가가 자신의 눈에 아름다움이라는 자양분을 공급하지 못하면, 그의 작품에서 아름다움이 떠나 버린다.

When the artist cannot feed his eye on beauty,

beauty goes from his work.

행동에 제약을 가하는 것은 적절한 일이다. 예술에 제약을 가하는 것은 올바른 일이 아니다. 존재하는 모든 것과 존재하지 않는 모든 것이 예술에 속하기 때문이다.

It is proper that limitations should be placed on action. It is not proper that limitations should be placed on art. To art belong all things that are and all things that are not.

예술 작품은 견해를 제시하는 법이 없다. 어떤 견해를 제시하는 건 예술가가 아닌 사람들의 일이다.

No work of art ever puts forward views. Views belong to people who are not artists.

예술을 싫어하는 방법은 두 가지가 있다. 하나는 예술을 싫어하는 것이고, 다른 하나는 예술을 합리적으로 좋아하는 것이다. 예술은 듣는 사람과 보는 사람의 내면에 일종의 신성한 광증(狂症)을 만들어 낸다. 예술은 어떤 영감에서 비롯되는 게 아니라, 다른 이들이 영감을 받을 수 있게 하는 것이다. 예술은 이성에 호소하지 않는다. 어쨌든 예술을 사랑한다면, 이 세상 그 무엇보다도 예술을 사랑해야 한다. 그리고 이성의 목소리에 귀를 기울이면, 이성은 그런 사랑에 맹렬하게 반대한다는 걸 알 수 있다. 아름다움을 숭배하는 건 제정신으로는 할 수 없는 일이다. 제정신으로 바라보기엔 아름다움은 너무나 찬란하기 때문이다. 아름다움이 삶의 대부분을 차지하는 이들은 세상 사람들의 눈에는 언제나 순수한 몽상가로 보이기 십상이다.

There are two ways of disliking art. One is to dislike it. The other, to like it rationally. For Art creates in listener and spectator a form of divine madness. It does not spring from inspiration, but it makes others inspired. Reason is not the faculty to which it appeals. If one loves Art at all, one must love it beyond all other things in the world, and against such love, the reason, if one listened to it, would cry out. There is nothing sane about the worship of beauty. It is too splendid to be sane. Those of whose lives it forms the dominant note will always seem to the world to be pure visionaries.

형식의 관점에서 모든 예술의 전형은 음악가의 예술이다. 감정의 관점에서는 배우의 기교가 그 전형이다.

From the point of view of form, the type of all the arts is the art of the musician. From the point of view of feeling, the actor's craft is the type.

난 지금 시인과 화가가 똑같은 주제를 다뤄서는 안 된다는 말을 하려는 게 아니다. 그들은 언제나 같은 주제를 다뤄 왔고, 앞으로도 그럴 것이다. 그러나 시인은 자신의 선택에 따라 그림처럼 표현할 수도 있고 아닐 수도 있는 반면, 화가는 언제나 그림으로 나타낼 수밖에 없다. 화가는 자연에서 보는 것에 제약을 받는 게 아니라 그것을 캔버스로 보여 주는 데 제약을 받는 것이다.

I do not say that poet and painter may not treat of the same subject. They always have done so, and will always do so. But while the poet can be pictorial or not, as he chooses, the painter must be pictorial always. For a painter is limited, not to what he sees in nature, but to what upon canvas may be seen.

연극에서 인물들은 서로를 창조해 내야만 한다. 어떤 인물도 미리 준비되어 있어서는 안 된다.

In a play the characters should create each other: no character must be ready made.

희극을 쓰는 데는 희극만이 요구된다. 그러나 비극을 쓰는 데는 비극만으로는 충분하지 않다. 관객에게 가해지는 감정의 중압감을 덜어 내야 하기 때문이다. 관객을 웃게 하지 못하면 그들은 눈물을 흘리지 않을 것이다.

To write a comedy one requires comedy merely, but to write a tragedy, tragedy is not sufficient: the strain of emotion on the audience must be lightened: they will not weep if you have not made them laugh.

연극은 인간 본성에 호소하는 것으로, 심리학과 생리학이 그 궁극적 바탕이 되어야 한다.

The drama appeals to human nature, and must have as its ultimate basis the science of psychology and physiology.

연극은 예술과 삶이 만나는 장소다.

Drama is the meeting-place of art and life.

무대는 모든 예술이 만나는 곳일 뿐 아니라, 예술이 삶으로 다시 돌아가는 곳이기도 하다.

Stage is not merely the meeting-place of all the arts, but is also the return of art to life.

현재 영국에서, 우리에게 남겨진 문학과 연극 사이의 연결 고리는 극장표밖에 없다.

The only link between Literature and the Drama left to us in England at the present moment is the bill of the play.

앞서 나는 영국에서 자유로울 수 있었던 예술은, 대중이 관심을 두지 않는 분야라는 점을 지적한 바 있다. 그런데 연극은 대중의 관심을 받으면서도 최근 10~15년간 어느 정도 발전을 이룩할 수 있었다. 하지만 분명히 지적해야 할 점은, 그러한 발전은 전적으로 대중의 저급한 취향을 자신들의 기준으로 삼기를 거부한 몇몇 개성 있는 예술가들 덕분이라는 사실이다. 그들은 예술을 단순한 수요와 공급의 문제로 간주하는 것을 거부했다.

I have pointed out that the arts which have escaped best in England are the arts in which the public have not been interested. They are, however, interested in the drama, and as a certain advance has been made in the drama within the last ten or fifteen years, it is important to point out that this advance is entirely due to a few individual artists refusing to accept the popular want of taste as their standard, and refusing to regard Art as a mere matter of demand and supply.

모든 예술은 표면이자 상징이다. 표면 아래로 향하는 사람들은 위험을 무릅쓰고 그렇게 한다. 상징을 읽는 사람들은 위험을 무릅쓰고 그렇게 한다.

All art is at once surface and symbol. Those who go beneath the surface do so at their peril. Those who read the symbol do so at their peril.

내가 알고 지냈던 개인적으로 유쾌한 예술가들은 예술가로선 형편없는 사람들이야. 뛰어난 예술가는 그가 창조하는 것 속에서만 존재하고, 따라서 그 자신은 아주 재미없는 사람이지.

위대한 시인, 진정으로 위대한 시인은 사람들 중에서 가장 시적이지 않은 사람이고. 하지만 그보다 못한 시인들은 더할 나위 없이 매력적인 사람들이야. 그들이 써 내는 시가 보잘것없을수록 그들의 외모는 더 멋지지. 이류 소네트집을 출간했다는 사실만으로도 그 시인은 거부할 수 없을 만큼의 매력을 풍기게 된다네. 그는 자신이 쓰지 못하는 시를 몸소 사는 거야. 또 어떤 시인들은 그들 자신이 감히 실현하지 못하는 것을 시로 쓰기도 하지.

The only artists I have ever known, who are personally delightful, are bad artists. Good artists exist simply in what they make, and consequently are perfectly uninteresting in what they are. A great poet, a really great poet, is the most unpoetical of all creatures. But inferior poets are absolutely fascinating. The worse their rhymes are, the more picturesque they look. The mere fact of having published a book of second-rate sonnets makes a man quite irresistible. He lives the poetry that he cannot write. The others write the poetry that they dare not realize.

예술이 진정으로 반영하는 것은 삶이 아니라 관객이다.

It is the spectator, and not life, that art really mirrors.

예술 작품에 대한 견해의 다양성은 그 작품이 새롭고 복합적이며 살아 있음을 입증한다. 비평가들이 의견을 달리할 때 예술가는 자신과 합의를 이룬다.

Diversity of opinion about a work of art shows that the work is new, complex, and vital. When critics disagree the artist is in accord with himself.

대중은 아름다움의 새로운 방식을 몹시 싫어한다. 그래서 그것과 마주칠 때마다 분노하고 당혹해하면서 언제나 바보 같은 두 가지 표현을 사용하곤 한다. 하나는 예술 작품이 도무지 이해가 안 된다는 것이고, 다른 하나는 예술 작품이 지극히 부도덕하다는 것이다. 대중이 예술 작품을 두고 도무지 이해할 수 없다고 할 때는, 예술가가 새로운 무언가를 말했거나 전에 없던 아름다운 작품을 만들어 냈음을 의미한다. 또한 대중이 예술 작품을 지극히 부도덕하다고 비난할 때는, 예술가가 사실을 말했거나 그것을 아름다운 작품으로 형상화했음을 의미한다. 전자는 스타일에 관한 것이고, 후자는 소재에 관한 것이다.

A fresh mode of Beauty is absolutely distasteful

to the public, and whenever it appears they get so angry and bewildered that they always use two stupid expressions — one is that the work of art is grossly unintelligible; the other, that the work of art is grossly immoral. When they say the work of art is grossly unintelligible, they mean that the artist has said or made a beautiful thing that is new; when they describe a work as grossly immoral, they mean that the artist has said or made a beautiful thing that is true. The former expression has reference to style; the latter to subject-matter.

우리는 유용한 것을 만들어 낸 이가 그것을 찬양하지 않는 한 그를 용서할 수 있다. 무용한 것을 만들어 낸 데 대한 유일한 변명은 그것을 격렬하게 찬양하는 것이다. 모든 예술은 전적으로 무용하다.

We can forgive a man for making a useful thing as long as he does not admire it. The only excuse for making a useless thing is that one admires it intensely. All art is quite useless.

영국의 대중은 문제의 작품이 부도덕하다고 얘기되지 않는

한 예술 작품에 흥미를 느끼지 못한다.

The English public, as a mass, takes no interest
in a work of art until it is told that the work in
question is immoral.

당신이 보는 것을 그리는 건 예술에서 좋은 원칙이 될 수 있
다. 그러나 그릴 만한 가치가 있는 것을 볼 줄 아는 것이 더 바
람직하다.

To paint what you see is a good rule in art, but
to see what is worth painting is better.

초상화에는 치명적인 무언가가 있다. 초상화는 고유의 삶을
가지고 있다.

There is something fatal about a portrait. It has
a life of its own.

예술 작품은 꽃이 쓸모없는 것만큼이나 무용하다. 꽃은 스스
로의 즐거움을 위해 피어난다. 우린 꽃을 바라보면서 한순간
의 기쁨을 느끼는 것뿐이다.

A work of art is useless as a flower is useless.
A flower blossoms for its own joy. We gain a
moment of joy by looking at it.

오직 범인(凡人)들만이 전진한다. 예술가는 걸작들의 주기 내
에서 순환한다. 그의 첫 번째 작품은 마지막 작품만큼이나 완
벽하다.

Only mediocrities progress. An artist revolves
in a cycle of masterpieces, the first of which is
no less perfect than the last.

당신의 예술을 위해 얼마간 희생하라, 그러면 그에 대한 보상
을 받게 될 것이다. 그러나 예술에 당신을 위해 희생할 것을
요구하면 언젠가는 쓰라린 실망을 맛보게 될 것이다.

Make some sacrifice for your art, and you will
be repaid; but ask of Art to sacrifice herself for
you, and a bitter disappointment may come to
you.

평범한 사람들은 삶이 그들에게 삶의 비밀을 드러내 보여 줄
때까지 기다린다. 그러나 소수의 선택된 사람들에게는 베일

이 걷히기도 전에 삶의 신비가 그 모습을 드러낸다. 때로는 예술, 그중에서도 열정과 지성을 직접적으로 다루는 문학예술이 그러한 결과를 이끌어 낸다. 하지만 이따금씩 복합적인 개성을 지닌 사람이 나타나 예술의 자리를 차지하고 예술의 역할을 대신하거나 그 나름의 방식으로 하나의 진정한 예술 작품이 되기도 한다. 시나 조각, 또는 그림에서처럼 삶에도 그 나름의 정교한 걸작이 있다.

Ordinary people waited till life disclosed to them its secrets, but to the few, to the elect, the mysteries of life were revealed before the veil was drawn away. Sometimes this was the effect of art, and chiefly of the art of literature, which dealt immediately with the passions and the intellect. But now and then a complex personality took the place and assumed the office of art, was indeed, in its way, a real work of art, Life having its elaborate masterpieces, just as poetry has, or sculpture, or painting.

예술가는 아름다운 것들을 창조해야 하지만, 자기 삶의 어떤 것도 작품 속에 투영해서는 안 된다. 우리는 사람들이 예술을 자서전의 한 방식으로 여기는 시대에 살고 있다. 우리는 아름다움에 대한 추상적 감각을 잃어버렸다.

An artist should create beautiful things, but should put nothing of his own life into them. We live in an age when men treat art as if it were meant to be a form of autobiography. We have lost the abstract sense of beauty.

예술은 인류가 아는 가장 강렬한 개인주의의 발현이다. 심지어 나는 예술이 인류가 아는 유일하고도 실제적인 개인주의의 발현이라고 말하고 싶다. 예술가는 이웃들과 어울리거나 그들의 도움을 받지 않고도 홀로 아름다운 것을 창조해 낼 수 있다. 오직 자신의 즐거움만을 위한 창조가 아니라면 그는 결코 예술가라고 할 수 없다.

그리고 예술이 개인주의의 강렬한 형태라는 사실 때문에 대중은 예술에 우스꽝스럽고 부도덕하며, 경멸스럽고 부패한 권위를 행사하고자 한다는 점에 주목해야 한다. 그건 그들의 잘못이 아니다. 대중은 모든 연령층을 막론하고 오랫동안 교육을 잘못 받아 왔다. 그들은 예술에 끊임없이 대중성을 요구하면서, 자신들의 취향에 맞춰 줄 것과 자신들의 터무니없는 허영심을 충족시켜 줄 것을 요구한다. 또한 예전에 이미 들었던 얘기를 다시 들려주기를 원하고, 지겹도록 본 것을 다시 보여 줄 것을 요구한다. 너무 많이 먹어서 몸이 무거울 때는 예술이 자신들을 즐겁게 해 주고, 자신들의 어리석음에 지칠 때면 예술이 기분 전환을 시켜 주기를 바란다. 하지만 예술은 결코 대중적이고자 해서는 안 된다. 대중이 스스로 예술적일 수 있도록 노력해야만 한다.

Art is the most intense mode of Individualism that the world has known. I am inclined to say that it is the only real mode of Individualism that the world has known. Alone, without any reference to his neighbours, without any interference, the artist can fashion a beautiful thing; and if he does not do it solely for his own pleasure, he is not an artist at all.

And it is to be noted that it is the fact that Art is this intense form of Individualism that makes the public try to exercise over it an authority that is as immoral as it is ridiculous, and as corrupting as it is contemptible. It is not quite their fault. The public has always, and in every age, been badly brought up. They are continually asking Art to be popular, to please their want of taste, to flatter their absurd vanity, to tell them what they have been told before, to show them what they ought to be tired of seeing, to amuse them when they feel heavy after eating too much, and to distract their thoughts when they are wearied of their own stupidity. Now Art should never try to be popular. The public should try to make itself artistic.

예술은 오직 예술 자체만을 표현한다. 예술은 '생각'처럼 독립적인 삶을 살아가며, 순전히 자신만의 길을 발전시킨다. 사실주의 시대의 예술이 반드시 사실적인 것도, 믿음의 시대의 예술이 반드시 영적인 것도 아니다. 예술은 그 시대의 창조물이기는커녕 대체로 그것과 정반대다. 예술이 우리를 위해 보존하는 유일한 역사는 그 자신의 진보의 역사다. 예술은 때때로 왔던 길로 되돌아가서는 이전의 형태를 되살리기도 한다. 만년의 그리스 예술을 부흥시킨 의고주의(擬古主義) 운동이나 우리 시대의 라파엘 전파 운동이 그 예가 될 수 있다. 또 예술은 어떤 때엔 전적으로 자기 시대를 앞지르면서 한 세기에 걸쳐 작품을 창조해 내기도 한다. 그것을 이해하고 제대로 감상하며 즐길 수 있기 위해서는 또다시 한 세기가 걸리는 그런 작품을. 그러나 어떤 경우에도 예술이 당대를 재현하는 일은 없다. 따라서 한 시대의 예술로부터 그 시대를 이끌어 내는 것은 모든 역사학자들이 저지르는 아주 커다란 실수인 것이다.

Art never expresses anything but itself. It has an independent life, just as Thought has, and develops purely on its own lines. It is not necessarily realistic in an age of realism, nor spiritual in an age of faith. So far from being the creation of its time, it is usually in direct opposition to it, and the only history that it preserves for us is the history of its own progress. Sometimes it returns upon its footsteps, and revives some antique form, as happened in the archaistic movement of late Greek art, and in the pre-Raphaelite movement of our own day. At other times it entirely anticipates its age, and produces in one century work that it takes another century to understand, to appreciate and to enjoy. In no case does it reproduce its age. To pass from the art of a time to the time itself is the great mistake that all historians commit.

각각의 예술 작품은 하나의 예언의 실현이다. 각각의 예술 작품은 하나의 아이디어를 하나의 이미지로 변환하는 것이기 때문이다. 각각의 인간도 일종의 예언의 실현이어야 한다. 모든 인간은 신의 마음속이나 인간의 마음속에서, 어떤 이상의 실현이어야 하기 때문이다.

Every single work of art is the fulfillment of a prophecy. For every work of art is the conversion of an idea into an image. Every single human being should be the fulfillment of a prophecy. For every human being should be the realization of some ideal, either in the mind of God or in the mind of man.

예술가에게 가장 적합한 정부 형태는 아예 정부가 없는 것이다. 예술가와 그의 예술에 행사하는 모든 권력은 우스꽝스러운 것이다. 사람들은 예술가들이 독재 정치 아래에서 훌륭한 작품들을 생산해 냈다고 주장하기도 한다. 그건 전혀 사실이 아니다. 예술가들이 독재자들을 찾아간 것은 그들에게 지배받기 위해서가 아니라, 유랑하는 마법사나 매혹적인 방랑자처럼 그들에게 융숭한 영접을 받고 안심하고 창작 활동을 하기 위해서였다. 독재자에 관해 우호적으로 말할 수 있는 한 가지는 괴물이나 다름없는 군중은 교양이 전혀 없는 반면, 한 개인으로서의 독재자는 교양이 있을 수 있다는 사실이다. 황제나 왕은 화가의 붓을 집어 주기 위해 몸을 굽힐 수 있지만, 민주주의가 몸을 굽힐 때는 단지 진흙을 집어던지기 위해서다. 게다가 민주주의는 황제처럼 몸을 많이 굽힐 필요도 없다. 그들은 몸을 전혀 굽히지 않고도 얼마든지 진흙을 집어던질 수 있다. 사실 군주와 군중을 구분할 필요조차 없다. 모든 권력은 똑같이 유해하기 때문이다.

The form of government that is most suitable to the artist is no government at all. Authority over him and his art is ridiculous. It has been stated that under despotism artists have produced lovely work. This is not quite so. Artists have visited despots, not as subjects to be tyrannized over, but as wandering wonder-makers, as fascinating vagrant personalities, to be entertained and charmed and suffered to be at peace, and allowed to create. There is this to be said in favour of the despot, that he, being an individual, may have culture, while the mob, being a monster, has none. One who is an Emperor and King may stoop down to pick up a brush for a painter, but when the democracy stoops down it is merely to throw mud. And yet the democracy have not so far to stoop as the emperor. In fact, when they want to throw mud they have not to stoop at all. But there is no necessity to separate the monarch from the mob; all authority is equally bad.

예술가에게 나약함은 곧 죄악이다. 그 나약함이 상상력을 마비시킨다면.

In the case of an artist, weakness is nothing less than a crime, when it is a weakness that paralyzes the imagination.

연기를 하는 사람들은 대체로 지극히 평범한 삶을 살고 있다. 그들은 좋은 남편이거나 충실한 아내, 또는 지루한 그 무엇이다.

As a rule, people who act lead the most commonplace lives. They are good husbands, or faithful wives, or something tedious.

왜냐하면 누구나 연기를 할 수 있기 때문입니다. 대부분의 영국 사람들은 그것밖에는 하지 않거든요.

For anybody can act. Most people in England do nothing else.

예술적인 삶은 한마디로 자기 발전을 의미한다. 예술가에게 '겸손'이란 모든 경험들을 있는 그대로 받아들이는 것이다. 예술가에게 '사랑'이 단지 그 육체와 영혼을 세상에 드러내 보여 주는 '아름다움'에 대한 감각을 의미하는 것처럼.

The artistic life is simple self-development. Humility in the artist is his frank acceptance of all experiences, just as Love in the artist is simply that sense of Beauty that reveals to the world its body and its soul.

삶은 사실주의보다 훨씬 더 빨리 달려간다. 그러나 낭만주의는 언제나 삶보다 앞서 나간다.

Life goes faster than Realism, but Romanticism is always in front of Life.

객관적인 작품과 주관적인 작품의 차이는 단지 외형의 차이일 뿐이다. 그 차이는 우연적인 것이지 본질적인 게 아니다. 모든 예술적 창조는 순전히 주관적인 것이다. 코로가 바라보았던 풍경은, 그가 말한 것처럼 자기 마음의 상태였던 것이다. 그리고 그리스나 영국 연극의 위대한 인물들은 그들에게 형태를 부여하고 창조해 낸 시인들과는 별개로 그들만의 삶을 소유한 것처럼 보이지만, 궁극적으로 분석해 보면 그들은 결국 시인들 자신인 것이다. 그들 자신일 거라고 생각했던 모습이 아니라, 그들 자신이 아닐 거라고 생각했던 그 모습 말이다. 그리고 신기하게도 그런 생각을 하다 보면, 비록 잠깐이지만 정말 그런 모습이 되기도 한다. 우리는 결코 우리 자신에게서 벗어날 수 없을 뿐 아니라, 창작자에게 없는 것이 창작품에 있을 수 없기 때문이다. 아니, 창작품이 더 객관적으로 보일수록 실제로는 더 주관적인 거라고 말하고 싶다.

셰익스피어는 런던의 새하얀 거리에서 로젠크랜츠와 길든스턴을 실제로 만났을 수도 있고, 광장에서 서로 원수 사이인 집안의 하인들이 서로를 심하게 모욕하는 광경을 보았을 수도 있다. 하지만 햄릿은 그의 영혼에서 나왔고, 로미오는 그의 열정으로부터 탄생했다. 그들은 그가 가시적인 형태를 부여한 그의 본성의 일부였고, 그의 마음속을 마구 휘젓던 충동이었다. 그래서 그는 부득이 그들로 하여금 억눌린 에너지를 구현할 수 있게 해 주었던 것이다. 구속받고 제한되고 불완전할 수밖에 없는 실제 삶의 저급한 차원에서가 아니라, 예술이라는 상상적 차원에서 말이다. 그곳에서 사랑은 죽음 속에서 비로소 충만하게 완성될 수 있다. 또한 햄릿이 커튼 뒤에서 몰래 엿듣는 자를 칼로 찔러 죽일 수도 있으며, 새로 생긴 무덤 속에서 몸싸움을 벌일 수도 있고, 죄지은 왕으로 하여금 독이 든 술을 마시게 할 수도 있으며, 완전 무장을 한 채 달빛 아래 안개 낀 성벽을 배회하는 자기 아버지의 영혼과 만날 수도 있다. 제약을 동반한 행동은 셰익스피어를 불만족스럽고 침묵한 상태로 남아 있게 했을 것이다. 그는 아무것도 하지 않았기에 모든 것을 성취할 수 있었던 것이다. 마찬가지로 우리에게 셰익스피어를 철저하게 드러내 보여 주고, 심지어 투명한 눈에 그의 은밀한 마음의 벽장을 내보인 그 기이하고 절묘한 소네트들보다 그의 극작품이 훨씬 더 완전하게 그의 진정한 본성과 기질을 보여 줄 수 있는 것도, 그가 극작품에서 결코 자신에 관해 얘기하지 않았기 때문이다. 그렇다, 객관적인 형식은 실은 가장 주관적인 내용을 담고 있다. 인간은 자기 자신으로서 이야기할 때 자신에게서 가장 멀어지는 법이다. 그에게 가면을 줘 보라, 그러면 진실을 말하게 될 것이다.

The difference between objective and subjective work is one of external form merely. It is accidental, not essential. All artistic creation is absolutely subjective. The very landscape that Corot looked at was, as he said himself, but a mood of his own mind; and those great figures of Greek or English drama that seem to us to possess an actual existence of their own, apart from the poets who shaped and fashioned them, are, in their ultimate analysis, simply the poets themselves, not as they thought they were, but as they thought they were not; and by such thinking came in strange manner, though but for a moment, really so to be. For out of ourselves we can never pass, nor can there be in creation what in the creator was not. Nay, I would say that the more objective a creation appears to be, the more subjective it really is.

Shakespeare might have met Rosencrantz and Guildenstern in the white streets of London, or seen the serving-men of rival houses bite their thumbs at each other in the open square; but Hamlet came out of his soul, and Romeo out of his passion. They were elements of his nature to which he gave visible form, impulse that stirred so strongly within him that he had, as it were perforce, to suffer them to realize their energy, not on the lower plane of actual life, where they would have been trammelled and constrained and so made imperfect, but on that imaginative plane of art where Love can indeed find in Death its rich fulfillment, where one can stab the eavesdropper behind the arras, and wrestle in a new-made grave, and make a guilty king drink his own hurt, and see one's father's spirit, beneath the glimpses of the moon, stalking in complete steel from misty wall to wall.

Action being limited would have left Shakespeare unsatisfied and unexpressed; and, just as it is because he did nothing that he has been able to achieve everything, so it is because he never speaks to us of himself in his plays that his plays reveal him to us absolutely, and show us his true nature and temperament far more completely than do those strange and exquisite sonnets, even, in which he bares to crystal eyes the secret closet of his heart. Yes, the objective form is the most subjective in matter. Man is least himself when he talks in his own person. Give him a mask, and he will tell you the truth.

나는 연기하는 것을 좋아한다. 연기는 삶보다 훨씬 더 실제 같기 때문이다.

I love acting. It is so much more real than life.

위대한 예술 작품을 이해했다고 생각하는 순간, 그것은 당신에겐 죽은 것이나 다름없다.

The moment you think you understand a great work of art, it's dead for you.

설명과 유사한 것은 그게 무엇이든 언제나 예술 작품의 가치를 떨어뜨린다.

Anything approaching an explanation is always derogatory to a work of art.

나는 연극이 모든 예술의 형태 중에서 가장 위대한 것이라고 생각한다. 연극은 인간답다는 게 어떤 것인지에 대한 느낌을 다른 누군가와 나눌 수 있는 가장 직접적인 방식이다.

I regard the theatre as the greatest of all art forms, the most immediate way in which a human being can share with another the sense of what it is to be a human being.

어니스트: 그럼, 우리는 모든 것에서 예술로 향해야 하나?

길버트: 그래, 모든 것에서. 예술은 우리를 다치게 하지 않기 때문이지. 우리가 연극을 보며 흘리는 눈물은 예술이 일깨우는 섬세한 불모(不毛)의 감정들의 한 유형이야. 우리는 눈물을 흘리지만 상처받진 않지. 우리는 슬퍼하지만 그 슬픔은 쓸쓸하지 않지. 스피노자가 어딘가에서 말한 것처럼, 인간의 실제 삶에서 슬픔은 더 낮은 차원의 완벽으로 가는 통로인 거야. 하지만 예술로 인해 느끼는 슬픔은 우리를 정화시키고 새롭게 시작하게 하지. 우리는 예술을 통해서, 오직 예술을 통해서만 완성될 수 있어. 예술을 통해서, 오직 예술을 통해서만 실제 삶의 추악한 위험으로부터 우리 자신을 지킬 수 있는 거야. 이러한 결론은 단지 우리가 상상할 수 있는 건 아무것도 행할 가치가 없고, 우린 무엇이든 상상할 수 있다는 사실뿐만 아니라, 감정적 힘 또한 물리적 영역의 힘처럼 그 범위와 에너지에 있어 제한적이라는 미묘한 법칙에서 비롯하는 거야. 우린 많은 것을 느낄 수 있지만, 단지 그뿐인 거라고. 한 번도 존재한 적이 없던 이들의 삶의 광경 속에서 기쁨의 진정한 비밀을 발견하고, 코넬리아와 브라반치오의 딸처럼 결코 죽지 않는 이들의 죽음 앞에서 실컷 울 수 있다면, 삶이 쾌락으로 우리를 유혹하거나 고통으로 우리 영혼을 망가뜨리거나 해치는 게 무슨 문제가 되겠는가 말이야.

ERNEST: Must we go, then, to Art for everything?

GILBERT: For everything. Because Art does not hurt us. The tears that we shed at a play are a type of the exquisite sterile emotions that it is the function of Art to awaken. We weep, but we are not wounded. We grieve, but our grief is not bitter. In the actual life of man, sorrow, as Spinoza says somewhere, is a passage to a lesser perfection. But the sorrow with which Art fills us both purifies and initiates. It is through Art, and through Art only, that we can realize our perfection; through Art, and through Art only, that we can shield ourselves from the sordid perils of actual existence. This results not merely from the fact that nothing that one can imagine is worth doing, and that one can imagine everything, but from the subtle law that emotional forces, like the forces of the physical sphere, are limited in extent and energy. One can feel so much, and no more. And how can it matter with what pleasure life tries to tempt one, or with what pain it seeks to maim and mar one's soul, if in the spectacle of the lives of those who have never existed one has found the true secret of joy, and wept away one's tears over their deaths who, like Cordelia and the daughter of Brabantio, can never die?

길버트: 모든 예술은 부도덕한 거야.

어니스트: 모든 예술이?

길버트: 그래. 감정을 위한 감정은 예술의 목적이고, 행동을 위한 감정은 삶의 목적이자, 우리가 사회라고 부르는 삶의 실제적인 조직의 목적이야. 모든 도덕의 시작이자 근간이 되는 사회는 단지 인간의 에너지를 한군데로 집결하기 위해 존재하는 거야. 그리고 사회의 존속과 건강한 안정성을 확보하기 위해 각 시민에게 지극히 당연하게, 생산적인 노동의 형태로 공공의 안녕에 기여할 것과 하루 일과가 필요로 하는 노역과 수고를 요구하지. 사회는 종종 범죄자를 용서하지만 몽상가는 결코 용서하지 않아. 예술이 우리 마음속에 불러일으키는 아름답고 무익한 감정들은 사회가 보기에는 증오스러운 것들이기 때문이지. 사람들은 이런 무시무시한 사회적 이상의 독재에 철저하게 지배당한 나머지 특별 전시회나 일반 대중에게 공개된 또 다른 장소에 당당하게 나타나서는 아주 커다란 목소리로 "무슨 일을 하시나요?"라고 묻곤 하지. 교양을 갖춘 사람이 유일하게 다른 사람에게 속삭일 수 있는 질문은 "무슨 생각을 하시나요?"인데 말이지.

GILBERT: All art is immoral.

ERNEST: All art?

GILBERT: Yes. For emotion for the sake of emotion is the aim of art, and emotion for the sake of action is the aim of life, and of that practical organization of life that we call society. Society, which is the beginning and basis of morals, exists simply for the concentration of human energy, and in order to ensure its own continuance and healthy stability it demands, and no doubt rightly demands, of each of its citizens that he should contribute some form of productive labour to the common weal, and toil and travail that the day's work may be done. Society often forgives the criminal; it never forgives the dreamer. The beautiful sterile emotions that art excites in us are hateful in its eyes, and so completely are people dominated by the tyranny of the dreadful social ideal that they are always coming shamelessly up to one at Private Views and other places that are open to the general public, and saying in a loud stentorian voice, "What are you doing?" whereas "What are you thinking?" is the only question that any single civilized being should ever be allowed to whisper to another.

창작 과정에서 느끼는 열정이 언제라도 작품 속에 실제로 드러나 보이리라고 생각하는 건 오해다. 예술은 우리가 생각하는 것보다 언제나 훨씬 추상적이다. 형태와 색채는 우리에게 형태와 색채에 대해 이야기한다. 그뿐이다.

It is a mistake to think that the passion one feels in creation is ever really shown in the work one creates. Art is always more abstract than we fancy. Form and colour tell us of form and colour—that is all.

옷에 유행이 있는 것처럼 예술에도 유행이 있다. 아마도 우리 중 어느 누구도 관습의 영향과 새로움의 영향으로부터 완전히 자유로울 수 없을 것이다.

There are fashions in art just as there are fashions in dress, and perhaps none of us can quite free ourselves from the influence of custom and the influence of novelty.

실패하고 젊은 나이에 죽는 것은 예술가로 남기를 바라는 스코틀랜드인의 유일한 희망이다.

To fail and to die young is the only hope for a Scotsman who wishes to remain an artist.

9 진실과 거짓,
   생각과 상상력,
   미덕과 악덕,
   교육과 충고:

   진실은 언제나
   사실과는 별개다

진실은 언제나 사실과는 별개다.

Truth is independent of facts always.

홀로 시간을 보내는 건 매우 건강한 일이라고 생각한다. 당신은 혼자 있으면서 다른 누군가에 의해 규정되지 않는 법을 배울 필요가 있다.

I think it's very healthy to spend time alone. You need to know how to be alone and not be defined by another person.

언제나 다른 사람들의 생각에 좌지우지된다면 우리 자신의 생각을 가지는 게 무슨 소용이 있겠는가?

If we're always guided by other people's
thoughts, what's the point in having our own?

요즘 같은 때에는 잘 자랐다는 것이 커다란 약점이 된다. 그로
인해 많은 것을 보지 못하기 때문이다.

To have been well brought up is a great
drawback nowadays. It shuts one out from so
much.

상상력은 곧 세상을 비추는 빛이다. 세상은 상상력에 의해 만
들어졌지만, 그 세상은 상상력을 이해하지 못한다. 또한 상상
력은 단지 사랑의 발현일 뿐이며, 한 사람을 다른 사람과 구분
짓는 것은 바로 사랑과 사랑을 하는 능력이다.

The imagination itself is the world-light. The
world is made by it, and yet the world cannot
understand it: that is because the imagination
is a simply manifestation of Love, and it is Love
and the capacity for it, that distinguishes one
human from another.

사랑은 상상력을 먹고 자란다. 우리는 상상력에 의해 우리가 생각하는 것보다 더 현명해지고, 우리가 느끼는 것보다 더 나아지고, 지금의 우리보다 더 고귀해질 수 있다. 우리는 상상력에 의해 삶을 하나의 전체로 볼 수 있다. 그리고 상상력에 의해, 오직 상상력에 의해서만 실제적이고 이상적인 관계 속에서 다른 이들을 이해할 수 있다. 오직 아름다운 것과 아름답게 상상된 것만이 사랑을 살찌울 수 있는 것이다.

Love is fed by the imagination, by which we become wiser than we know, better than we feel, nobler than we are: by which we can see Life as a whole: by which, and by which alone, we can understand others in their real as in their ideal relations. Only what is fine, and finely conceived, can feed Love.

생각은 세상에서 가장 불건전한 것이다. 사람들은 다른 질병으로 죽듯 생각 때문에 죽기도 한다.

Thinking is the most unhealthy thing in the world, and people die of it just as they die of any other disease.

어떤 생각의 가치는 말하는 사람의 진실성과는 아무런 상관

이 없다. 사실, 말하는 사람이 믿지 않을수록 그 생각은 순수
하게 지적인 것일 가능성이 더 크다. 그런 경우에 생각은 말하
는 이의 필요나 욕망, 또는 편견에 물들지 않았을 것이기 때문
이다.

> The value of an idea has nothing whatsoever
> to do with the sincerity of the man who
> expresses it. Indeed, the probabilities are that
> the more insincere the man is, the more purely
> intellectual will the idea be, as in that case it
> will not be coloured by either his wants, his
> desires, or his prejudices.

누군가에게 충고하는 건 언제나 어리석은 짓이다. 그리고 좋
은 충고를 하는 것은 전적으로 치명적이다.

> It is always a silly thing to give advice, but to
> give good advice is absolutely fatal.

나는 좋은 충고는 언제나 다른 사람에게 전해 준다. 좋은 충고
로 할 수 있는 것은 그것밖에 없기 때문이다. 좋은 충고는 자
기 자신에게는 아무런 쓸모가 없다.

> I always pass on good advice. It is the only

thing to do with it. It is never of any use to oneself.

오직 생각이 얇은 사람들만이 자신을 아는 법이다.

Only the shallow know themselves.

멋지게 거짓말하는 건 예술이고, 진실을 말하는 것은 본성에 따라 행동하는 것이다.

To lie finely is an art, to tell the truth is to act according to nature.

진실을 이야기하면, 머지않아 본모습이 드러나게 된다.

If one tells the truth, one is sure, sooner or later, to be found out.

한 인간의 삶에 관한 진실은 '그가 하는 것'이 아니라, '그가 자기 주변에 만들어 내는 전설'이다.

The truth about the life of a man is not what he

does, but the legend which he creates around himself.

진실은 무엇일까? 종교에서의 진실은 단지 살아남은 견해일 뿐이다. 과학에서의 진실은 궁극적 감각이며, 예술에서의 진실은 최종적인 느낌이다.

What is Truth? In matters of religion, it is simply the opinion that has survived. In matters of science, it is the ultimate sensation. In matters of art, it is one's last mood.

교육은 훌륭한 것이지만, 알 만한 가치가 있는 것들은 교육에서 배울 수 있는 게 아니라는 사실을 가끔씩 떠올릴 필요가 있다.

Education is an admirable thing, but it is well to remember from time to time that nothing that is worth knowing can be taught.

현대 교육에 대한 모든 이론은 근본적으로 불건전하다. 어쨌든 영국에서 교육이 아무런 효과도 없다는 건 다행스러운 일이다. 만약 어떤 효과가 있었다면 상류층에 심각한 위협이 되었을 테고, 아마도 그로스브너 광장에서 폭력 시위가 벌어졌을 것이다.

The whole theory of modern education is
radically unsound. Fortunately in England,
at any rate, education produces no effect
whatsoever. If it did, it would prove a serious
danger to the upper classes, and probably lead
to acts of violence in Grosvenor Square.

모든 생각은 부도덕하다. 생각의 본질은 파괴다. 무언가를 생
각하면 그것을 죽이게 된다. 생각의 대상이 되면 그 어떤 것도
살아남지 못한다.

All thought is immoral. Its very essence is
destruction. If you think of anything, you kill it.
Nothing survives being thought of.

실제 삶은 혼돈이었지만, 상상의 삶 속에는 엄청나게 논리적
인 무언가가 있었다.

Actual life was chaos, but there was something
terribly logical in the imagination.

일관성은 상상력이 부족한 사람들의 마지막 도피처다.

Consistency is the last refuge of the unimaginative.

상상력이 없다면 누구라도 상식을 가질 수 있다.

Anybody can have common sense, provided that they have no imagination.

예기치 못한 것들을 예견하는 건 대단히 현대적인 지성을 갖추었음을 입증하는 것이다.

To expect the unexpected shows a thoroughly modern intellect.

영국인들은 언제나 진실을 사실로 격하시키곤 한다. 진실이 사실이 되면 그것이 지닌 모든 지적 가치를 잃게 된다.

The English are always degrading truths into facts. When a truth becomes a fact it loses all its intellectual value.

나는 언제나 신사다운 바보를 더 좋아한다. 어리석음에 대해서는 사람들이 생각하는 것보다 할 말이 많다. 개인적으로 나는 어리석음을 굉장히 찬양하는 편이다. 아마도 일종의 동료 의식 때문일 것이다.

> I prefer a gentlemanly fool any day. There is more to be said for stupidity than people imagine. Personally I have a great admiration for stupidity. It is a sort of fellow-feeling, I suppose.

나는 미신을 사랑한다. 그것은 생각과 상상력에 필요한 색채 요소다. 미신은 상식의 적수다.

> I love superstitions. They are the color element of thought and imagination. They are the opponents of common sense.

누군가에게 영향을 끼친다는 것은 자신의 개성을 양도하는 것이며, 자신에게 가장 소중한 것을 넘겨주는 일이다. 영향을 끼치는 것은 상실의 느낌을 유발하고, 때로는 실제적인 상실을 야기하기도 한다. 모든 제자는 자신의 스승으로부터 무언가를 앗아 간다.

Influence is simply a transfer of personality, a mode of giving away what is most precious to oneself, and its exercise produces a sense, and, it may be, a reality of loss. Every disciple takes away something from his master.

인간의 영혼이 불가지의 것이라는 사실을 인식하는 것은 지혜가 도달할 수 있는 궁극적인 성취다. 최후의 미스터리는 바로 우리 자신이기 때문이다. 우리가 아무리 저울로 태양의 무게를 달고, 달의 이동 거리를 재고, 별 하나하나까지 따져 일곱 하늘의 지도를 완성하더라도 우리 자신은 여전히 미스터리로 남아 있다. 어느 누가 자기 영혼의 궤도를 측정할 수 있겠는가?

To recognize that the soul of a man is unknowable is the ultimate achievement of Wisdom. The final mystery is oneself. When one has weighed the sun in a balance, and measured the steps of the moon, and mapped out the seven heavens star by star, there still remains oneself. Who can calculate the orbit of his own soul?

요즘 사람들은 누군가가 생각을 말하면, 그가 진지한지 그렇지 않은지를 물어보는 천박한 습관이 있다. 열정 외에 진지한 것은 아무것도 없다. 지성은 본래 진지한 것이 아니며, 한 번도 진지했던 적이 없다. 지성은 단지 누군가가 연주하는 악기일 뿐이다.

> Vulgar habit that is people have nowadays of asking one, after one has given them an idea, whether one is serious or not. Nothing is serious except passion. The intellect is not a serious thing, and never has been. It is an instrument on which one plays, that is all.

숙고하는 것만큼 한 사람의 개성에 치명적인 것은 없다.

> Nothing is so fatal to personality as deliberation.

양심과 비겁함은 사실상 똑같은 것이다. 고집 센 사람들만이 양심을 운운할 뿐이다.

> Conscience and cowardice are really the same thing. Conscience is the trade-name of the firm. That is all.

누군가의 가장 명백한 결점이 다른 누군가에게는 가장 중요한 장점이 될 수도 있다.

One's most glaring fault is one's most important virtue.

당신은 언제나 다른 사람의 일에 있어서만 현명하고 신중하게 처신하는 것 같군요.

You are always wise and prudent about other people's affairs.

'진실하다.'라는 건 내가 되도록 빨리 떨쳐 버리려는 것이지! 그건 사실 나쁜 습관이거든. 클럽에서, 특히 노장 회원들에게 아주 인기가 없게 만들거든. 그 사람들은 그걸 잘난 체하는 거라고 말해. 어쩌면 그런지도 모르고 말이야.

The truth is a thing I get rid of as soon as possible! Bad habit, by the way. Makes one very unpopular at the club······ with the older members. They call it being conceited. Perhaps it is.

불현듯 자신이 평생 동안 진실만을 이야기해 왔다는 사실을 깨닫게 되는 것은 끔찍한 일이다.

It is a terrible thing for a man to find out suddenly that all his life he has been speaking nothing but the truth.

진실을 말하는 것은 고통을 동반하는 법이다. 하지만 거짓을 말하도록 강요받는 것은 더욱더 고통스러운 일이다.

To speak the truth is a painful thing. To be forced to tell lies is much worse.

도리언 그레이: 그를 혼자 보고 싶지는 않습니다. 그는 짜증나는 말을 많이 해요. 자기 딴에는 좋은 충고를 한다고 생각하겠지만요.
헨리 경: 사람들은 정작 자신에게 가장 필요한 것을 남에게 주는 걸 아주 좋아하지. 관대함의 극치라고나 할까.

DORIAN GRAY: I don't want to see him alone. He say things that annoy me. He gives me good advice.
LORD HENRY: People are very fond of giving away what they need most themselves. It is

what I call the depth of generosity.

세상에 좋은 영향 같은 건 없다. 모든 영향은 부도덕하다. 과학적 관점에서 볼 때 부도덕한 것이다. 어떤 사람에게 영향을 끼친다는 것은 그 사람에게 자신의 영혼을 내주는 것이기 때문이다. 영향을 받은 사람은 자신의 자연스러운 생각으로 생각하지 않고, 자연스러운 열정으로 불타오르지도 못한다. 그의 미덕은 진정으로 그에게 속한 것이 아니다. 그의 죄악은, 만약 죄악이라는 게 있다면, 누군가에게서 빌려 온 것일 뿐이다. 그는 다른 누군가가 연주하는 음악의 메아리가 되고, 그를 위해 쓰인 것이 아닌 각본을 연기하는 배우가 된다. 인생의 목적은 자기 계발에 있다. 자신의 본성을 완벽하게 실현하는 것, 그게 우리 각자가 존재하는 이유다. 요즘 사람들은 자기 자신을 두려워한다. 그들은 가장 숭고한 의무, 스스로에게 빚진 의무를 망각했다. 물론 그들은 자비롭다. 배고픈 사람들에게 먹을 것을 주고 걸인들에게 입을 것을 제공한다. 하지만 정작 그들 자신의 영혼은 굶주리고 헐벗었다.

There is no such thing as a good influence. All influence is immoral — immoral from the scientific point of view. Because to influence a person is to give him one's own soul. He does not think with his natural thoughts, or burn with his natural passions. His virtues are not real to him. His sins, if there are such things as sins, are borrowed. He becomes an echo of someone else's music, an actor of a part that has not been written for him. The aim of life is self-development. To realize one's own nature perfectly — that is what each of us is here for. People are afraid of themselves nowadays. They have forgotten the highest of all duties, the duty that one owes to oneself. Of course they are charitable. They feed the hungry and clothe the beggar. But their own souls starve, and are naked.

오늘날의 교육 제도 속에서 우리는 서로 아무 연관성 없는 사실들로 기억에 무거운 짐을 지우고는, 어렵게 습득한 우리의 지식을 힘들게 전달하기 위해 애쓴다. 우리는 사람들에게 기억하는 법만 가르치고 성장하는 법은 결코 가르치지 않는다. 사람들의 정신 속에 이해와 분별 같은 좀 더 섬세한 자질이 발달되도록 노력해야 한다는 생각은 해 본 적이 없는 것이다.

We, in our educational system, have burdened the memory with a load of unconnected facts, and laboriously striven to impart our laboriously-acquired knowledge. We teach people how to remember, we never teach them how to grow. It has never occurred to us to try

and develop in the mind a more subtle quality
of apprehension and discernment.

생각해 보면 슬픈 일이지만, 천재성이 아름다움보다 더 오래
간다는 건 의심할 여지가 없다. 그 사실이, 우리 모두가 과도
한 교육에 목매는 현실을 설명해 준다. 치열한 생존 경쟁에서
살아남기 위해 우리는 오래 지속될 수 있는 무언가를 갖길 원
하고, 따라서 우리 자리를 지킬 수 있으리라는 헛된 희망으로
우리의 정신을 쓰레기와 사실들로 채워 나간다. 모르는 게 없
는 사람, 이것이 현대의 이상이다. 모르는 게 없는 사람의 정
신은 참으로 끔찍하다. 그것은 마치 허접쓰레기들을 파는 가
게와 같다. 온통 괴물들과 먼지로 가득한 그곳의 모든 것에는
적정가 이상의 가격이 매겨져 있다.

It is a sad thing to think of, but there is no
doubt that Genius lasts longer than Beauty.
That accounts for the fact that we all take
such pains to over-educate ourselves. In the
wild struggle for existence, we want to have
something that endures, and so we fill our
minds with rubbish and facts, in the silly hope
of keeping our place. The thoroughly well-
informed man—that is the modern ideal. And
the mind of the thoroughly well-informed man
is a dreadful thing. It is like a bric-à-brac shop,

all monsters and dust, with everything priced
above its proper value.

진실은 우물 밑바닥에서도 발견될 수 있다고 믿습니다. 하지
만 보아하니 법정에서 진실을 발견하기는 힘들 것 같군요.

Truth may be found, I believe, at the bottom
of a well. It is, apparently, difficult to find in a
court of law.

진실은 한 사람 이상이 그것을 믿는 순간, 더 이상 진실이 아
니게 된다.

A truth ceases to be a truth when more than
one person believes in it.

통상적인 잔인함은 단지 어리석음일 뿐이다. 그것은 상상력
의 전적인 결핍에서 비롯한다. 그것은 또한 오늘날 엄격한 규
칙들로 이루어진 판에 박힌 제도와 어리석음의 결과물이다.
권력의 집중화가 생겨나는 곳이라면 어디든지 어리석음이 판
치는 법이다.

Ordinary cruelty is simply stupidity. It is the

entire want of imagination. It is the result in our days of stereotyped systems of hard-and-fast rules, and of stupidity. Wherever there is centralization there is stupidity.

시릴: 거짓이라! 난 우리 정치인들이 여전히 그 버릇을 버리지 못하고 있다고 생각했는데.

비비언: 전혀 그렇지 않아. 그들은 결코 부정확한 설명 이상의 수준을 넘어서지 못해. 그러면서 증명하고 토론하고 언쟁까지 한다고. 거짓을 솔직하고 당당하게 진술하며, 더할 나위 없이 무책임하고, 어떤 종류의 증거도 거침없이 자연스럽게 무시할 줄 아는 진정한 거짓말쟁이의 기질과는 얼마나 다른가 말이야! 훌륭한 거짓말이라는 게 결국 무엇이겠는가? 그 자체로 스스로를 정당화할 수 있는 게 아닐까. 만약 거짓말을 뒷받침하는 증거를 꾸며 대야 할 정도로 상상력이 부족한 사람이라면 즉시 사실을 실토하는 게 나을 거야. 그러니 정치가들은 제대로 된 거짓말을 한다고 볼 수 없어.

CYRIL: Lying! I should have thought that our politicians kept up that habit.

VIVIAN: I assure you that they do not. They never rise beyond the level of misrepresentation, and actually condescend to prove, to discuss, to argue. How different from the temper of the true liar, with his frank, fearless statements, his superb irresponsibility, his healthy, natural disdain of proof of any kind! After all, what is a fine lie? Simply that which is its own evidence. If a man is sufficiently unimaginative to produce evidence in support of a lie, he might just as well speak the truth at once. No, the politicians won't do.

오늘날에는 쓸모없는 정보가 거의 없다는 것은 매우 슬픈 일이다.

It is a very sad thing that nowadays there is so little useless information.

학식(學識)은 유감스러운 결함이다, 아주 끔찍한 결함이다.

Learning is a sad handicap, an appalling handicap.

시험을 볼 때면 어리석은 사람이 현명한 사람은 대답할 수 없는 질문들을 하곤 한다.

In examinations the foolish ask questions that

the wise cannot answer.

옥스퍼드 대학교는 여름 학기마다 대학에서 가르칠 수 있는 가장 중요한 것 중 하나인 무위(無爲)의 섬세한 기술에 대해 가르친다.

In the summer term Oxford teaches the exquisite art of idleness, one of the most important things that any University can teach.

아이들을 선하게 만드는 최상의 방법은 아이들을 행복하게 해 주는 것이다.

The best way to make children good is to make them happy.

아이들은 책에 타고난 반감을 가지고 있다. 따라서 수공예가 교육의 기본이 되어야 한다.

Children have a natural antipathy to books— handicraft should be the basis of education.

모든 학교에 작업장이 있어서, 하루에 한 시간씩 아이들에게 단순한 장식 미술을 가르칠 수 있으면 좋겠다. 그 시간은 아이들에게 아주 소중한 시간이 될 것이다.

I would have a workshop attached to every school, and one hour a day given up to the teaching of simple decorative arts. It would be a golden hour to the children.

학교는 모든 도시와 마을에서 가장 아름다운 장소가 되어야 한다. 너무나 아름다워서, 의무를 다하지 않은 아이들에게 다음 날 학교 가는 걸 금지하는 것이 그들에게 내리는 벌이 되게 해야 한다.

A school should be the most beautiful place in every town and village — so beautiful that the punishment for undutiful children should be that they should be debarred from going to school the following day.

좋은 박물관은, 책이나 강의가 십 년 걸려 가르쳐 줄 수 있는 것보다 더 많은 걸 일 년 만에 그대들의 장인(匠人)들에게 가르쳐 줄 수 있을 것입니다.

A good museum would teach your artisans
more in one year that they would learn by
means of books or lectures in ten years.

나는 아이의 교육을 위한 요소로서의 예술의 필요성과 무언
가에 관해 '생각하지' 않고 무언가를 '할 때' 어떻게 지식이
저절로 습득되는지에 대해 이야기했다.

I spoke of the necessity of art as the factor of
a child's education, and how all knowledge
comes in doing something not in thinking
about it.

예술의 목적은 단지 분위기를 조성하는 것이다. 그런 삶의 방
식이 비실용적인 것일까? 아! 비실용적으로 산다는 게 무지
한 속물이 생각하는 것만큼 그리 쉬운 일이 아니다. 그게 쉬
운 일이었다면 영국으로서는 잘된 일이었을 것이다. 세상에
서 영국만큼 비실용적인 사람들을 간절히 필요로 하는 나라
는 없기 때문이다. 이 나라는 실용성과 끊임없이 결부되면서
생각이 점점 비천해지고 있다. 말 많은 정치인, 요란한 사회
개혁가, 자신과 운명을 같이하는 공동체의 중요하지 않은 일
부 집단의 고통으로 눈이 먼 편협하고 불쌍한 사제처럼 실존
의 긴장과 혼란 속에서 살아가는 사람들 중에 그 어떠한 치우
침도 없이 지적 판단을 내릴 수 있다고 진지하게 주장할 이가

있을까? 모든 직업은 편견에 물들어 있고, 사람들은 출세하기 위해 어느 한쪽 편에 서도록 강요받는다. 우리는 과도하게 일하면서 제대로 교육받지 못하는 시대에 살고 있다. 사람들은 너무나 부지런한 나머지 완전히 바보가 되고 만다. 내 말이 가혹하게 들릴지 모르지만, 그들에게 이러한 비운은 마땅하다고밖에 할 수 없다. 삶에 관해 무지해지기 위한 확실한 방법은, 자신을 유용한 존재로 만들려고 노력하는 것이다.

The aim of art is simply to create a mood. Is such a mode of life unpractical? Ah! it is not so easy to be unpractical as the ignorant Philistine imagines. It were well for England if it were so. There is no country in the world so much in need of unpractical people as this country of ours. With us, Thought is degraded by its constant association with practice. Who that moves in the stress and turmoil of actual existence, noisy politician, or brawling social reformer, or poor narrow-minded priest blinded by the suffering of that unimportant section of the community among whom he has cast his lot, can seriously claim to be able to form a disinterested intellectual judgement about any one thing? Each of the professions means a prejudice. The necessity for a career forces every one to take sides. We live in

the age of the overworked, and the under-
educated; the age in which people are so
industrious that they become absolutely stupid.
And, harsh though it may sound, I cannot help
saying that such people deserve their doom.
The sure way of knowing nothing about life is
to try to make oneself useful.

진지함은 생각이 얄팍한 사람들의 유일한 도피처다.

Seriousness is the only refuge of the shallow.

무지한 사람의 영혼 속에는 언제나 위대한 생각을 위한 자리
가 마련돼 있다.

In the soul of one who is ignorant there is
always room for a great idea.

신들의 눈에 비친 바보와 인간의 눈에 비친 바보는 아주 다르
다는 사실을 기억하기를. 신들이 조롱하거나 가혹하게 다루
는 진정한 바보는 자기 자신을 알지 못하는 사람이다.

Remember that the fool in the eyes of the

gods and the fool in the eyes of man are very different. The real fool, such as the gods mock or mar, is he who does not know himself.

잭: 똑똑한 건 정말 신물이 나. 요즘엔 죄다 똑똑해서 말이지. 어딜 가도 똑똑한 사람들 천지라니까. 마치 공공의 짜증 유발자들 같아. 바보 같은 사람들도 좀 있었으면 좋겠어.

알저넌: 그런 사람들이 있지.

잭: 정말 만나 보고 싶군. 그런데 그 사람들은 무슨 얘기를 하지?

알저넌: 바보 같은 사람들 말인가? 물론 똑똑한 사람들에 대한 얘기를 하지.

잭: 정말 바보 같군!

JACK: I am sick to death of cleverness. Everybody is clever nowadays. You can't go anywhere without meeting clever people. The thing has become an absolute public nuisance. I wish to goodness we had a few fools left.

ALGERNON: We have.

JACK: I should extremely like to meet them. What do they talk about?

ALGERNON: The fools? Oh! About the clever people, of course.

JACK: What fools!

그녀는 그가 무지하기 때문에 친절하리라고 생각했다. 친절
이 상상력과 지성을 요하는 것임을 알지 못했기 때문이다.

She thought that, because he was stupid, he
would be kindly, when, of course, kindliness
requires imagination and intellect.

도덕적이거나 부도덕한 생각 같은 건 없다. 부도덕한 감정이
있을 뿐이다.

There is no such thing as morality or
immorality in thought. There is immoral
emotion.

우리는 본색이 드러나기 전까지는 모두 결백하다.

We are all innocent until we are found out.

미덕은 언덕 위에 세워진 도시 같아서 결코 숨길 수 없다. 우
리의 악덕들은 애써 감출 수 있지만—적어도 얼마간은—미덕
은 언젠가는 드러나기 마련이다.

A virtue is like a city set upon a hill — it cannot

be hid. We can conceal our vices if we care
to — for a time at least — but a virtue will out.

오, 요즘엔 잘난 척하는 사람들이 착한 척하며 사교계를 주름
잡고 다니죠. 그 바람에 나쁜 척하는 게 오히려 상냥하고 겸손
해 보이는 것 같더군요. (……) 당신이 착한 척하면, 세상 사람
들은 당신을 매우 진지하게 대해요. 하지만 당신이 나쁜 척하
면 그렇지 않죠. 그런 게 바로 낙천주의의 놀라운 어리석음 아
니겠어요?

Oh, nowadays so many conceited people
go about Society pretending to be good, that
I think it shows rather a sweet and modest
disposition to pretend to be bad. (……) If you
pretend to be good, the world takes you very
seriously. If you pretend to be bad, it doesn't.
Such is the astounding stupidity of optimism.

어쨌든 우리가 반드시 이행해야만 하는 의무는 오래된 거짓
말의 기술을 되살리는 것이다. 대중 교육의 측면에서는, 가족
적 모임이나 점심 문학 모임 그리고 오후의 차 모임 등의 거
짓말 애호가들에게서 많은 걸 기대해 볼 수 있다. 하지만 그
건 단지 크레타 섬의 만찬회에서나 들을 수 있음 직한, 거짓말
의 경쾌하고 우아한 측면일 뿐이다. 그 밖에도 많은 형태의 거

짓말이 존재한다. 예컨대 최근엔 다소 경시되는 경향이 있기는 하지만, 즉각적으로 개인적 이익을 얻기 위한 목적의 거짓말—대개 도덕적 목적의 거짓말이라고 불리는—은 고대 세계에서는 지극히 대중적으로 통용됐다. 윌리엄 모리스의 표현에 따르면, 아테나 여신은 오디세우스가 '꾀바르게 꾸며 낸 이야기'를 들려주자 가만히 미소를 지어 보였다. (……) 좀 더 시간이 흐르자, 처음에는 단순히 자연스러운 본능이었던 것이 의식적 학문으로 승격되기에 이르렀다. 사람들을 안내하기 위한 상세한 규칙들이 정해졌으며, 거짓말을 중심으로 중요한 문학 유파가 생겨나기도 했다. 사실 거짓말이 지닌 전반적 문제에 관한 산체스의 훌륭한 철학적 논문을 떠올릴 때마다 지금까지 그 위대한 궤변가가 남긴 저서의 대중적 요약본을 아무도 출간할 생각을 하지 않았다는 게 너무나 아쉽다. 『언제 어떻게 거짓말을 하나』라고 이름 붙은 간편한 입문서가 매력적이면서도 별로 비싸지 않게 출간된다면 큰 인기를 얻는 건 물론이고, 진지한 사고를 하는 수많은 사람들에게 매우 현실적인 도움을 줄 수 있을 것이다. 가정 교육의 기본이 되는, 아이들의 발전을 위한 거짓말은 지금도 여전히 통용된다. 플라톤의 『국가』 전반부에 그러한 거짓말의 장점들이 아주 잘 서술돼 있기 때문에, 여기서 새삼 길게 설명할 필요는 없을 듯하다. 훌륭한 어머니라면 누구나 삶의 한 방식으로서의 거짓말에 대한 특별한 능력을 지니고 있는데, 이는 아직 더 발전시킬 여지가 남아 있다. 교육 위원회에서 그러한 사실을 간과하고 있다는 건 무척 유감스러운 일이다. 물론 직장에서 월급을 받기 위해 거짓말하는 건 플리트 가(街) 같은 곳에서는 익히 알려진 사실이다. 정치 논설위원이라는 직업은 거짓말의 이점과 별개일 수 없다. 하지만 그런 직업은 다소 따분한 것으로 여겨지며 일종의 과시적 무명(無名) 이상은 되지 못한다. 전적으로 비난을 모면할 수 있는 유일한 형태의 거짓말은, 거짓말 자체를 위한 거짓말이다. 그리고 앞서 이미 밝힌 것처럼, 그중에서도 가장 발전된 형태의 거짓말은 예술에서의 거짓말이다. 진실보다 플라톤을 더 사랑하지 않은 사람들이 아카데미의 문지방을 넘을 수 없는 것처럼, 진실보다 아름다움을 더 사랑하지 않는 사람은 예술의 가장 은밀한 성지 안으로 들어갈 수 없다.

What we have to do, what at any rate it is our duty to do, is to revive this old art of Lying. Much of course may be done, in the way of educating the public, by amateurs in the domestic circle, at literary lunches, and at afternoon teas. But this is merely the light and graceful side of lying, such as was probably heard at Cretan dinner-parties. There are many other forms. Lying for the sake of gaining some immediate personal advantage, for instance — lying with a moral purpose, as it is usually called — though of late it has been rather looked down upon, was extremely popular with the antique world. Athena laughs when Odysseus tells her "his words of sly devising", as Mr William Morris phrases it. (······)

Later on, what at first had been merely a natural instinct was elevated into a self-conscious science. Elaborate rules were laid down for the guidance of mankind, and an important school of literature grew up round the subject. Indeed, when one remembers the excellent philosophical treatise of Sanchez on the whole question, one cannot help regretting that no one has ever thought of publishing a cheap and condensed edition of the works of that great casuist. A short primer, "When To Lie and How", if brought out in an attractive and not too expensive a form, would no doubt command a large sale, and would prove of real practical service to many earnest and deep-thinking people. Lying for the sake of the improvement of the young, which is the basis of home education, still lingers amongst us, and its advantages are so admirably set forth in the early books of Plato's Republic that is unnecessary to dwell upon them here. It is a mode of living for which all good mothers have peculiar capabilities, but it is capable of still further development, and has been sadly overlooked by the School Board. Lying for the sake of a monthly salary is of course

well known in Fleet Street, and the profession
of a political leader-writer is not without its
advantages. But it is said to be a somewhat dull
occupation, and it certainly does not lead to
much beyond a kind of ostentatious obscurity.
The only form of lying that is absolutely
beyond reproach is Lying for its own sake, and
the highest development of this is, as we have
already pointed out, Lying in Art. Just as those
who do not love Plato more than Truth cannot
pass beyond the threshold of the Academe, so
those who do not love Beauty more than Truth
never know the inmost shrine of Art.

미국의 천박한 상업주의, 물질주의, 사물의 시적 측면에 대한
무관심, 실현 불가능한 고귀한 이상과 상상력의 결여는 전적
으로 그 나라가 거짓말을 할 줄 모르는—스스로의 고백에 의
하면—사람을 국민 영웅으로 내세운 데에 기인한다. 조지 워
싱턴과 벚나무에 관한 이야기는 문학 전체를 통틀어 어떤 도
덕적인 이야기보다 더 짧은 시간에 훨씬 큰 해악을 끼쳤다고
해도 결코 과언이 아니다. 그리고 이 모든 것 중에서 가장 흥
미로운 부분은 벚나무 일화가 철저하게 꾸며 낸 이야기라는
사실이다.

The crude commercialism of America,

its materializing spirit, its indifference to the poetical side of things, and its lack of imagination and of high unattainable ideas, are entirely due to that country having adopted for national hero a man who, according to his own confession, was incapable of telling a lie, and it is not too much to say that the story of George Washington and the cherry-tree has done more harm, and in a shorter space of time, than any other moral tale in the whole of literature. And the amusing part of the whole thing is that the story of the cherry-tree is an absolute myth.

우리의 미덕은 대부분 위장된 악덕에 불과하다.

Our virtues are most frequently but vices disguised.

나는 악한 사람들을 순식간에 선한 사람들로 바꿔 놓는 이런 현대적 열기에 동조할 수 없다. 사람은 뿌린 대로 거둬야 하는 법이다.

I am not in favour of this modern mania for turning bad people into good people at a moment's notice. As a man sows so let him reap.

선하다는 사람들이 세상에 커다란 해를 끼칠까 봐 걱정돼요. 그들이 끼치는 가장 커다란 해악은 악함을 엄청나게 중요한 것으로 부각시킨다는 거예요.

Do you know I am afraid good people do a great deal of harm in this world. Certainly the greatest harm they do is that they make badness of such extraordinary importance.

그리스도를 이처럼 가슴 뛰게 하는 모험담의 주인공으로 만든 것은, 바로 그리스도 자신의 상상력이다. 시적 연극과 발라드의 기이한 인물들은 다른 사람들의 상상력으로 만들어지지만, 나사렛의 예수는 전적으로 자신의 상상력으로 스스로를 창조해 냈다. 이사야의 외침은 사실 예수가 세상에 온 것과는 아무런 상관이 없다. 나이팅게일의 노랫소리가 달이 뜨는 현상과 아무 상관 없듯이. 그는 예언의 확언이면서 동시에 부정(否定)이었다. 그는 하나의 소망을 이루어 낼 때마다 또 다른 소망을 하나씩 파괴했다. 베이컨은 모든 아름다움에는 '어떤 기이한 균형'이 존재한다고 말하며, 그리스도는 정신으로부터 태어난 사람들, 즉 그 자신처럼 역동적인 힘과 같은 사람들에 관해, 그들은 '종잡을 수 없이 불어, 그 소리를 들어도 어디

에서 오는지 또 어디로 가는지 알 길 없는 바람'과 같다고 이
야기했다. 이것이 바로 그가 예술가들을 그토록 매혹하는 이
유다. 그는 삶이 포함하는 모든 색깔의 요소들을 지니고 있다.
신비함, 기이함, 파토스, 암시, 황홀경, 사랑. 그는 경이감을 느
낄 줄 아는 기질에 말을 걸고, 그가 이해될 수 있는 유일한 분
위기를 만들어 낸다.

It is the imaginative quality of Christ's own
nature that makes him this palpitating centre of
romance. The strange figures of poetic drama
and ballad are made by the imagination of
others, but out of his own imagination entirely
did Jesus of Nazareth create himself. The cry
of Isaiah had really no more to do with his
coming than the song of the nightingale has
to do with the rising of the moon — no more,
though perhaps no less. He was the denial as
well as the affirmation of prophecy. For every
expectation that he fulfilled, there was another
that he destroyed. In all beauty, says Bacon,
there is 'some strangeness of proportion', and
of those who are born of the spirit, of those,
that is to say, who like himself are dynamic
forces, Christ says that they are like the wind
that 'bloweth where it listeth and no man can
tell whence it cometh or whither it goeth'.

That is why he is so fascinating to artists. He
has all the colour-elements of life: mystery,
strangeness, pathos, suggestion, ecstasy, love.
He appeals to the temper of wonder, and
creates that mood by which alone he can be
understood.

사실 그리스도의 자리는 시인들 옆이야. 그의 모든 인류관(人
類觀)은 바로 상상력에서 비롯된 것이고, 오직 상상력에 의해
서만 실현될 수 있기 때문이지. 그리스도에게 인간의 의미는
범신론자에게 하느님의 의미와 같아. 그리스도는 갈라진 인
종들을 하나의 통일체로 간주한 최초의 인물이었어. 그가 등
장하기 전에는 신과 인간 들이 존재했지. 오직 그만이 삶의 저
높은 곳에는 하느님과 인간이 존재할 뿐이라는 것을 깨달았
던 거야. 그리고 신비로운 공감을 통해 자기 안에서 그 각각
의 존재가 구현되는 걸 느끼며, 그때그때 기분에 따라 자신을
'유일신의 아들'이나 인간의 아들이라고 불렀지. 그는 역사상
어느 누구보다도, 모험담이 언제나 호소(號召)했던 경이감을
느낄 줄 아는 기질을 우리 안에 생겨나게 했어. 나는 지금도,
젊은 갈릴리의 농부가 자신의 양어깨 위에 온 세상의 짐을 짊
어질 수 있다고 생각했다는 게 도무지 믿기지 않아. 이미 저질
러진 악행들과 존재했던 고통들. 앞으로 저질러질 악행들과
존재할 고통들. 네로와 체사레 보르자, 알렉산데르 6세가 저
지른 죄악들. 로마의 황제였고 태양의 사제였던 이의 악행들.
'군대'라는 이름으로 무덤 사이에서 사는 이들의 고통. 억압

당하는 민족들. 공장에서 혹사당하는 아이들. 도둑들, 죄수들, 소외된 사람들. 탄압 속에서 말을 잃어버려, 오직 하느님만이 그 침묵을 들을 수 있는 사람들. 그리스도는 이 모든 짐을 대신 짊어지는 걸 상상했을 뿐만 아니라, 실제로 그것을 실행에 옮겼던 거야. 그래서 그와 접촉했던 사람들은──비록 그의 제단에 절을 하거나 그의 사제 앞에서 무릎을 꿇지 않더라도── 즉각적으로 자신들이 저지른 죄악의 추함이 사라져 버리고, 자신들이 겪은 고통의 아름다움이 눈앞에 모습을 드러내는 걸 발견하게 되지.

Christ's place indeed is with the poets. His whole conception of Humanity sprang right out of the imagination and can only be realized by it. What God was to the Pantheist, man was to him. He was the first to conceive the divided races as a unity. Before his time there had been gods and men. He alone saw that on the hills of life there were but God and Man, and, feeling through the mysticism of sympathy that in himself each had been made incarnate, he calls himself the Son of the One or the son of the other, according to his mood. More than anyone else in history he wakes in us that temper of wonder to which Romance always appeals. There is still something to me almost incredible in the idea of a young Galilean peasant imagining that he could bear on his shoulders the burden of the entire world: all that had been already done and suffered, and all that was yet to be done and suffered: the sins of Nero, of Caesar Borgia, of Alexander VI, and of him who was Emperor of Rome and Priest of the Sun: the sufferings of those whose name is Legion and whose dwelling is among the tombs, oppressed nationalities, factory children, thieves, people in prison, outcasts, those who are dumb under oppression and whose silence is heard only of God: and not merely imagining this but actually achieving it, so that at the present moment all who come in contact with his personality, even though they may neither bow to his altar nor kneel before his priest, yet somehow find that the ugliness of their sins is taken away and the beauty of their sorrow revealed to them.

10 아름다움,
패션과 스타일,
사교계, 음악:

아름다움은 지혜와
마찬가지로
고독한 숭배자를
사랑한다

옷을 잘 입고 매력적으로 보이는 건 필수적인 일이다. 삶의 목표를 가지는 건 필수적인 게 아니다.

Looking good and dressing well is a necessity.
Having a purpose in life is not.

아름다운 것들은 모두 나이가 같다.

All beautiful things belong to the same age.

아름다움은 지혜와 마찬가지로 고독한 숭배자를 사랑한다.

Beauty, like Wisdom, loves the lonely
worshipper.

패션은 자신이 입는 것이다. 다른 사람들이 입는 건 패션이 될 수 없다.

Fashion is what one wears oneself; what is unfashionable is what other people wear.

패션은 참을 수 없을 만큼 추한 것의 한 형태에 불과하기 때문에, 우리는 육 개월마다 그것을 바꿔야만 한다.

Fashion is merely a form of ugliness so unbearable that we are compelled to alter it every six months.

런던의 저녁 식탁을 지배할 수 있는 남자는 세상을 지배할 수 있다. 미래는 댄디의 것이다. 멋쟁이들이 세상을 다스릴 것이다.

A man who can dominate a London dinner-table can dominate the world. The future belongs to the dandy. It is the exquisites who are going to rule.

아주 맵시 있는 드레스 차림의 그녀는, 특별히 영국 시장을 겨냥한 사악한 프랑스 소설의 호화판처럼 보인다.

When she is in a very smart gown, she looks like an edition de luxe of a wicked French novel meant specially for the English market.

아름다움을 향한 욕망은 단지 삶을 향한 욕망의 고양된 형태일 뿐이다.

The desire for beauty is merely a heightened form of the desire for life.

알다시피 우리 가난한 예술가들도 이따금씩 사교계에 얼굴을 내밀어 줘야 합니다. 우리가 미개인이 아니라는 사실을 사람들에게 상기시키기 위해서 말이죠.

You know we poor artists have to show ourselves in society from time to time, just to remind the public that we are not savages.

결과물이 아름다우면 방법은 아무래도 상관없다.

When the result is beautiful, the method is justified.

한 사람의 스타일은 언제나 그의 서명을 대신한다.

One's style is one's signature always.

최고의 스타일은 의식적인 목적보다 무의식적인 결과처럼 보이는 것이다.

The best style is that which seems an unconscious result rather than a conscious aim.

제럴드: 전 멋진 옷을 입는 걸 무지 좋아해요. 하지만 남자는 옷에 대해 지나치게 신경을 쓰면 안 된다고들 하던데요.
일링워스 경: 요즘 사람들은 너무 피상적이라서 외모의 철학을 이해하지 못해. 그런데 제럴드, 자넨 넥타이를 더 잘 매는 법을 배워야겠네. 기분을 내고 싶을 때는 단춧구멍에 꽃을 꽂는 것만 한 게 없지. 하지만 넥타이를 맬 때 필수적인 건 스타일이야. 인생에서 첫 번째로 진지한 단계는 넥타이를 잘 매는 것이라는 말이지.

GERALD: I should like to wear nice things awfully, but I have always been told that a man should not think too much about his clothes.
LORD ILLINGWORTH: People nowadays are so absolutely superficial that they don't

understand the philosophy of the superficial. By the way, Gerald, you should learn how to tie your tie better. Sentiment is all very well for the buttonhole. But the essential thing for a necktie is style. A well-tied tie is the first serious step in life.

넥타이를 매거나 지팡이를 짚는 방식 속에는 인생에 대한 그 사람의 모든 소신이 담겨 있다.

In the mode of the knotting of one's necktie or the conduct of one's cane there is an entire creed of life.

사회라는 것, 적어도 문명사회는 부유하며 매력적인 사람들에 대한 추문을 결코 믿으려 하지 않는다. 문명사회는 본능적으로 매너가 도덕보다 중요하다고 느끼며, 고귀한 품위를 지키는 것보다 훌륭한 요리사를 데리고 있는 게 더 중요하다고 생각한다. 사실 형편없는 만찬이나 싸구려 포도주를 대접한 사람이 사생활 면에서 나무랄 데 없다는 말을 듣는 건 아무런 위안이 되지 못한다. 인간에게 가장 중요한 덕목조차도 식어 빠진 앙트레가 끼친 해악을 보상할 수 없다.

Society, civilized society at least, is never very

ready to believe anything to the detriment of those who are both rich and fascinating. It feels instinctively that manners are of more importance than morals, and, in its opinion, the highest respectability is of much less value than the possession of a good chef. And, after all, it is a very poor consolation to be told that the man who has given one a bad dinner, or poor wine, is irreproachable in his private life. Even the cardinal virtues cannot atone for half-cold *entrées*.

고링 경: 방문해 주셔서 기쁩니다. 부인께 좋은 충고를 하나 해 드릴까 합니다.
취블리 여사: 오, 그러지 마세요! 여자에겐 저녁에 입을 수 없는 건 어떤 것도 주어서는 안 돼요.

LORD GORING: I am glad you have called. I am going to give you some good advice.
MRS CHEVELEY: Oh! Pray don't. One should never give a woman anything that she can't wear in the evening.

사람들이 역사라고 부르는, 피비린내 나는 살육과 야만적인 싸움의 기록이나 사람들이 지리라고 부르는, 아무도 가 볼 생각을 하지 않는 곳들의 위도나 경도를 가르치는 대신, 아이들에게 아름다움을 선사하십시오.

> Give children beauty, not the record of bloody slaughters and barbarous brawls, as they call history, or of the latitude and longitude of places nobody cares to visit, as they call geography.

착한 것보다 아름다운 것이 낫다. 그러나 못생긴 것보다는 착한 것이 낫다.

> It is better to be beautiful than to be good. But it is better to be good than to be ugly.

아름다움은 상징 중의 상징이다. 또한 아름다움은 아무것도 표현하지 않기 때문에 모든 것을 드러내 보여 준다. 아름다움이 우리에게 자신을 보여 준다면, 온통 불타는 것 같은 세상을 보여 주게 될 것이다.

> Beauty is the symbol of symbols. Beauty reveals everything, because it expresses nothing. When it shows us itself, it shows us

the whole fiery-coloured world.

사교계에 대해 절대 무례하게 이야기하지 마라. 사교계에 들어갈 수 없는 사람들만 그렇게 말하는 거야.

Never speak disrespectfully of society. Only people who can't get into it do that.

나는 런던 사교계가 아주 마음에 들어요! 굉장히 개선되었다고 생각해요. 런던 사교계는 아름다운 멍청이들과 재기 넘치는 미치광이들로 이루어져 있죠. 사교계라면 응당 그래야 하는 것처럼.

I love London Society! I think it has immensely improved. It is entirely composed now of beautiful idiots and brilliant lunatics. Just what Society should be.

다른 사람들은 정말 끔찍하다. 유일하게 가능한 사교계는 자기 자신뿐이다.

Other people are quite dreadful. The only possible society is oneself.

제럴드: 그런데 사교계에 입문하는 건 어렵지 않나요?

일링워스 경: 요즘 최고의 사교계에 입문하려면 사람들을 대접하든지, 즐겁게 해 주든지, 충격을 줘야만 하네. 그렇게만 하면 돼.

제럴드: 사교계는 정말 근사하고 재미있을 것 같아요!

일링워스 경: 사실 사교계는 따분하기 그지없는 곳이야. 하지만 거기에서 축출당하는 건 비극이지. 사교계는 필수라네. 하지만 자신을 뒷받침해 줄 여자가 없으면 사교계에서 절대 성공하지 못해. 사교계를 지배하는 건 여자거든. 여자를 자네 편으로 만들지 못하면 자넨 끝난 거야. 그 즉시 변호사나 주식 중개인, 저널리스트가 되는 길을 알아보는 게 나을 거야.

GERALD: But it is very difficult to get into society, isn't it?

LORD ILLINGWORTH: To get into the best society, nowadays, one has either to feed people, amuse people, or shock people — that is all.

GERALD: I suppose society is wonderfully delightful!

LORD ILLINGWORTH: To be in it is merely a bore. But to be out of it is simply a tragedy. Society is a necessary thing. No man has any real success in this world unless he has got women to back him, and women rule society. If you have not got women on your side you

are quite over. You might just as well be a
barrister, or a stockbroker, or a journalist at
once.

쇼팽을 연주하고 나니까 마치 내가 저지른 적도 없는 죄들을
뉘우치면서 눈물을 흘리는 것 같고, 내 일이 아닌 비극을 슬퍼
하는 것처럼 느껴져서 말이지. 내게 음악은 언제나 이런 효과
를 불러일으키는 것 같아. 음악은 누군가에게 자신이 몰랐던
과거를 만들어 내고, 눈물에 들키지 않았던 슬픔의 감정으로
누군가를 채우기도 하지.

After playing Chopin, I feel as if I had been
weeping over sins that I had never committed,
and mourning over tragedies that were not my
own. Music always seems to me to produce
that effect. It creates for one a past of which
one has been ignorant and fills one with a
sense of sorrows that have been hidden from
one's tears.

음악을 하는 사람들은 터무니없이 비합리적이다. 그들은 우
리가 완전히 귀머거리가 되고 싶어 할 때마다, 우리가 철저히
벙어리가 되기를 바란다.

Musical people are so absurdly unreasonable. They always want one to be perfectly dumb at the very moment when one is longing to be absolutely deaf.

나는 다른 누구의 음악보다 바그너의 음악을 좋아한다. 음악이 어찌나 시끄러운지 다른 사람한테 안 들리게 하면서 내내 떠들 수 있기 때문이다.

I like Wagner's music better than anybody's. It is so loud that one can talk the whole time without other people hearing what one says.

나는 음악이 연주되는 동안, 적어도 훌륭한 음악이 연주되는 동안에는 말을 하지 않는다. 그러나 하찮은 음악이 들리면, 대화 속에 그 음악을 묻어 버리는 게 우리의 의무다.

I never talk during music — at least, during good music. If one hears bad music, it is one's duty to drown it in conversation.

중요하지 않은 모든 문제에서 필수적인 것은 성실성이 아닌 스타일이다. 중요한 모든 문제에 있어서도 필수적인 것은 성실성이 아닌 스타일이다.

In all unimportant matters, style, not sincerity, is the essential. In all important matters, style, not sincerity, is the essential.

의상은 성장이고 발전이며, 각 세기의 매너와 관습과 삶의 방식을 보여 주는 아주 중요한, 어쩌면 가장 중요한 표지(標識)일 것이다.

Costume is a growth, an evolution, and a most important, perhaps the most important, sign of the manners, customs, and mode of life of each century.

언젠가 자네가 말한 대로, 이브닝코트에 흰색 넥타이 차림이라면 누구라도, 심지어 주식 중개인조차도 교양을 갖췄다는 평판을 얻을 수 있지.

With an evening coat and a white tie, as you told me once, anybody, even a stockbroker, can gain a reputation for being civilized.

그래요, 어니스트. 당신은 정말 멋진 취향을 갖고 있어요. 그래서 내가 당신의 그런 방탕한 생활을 늘 용서해 주는 거예요.

Yes, you've wonderfully good taste, Ernest. It's the excuse I've always given for your leading such a bad life.

댄디즘은 아름다움이 지닌 완벽한 현대성의 확언이다.

Dandyism is the assertion of the absolute modernity of Beauty.

그리스인의 드레스는 본질적으로 비예술적이었다. 몸 외에 그 무엇도 몸을 드러내 보여서는 안 된다.

Greek dress was in its essence inartistic. Nothing should reveal the body but the body.

오늘날에는 자기가 입고 싶은 대로 옷을 입으면 가식적이라는 말을 듣는다. 하지만 그런 사람은 그렇게 함으로써, 완벽하게 자연스러운 방식으로 행동하는 것이다. 이런 문제에서 '가식'은 다른 사람의 관점에 따라 옷을 입는 걸 말한다. 다른 사람의 관점은 곧 대중의 관점이기 때문에 지극히 어리석기 마련이다.

A man is called affected, nowadays, if he dresses as he likes to dress. But in doing that he is acting in a perfectly natural manner. Affectation, in such matters, consists in dressing according to the views of one's neighbor, whose views, as they are the views of the majority, will probably be extremely stupid.

모든 의상은 캐리커처다.

All costumes are caricatures.

제대로 된 모든 의류 용품은 남녀 모두에게 똑같이 속한다. 오로지 여성만을 위한 의복 같은 건 어디에도 없다.

Every right article of apparel belongs equally to both sexes, and there is absolutely no such thing as a definitely feminine garment.

왕당파와 청교도는 그들의 신념이 아닌 그들의 의상 때문에 흥미롭다.

Cavaliers and Puritans are interesting for their costumes, not their convictions.

정말로 잘 만든 단춧구멍은 예술과 자연 사이의 유일한 연결 고리다.

A really well-made buttonhole is the only link between Art and Nature.

아름다움, 진정한 아름다움은 지적 표정이 시작되는 데서 끝 난다. 지성은 그 자체가 과장의 한 방식이며, 어떤 얼굴에서든 그 조화로움을 망가뜨리고 만다. 생각하기 위해 자리에 앉는 순간, 사람은 코만 보이거나 이마만 보이거나 끔찍한 무언가 로 변해 버린다.

Beauty, real beauty, ends where an intellectual expression begins. Intellect is in itself a mode of exaggeration, and destroys the harmony of any face. The moment one sits down to think, one becomes all nose, or all forehead, or something horrid.

제한하고 강요하고 훼손하는 건 무엇이든지 근본적으로 추한 것이다. 많은 사람들이 관습 탓에 눈이 멀어 그것의 유행이 지날 때까지 그 추함을 알아차리지 못하는 것뿐이다.

Whatever limits, constrains, and mutilates is essentially ugly, though the eyes of many are so blinded by custom that they do not notice the ugliness till it has become unfashionable.

아름다움은 천재성의 한 형태다. 아니, 천재성보다 한 수 위라고 할 수 있다. 아름다움은 설명이 필요 없기 때문이다. 아름다움은 세상의 위대한 사실—햇빛이나 봄날, 또는 우리가 달이라고 부르는 저 은빛 조가비가 어두운 수면 위에 비친 모습과 같은—중 하나다. 아름다움은 의문의 대상이 될 수 없다. 아름다움은 그만의 신성한 주권을 가지고 있다. 아름다움을 지닌 이들은 그것만으로 왕자가 될 수 있다. 사람들은 종종 아름다움이 피상적인 것일 뿐이라고 말한다. 어쩌면 그럴지도 모른다. 그러나 아름다움은 '생각'만큼 그렇게 피상적이지 않다. 아름다움은 세상에서 가장 경이로운 것이다. 겉모습으로 판단하지 않는 건 생각이 얕은 사람들뿐이다. 세상의 진정한 신비는 '눈에 보이지 않는 것'이 아니라 '눈에 보이는 것'이다.

Beauty is a form of Genius — is higher, indeed, than Genius, as it needs no explanation. It is of the great facts of the world, like sunlight, or spring-time, or the reflection in dark waters of that silver shell we call the moon. It cannot be questioned. It has its divine right of sovereignty. It makes princes of those who have it. People say sometimes that Beauty is only superficial. That may be so. But at least it is not so superficial as Thought is. Beauty is the wonder of wonders. It is only shallow people who do not judge by appearances. The true mystery of the world is the visible, not the invisible.

나는 정확하게 연주하지는 않지만—정확한 연주는 누구라도 할 수 있다.—음악을 멋지게 표현할 수 있다. 피아노로 말하자면, 내 강점은 감정을 살리는 연주다. 내게 과학은 삶을 위한 것일 뿐이다.

I don't play accurately—any one can play accurately—but I play with wonderful expression. As far as the piano is concerned, sentiment is my forte. I keep science for life.

아름다운 것들 속에서 추한 의미를 발견하는 이들은 매력적이지 않으면서 타락한 사람들이다. 그것은 잘못이다.

아름다운 것들 속에서 아름다운 의미를 발견하는 이들은 교양 있는 사람들이다. 그런 사람들에겐 희망이 있다.
이들처럼 선택받은 사람들에게 아름다운 것들은 오직 아름다움만을 의미한다.

Those who find ugly meanings in beautiful things are corrupt without being charming. That is a fault.

Those who find beautiful meanings in beautiful things are the cultivated. For these there is hope.

They are the elect to whom beautiful things mean only Beauty.

11 역사와 종교, 국가와 사회, 정의와 죄악:

부주의는 범죄만큼이나
많은 문제를 일으킨다네,
친구

종교는 눈먼 사람이 캄캄한 방에서 그곳에는 없는 검은 고양이를 찾아 헤매다가 그것을 발견하는 것과 같다.

Religion is like a blind man looking in a black room for a black cat that isn't there, and finding it.

세계사의 커다란 사건들은 인간의 머릿속에서 일어나는 것이라고 한다. 세상의 커다란 죄악들 또한 인간의 머릿속, 오로지 인간의 머릿속에서 잉태되는 것이다.

It has been said that the great events of the world take place in the brain. It is in the brain, and the brain only, that the great sins of the world take place also.

광신자가 지닌 최악의 악덕은 그의 진실성이다.

The worst vice of a fanatic is his sincerity.

아름다운 죄악은 다른 아름다운 것들처럼 부자들의 특권이다.

Beautiful sins, like beautiful things, are the privilege of the rich.

자신의 영혼을 잃는다면 온 세상을 얻는 게 무슨 소용이 있겠는가?

What does it profit a man if he gain the whole world and lose his own soul?

시골에서는 누구나 선한 사람이 될 수 있다. 그곳에는 아무런 유혹이 없다. 도시 바깥에 사는 사람들이 그처럼 문명과 동떨어져 있는 이유가 바로 그것이다. 문명은 결코 성취하기 쉬운 것이 아니다. 인간이 문명 단계에 도달할 수 있는 길은 딱 두 가지뿐이다. 하나는 교양을 쌓는 것이고, 다른 하나는 타락하는 것이다. 시골 사람들에게는 이 두 가지 기회가 없다. 그래서 그들이 정체돼 있는 것이다.

Anybody can be good in the country. There are no temptations there. That is the reason why people who live out of town are so absolutely uncivilized. Civilization is not by any means an easy thing to attain to. There are only two ways by which man can reach it. One is by being cultured, the other is by being corrupt. Country people have no opportunity of being either, so they stagnate.

우리가 역사에 지는 유일한 의무는 역사를 다시 쓰는 것이다.

The one duty we owe to history is to re-write it.

불의보다 나쁜 한 가지는 손에 칼을 쥐고 있지 않은 정의다. 옳은 것이 힘을 갖추지 못하면 악과 다를 바 없다.

There is only one thing worse than Injustice, and that is Justice without her sword in her hand. When Right is not Might, it is Evil.

기원전 몇 세기에 한 현자가 말한 것처럼, 인류를 자유롭게 놔두어야지 통치하려고 해서는 안 된다. 모든 방식의 통치는 결국 실패로 끝날 수밖에 없다. 독재주의는 독재자 자신을 포함해 더 나은 삶을 살 수도 있었을 모두에게 부당하다. 과두제는 다수에게 부당하며, 중우 정치는 소수에게 부당하다. 한때 민주주의에 커다란 희망을 걸었던 적이 있다. 하지만 민주주의는 단지 국민의, 국민에 의한, 국민을 위한 강압적 통치를 의미할 뿐이다.

As a wise man once said many centuries before Christ, there is such a thing as leaving mankind alone; there is no such thing as governing mankind. All modes of government are failures. Despotism is unjust to everybody, including the despot, who was probably made for better things. Oligarchies are unjust to the many, and ochlocracies are unjust to the few. High hopes were once formed of democracy; but democracy means simply the bludgeoning of the people for the people by the people.

사회가 강제하는 공포는 도덕의 토대이며, 신에 대한 두려움은 종교의 비밀이다. 이 두 가지가 우리를 지배한다.

The terror of society, which is the basis of morals, the terror of God, which is the secret of religion — these are the two things that govern us.

죄악은 인간의 얼굴에 스스로의 모습을 새긴다. 죄악은 감춰지는 게 아니다.

> Sin is a thing that writes itself across a man's face. It cannot be concealed.

그런데 당신은 낙관론자인가요, 비관론자인가요? 이것들만이 오늘날 우리에게 남은 단 두 가지 형태의 세련된 종교 같습니다만.

> Are you an optimist or a pessimist? Those seem to be the only two fashionable religions left to us nowadays.

오직 우둔해 보이는 사람들만이 하원에 들어가고, 우둔한 사람들만이 그곳에서 성공을 거둔다.

> only people who look dull ever get into the House of Commons, and only people who are dull ever succeed there.

영혼과 육체가 조금이라도 다르다고 생각하는 사람들은 그 어떤 것도 가지지 않은 것이다.

Those who see any difference between soul and body have neither.

세상에는 세 종류의 독재자가 존재한다. 먼저, 인간의 신체를 억압하는 독재자가 있다. 그리고 영혼을 억압하는 독재자가 있다. 마지막으로 영혼과 신체를 전부 억압하는 독재자가 있다. 첫 번째 독재자는 군주라고 불린다. 두 번째는 교황을 가리킨다. 그리고 세 번째 독재자는 민중이다.

There are three kinds of despots. There is the despot who tyrannizes over the body. There is the despot who tyrannizes over the soul. There is the despot who tyrannizes over soul and body alike. The first is called the Prince. The second is called the Pope. The third is called the People.

불만은 인간이나 국가가 진보하는 데 필요한 첫 번째 단계다.

Discontent is the first step in the progress of a man or a nation.

애국심은 사악한 자들이 내세우는 미덕이다.

Patriotism is the virtue of the vicious.

인간의 진화는 더디게 진행된다. 그리고 인간은 헤아릴 수 없이 많은 불의를 저지른다.

The evolution of man is slow. The injustice of man is great.

아랫사람들이 우리에게 좋은 본보기를 보여 주지 않는다면, 대체 그들을 어디에 써먹겠는가? 그들은 아랫사람으로서 마땅히 가져야 할 도덕적 책임감이 전혀 없는 것 같단 말이지.

If the lower orders don't set us a good example, what on earth is the use of them? They seem, as a class, to have absolutely no sense of moral responsibility.

고링 경: 난 정치인들이 여는 파티를 무척 좋아합니다. 사람들이 정치를 논하지 않는 유일한 곳이거든요.
바실돈 부인: 난 정치 얘기를 하는 게 즐거워요. 정치 얘기라면 하루 종일이라도 할 수 있죠. 하지만 정치 얘기를 듣는 건

견딜 수 없어요. 의회에 있는 불쌍한 의원들이 그토록 긴 토론을 어떻게 견디는지 정말 모르겠다니까요.

고링 경: 그 사람들은 남의 얘긴 절대 듣지 않거든요.

LORD GORING: I adore political parties. They are the only place left to us where people don't talk politics.

LADY BASILDON: I delight in talking politics. I talk them all day long. But I can't bear listening to them. I don't know how the unfortunate men in the House stand these long debates.

LORD GORING: By never listening.

사회는 개인에게 끔찍한 형벌을 가할 권리를 휘두르지만 피상적이라는 최고의 악덕을 지니고 있고, 자신이 무슨 짓을 했는지도 깨닫지 못한다. 누군가를 벌주는 일이 끝나면, 사회는 그에게 더 이상 아무런 관심을 갖지 않는다. 이를테면 그를 향한 사회의 가장 큰 의무가 시작되는 순간에, 그를 내팽개치는 것이다.

Society takes upon itself the right to inflict appalling punishments on the individual, but it also has the supreme vice of shallowness, and fails to realize what it has done. When the man's punishment is over, it leaves him to himself: that is to say it abandons him at the very moment when its highest duty towards him begins.

세계사에서 의미 있는 시대는 단 둘뿐이다. 첫 번째는 예술의 새로운 매체가 등장했을 때고, 두 번째는 마찬가지로 예술을 위한 새로운 인물이 나타났을 때다.

There are only two eras of any importance in the world's history. The first is the appearance of a new medium for art, and the second is the appearance of a new personality for art also.

모든 권력은 인간의 삶을 심히 격하시킨다. 권력은 그것을 행사하는 사람이나 그 지배를 받는 사람 모두의 삶을 격하시킨다. 권력은 폭력적이고 거칠고 잔인하게 사용될 때는 긍정적인 효과를 불러일으킨다. 그 권력을 말살시킬 개인주의와 반항 정신을 생겨나게 하거나 밖으로 끄집어내기 때문이다. 반면에 권력이 상과 보상을 제공하면서 유하게 사용될 때는 무서울 정도로 절망적이다. 그런 경우, 사람들은 자신에게 가해지는 끔찍한 압박을 제대로 의식하지 못한 채 마치 애완동물처럼 천박한 안락감에 길들여져 살아가게 된다. 자신이 다른 사람들처럼 생각하고 다른 사람들의 기준에 맞춰 살아가며, 사실상 다른 누군가가 입던 옷일지도 모를 것을 입고 있음을 깨닫지 못하고, 단 한순간도 자기 자신이 되지 못한 채 살아가는 것이다. 한 위대한 사상가는 "자유롭기를 원한다면 순응해서는 안 된다."라는 말을 남겼다. 권력은 사람들에게 순응하라고 꼬드기면서 우리들 사이에 몹시 역겹고 배부른 야만성을 퍼뜨리기 때문이다.

All authority is quite degrading. It degrades those who exercise it, and degrades those over whom it is exercised. When it is violently, grossly and cruelly used, it produces a good effect, by creating, or at any rate bringing out the spirit of revolt and Individualism that is to kill it. When it is used with a certain amount of kindness, and accompanied by prizes and rewards, it is dreadfully demoralizing. People, in that case, are less conscious of the horrible pressure that is being put on them, and so go through their lives in a sort of coarse comfort, like petted animals, without ever realizing that they are probably thinking other people's thoughts, living by other people's standards, wearing practically what one may call other people's second-hand clothes, and never being themselves for a single moment. "He who would be free," says a fine thinker, "must not conform." And authority, by bribing people to

conform, produces a very gross kind of over-
fed barbarism amongst us.

우리가 인간의 본성에 관해 유일하게 아는 한 가지는 그것이
변한다는 사실이다. 변화는 인간의 본성 중에서 우리가 단언
할 수 있는 유일한 특성이다. 실패하는 모든 제도는 인간 본성
의 성장과 발전이 아니라 그 영속성에 근거를 둔 것이다. 루이
14세의 잘못은 인간의 본성이 언제나 변함없으리라고 생각했
던 것이다. 그의 잘못이 불러온 결과는 프랑스 대혁명으로 나
타났다. 그것은 지극히 감탄스러운 결과였다. 잘못된 통치 아
래에서는 언제나 매우 감탄스러운 결과가 초래된다.

The only thing that one really knows about
human nature is that it changes. Change is the
one quality we can predicate of it. The systems
that fail are those that rely on the permanency
of human nature, and not on its growth and
development. The error of Louis XIV was that
he thought human nature would always be the
same. The result of his error was the French
Revolution. It was an admirable result. All the
results of the mistakes of governments are quite
admirable.

어린 왕은 한 직공(織工) 옆으로 다가가서 그를 지켜보았다.

그러자 직공은 화가 난 듯 왕을 쏘아보며 말했다. "왜 나를 지켜보는 거요? 우리 주인이 보낸 염탐꾼이오?"

"그대의 주인이 누구인가?" 어린 왕이 물었다.

"우리 주인이라!" 직공은 씁쓸하게 외쳤다. "그는 나하고 똑같은 사람이오. 우리에게 다른 점이 있다면 난 누더기를 걸치고 다니는데 그자는 좋은 옷을 입고, 난 굶어 기운이 없는데 그자는 너무 먹어 탈이 날 지경이라는 것뿐이지."

"여긴 자유로운 나라이고, 그대는 누구의 노예도 아니지 않은가." 어린 왕이 말했다.

그러자 직공이 대답했다. "전시에는 강자가 약자를 노예로 삼고, 평상시에는 부자가 가난한 사람을 노예로 만든다오. 우린 살기 위해 일해야만 하고, 부자들은 우리에게 굶어 죽을 만큼 인색한 임금을 주지. 우린 그들을 위해 온종일 죽도록 일하는데, 그들은 금고에 금을 쌓아 두지. 우리 아이들은 제대로 살아 보지도 못한 채 시들어 가고, 우리가 사랑하는 이들의 얼굴은 무표정하고 사악해지지. 우린 포도를 밟아 으깨지만 정작 포도주를 마시는 건 다른 사람이오. 우린 옥수수 씨를 뿌리지만 우리 식탁은 텅 비어 있지. 우린 눈에 보이지 않는 사슬에 묶여 있는 거나 다름없소. 그러니 사람들이 우리에게 자유롭다고 해도, 우린 결국 노예인 거요."

The young King went over to one of the weavers, and stood by him and watched him. And the weaver looked at him angrily, and said, "Why art thou watching me? Art thou a spy set on us by our master?"

"Who is thy master?" asked the young King.

"Our master!" cried the weaver, bitterly. "He is a man like myself. Indeed, there is but this difference between us — that he wears fine clothes while I go in rags, and that while I am weak from hunger he suffers not a little from overfeeding."

"The land is free," said the young King, "and thou art no man's slave."

"In war," answered the weaver, "the strong make slaves of the weak, and in peace the rich make slaves of the poor. We must work to live, and they give us such mean wages that we die. We toil for them all day long, and they heap up gold in their coffers, and our children fade away before their time, and the faces of those we love become hard and evil. We tread out the grapes, and another drinks the wine. We sow the corn, and our own board is empty. We have chains, though no eye beholds them; and are slaves, though men call us free."

여성들의 영향력이 커지는 건 우리 정치 인생에서 유일하게 안심되는 부분입니다, 캐롤라인 부인. 여성들은 공적으로나 사적으로 항상 도덕 편에 서거든요.

The growing influence of women is the one reassuring thing in our political life, Lady Caroline. Women are always on the side of morality, public and private.

먼머스 공작부인: 종교가 뭐라고 생각하세요?

헨리 경: 요즘 유행하는, 믿음의 대체물이죠.

먼머스 공작부인: 당신은 회의주의자이군요.

헨리 경: 천만에요! 회의주의는 믿음의 시작입니다.

DUCHESS OF MONMOUTH: Religion?

LORD HENRY: The fashionable substitute for Belief.

DUCHESS OF MONMOUTH: You are a sceptic.

LORD HENRY: Never! Scepticism is the beginning of Faith.

종교는 진실임이 입증되는 순간 죽어 버린다. 과학은 죽어 버린 종교들의 기록이다.

Religions die when they are proved to be true. Science is the record of dead religions.

다른 이들을 개종시키는 건 아주 쉽다. 하지만 스스로를 개종시키는 건 아주 어렵다. 자신이 진정으로 믿는 것에 도달하기 위해서는 내가 아닌 다른 사람의 입술로 말해야만 한다. 진실을 알기 위해서는 무수한 거짓을 상상해 봐야 한다.

> It is so easy to convert others. It is so difficult to convert oneself. To arrive at what one really believes, one must speak through lips different from one's own. To know the truth one must imagine myriads of falsehoods.

나는 종교에 관해 생각할 때마다, 믿지 않는 사람들을 위한 교단을 만들고 싶어진다. '고아 형제회' 정도로 부를 수 있을 그곳의 제단 위에는 불을 밝히지도 않은 양초가 있고, 마음에 평화가 깃들지 않은 사제가 축복받지 못한 빵과 포도주도 없는 텅 빈 성배를 가지고 미사를 주관하게 될 것이다. 진실한 것은 무엇이든 종교가 될 수 있어야 한다. 그리고 불가지론(不可知論)도 믿음 못지않게 자신만의 의식을 행해야 한다. 자신의 순교자들을 씨 뿌려 놓았으니 자신의 성인들을 거둬들여야 하는 것이다. 그리고 사람들로부터 자신을 숨긴 신에게 매일 감사 기도를 올려야 한다. 하지만 믿음이나 불가지론 그 어떤 것이든 나와 무관한 외적인 것이어서는 안 된다. 그것의 상징들은 스스로 만들어 내는 것이어야만 한다. 자기 고유의 형태를 만들어 가는 것만이 유일하게 영적인 것이기 때문이다. 내 안에서 그 비밀을 발견할 수 없다면, 난 어디에서도 그것을 찾지 못할 것이다. 내가 이미 가지지 않은 것이라면, 그것은 결코 내게 오지 못할 것이다.

When I think about Religion at all, I feel as if I would like to found an order for those who cannot believe: the Confraternity of the Fatherless one might call it, where on an altar, on which no taper burned, a priest, in whose heart peace had no dwelling, might celebrate with unblessed bread and a chalice empty of wine. Everything to be true must become a religion. And agnosticism should have its ritual no less than faith. It has sown its martyrs, it should reap its saints, and praise God daily for having hidden Himself from man. But whether it be faith or agnosticism, it must be nothing external to me. Its symbols must be of my own creating. Only that is spiritual which makes its own form. If I may not find its secret within myself, I shall never find it. If I have not got it already, it will never come to me.

기도는 결코 응답받아서는 안 된다. 응답을 받으면 기도가 아닌 편지가 되기 때문이다.

Prayer must never be answered: if it is, it ceases to be prayer and becomes correspondence.

신전에서는 숭배받는 것을 제외하고는 모두가 진지해야 한다.

In a Temple everyone should be serious, except the thing that is worshipped.

대다수의 종교적 스승들은 입증할 수 없는 것으로 입증되지 않은 것을 입증하느라 대부분의 시간을 보낸다.

Most religious teachers spend their time trying to prove the unproven by the unprovable.

내게 순교는 회의론의 한 비극적 형태이자, 신념으로 이루지 못한 것을 불로써 실현하기 위한 하나의 시도일 뿐이었다. 진실임을 아는 것을 위해 죽는 사람은 아무도 없다. 인간은 진실이기를 바라는 것이나 그의 마음속의 어떤 두려움이 진실이 아니라고 말하는 것을 위해 목숨을 버리는 법이다.

Martyrdom was to me merely a tragic form of skepticism, an attempt to realize by fire what one had failed to do by faith. No man dies for what he knows to be true. Men die for what they want to be true, for what some terror in their hearts tells them is not true.

그리스도는 그 자신이 하나의 예술 작품과도 같다. 그는 우리에게 특별히 무언가를 가르치진 않지만, 그와 마주하면 우린 무언가가 된다.

He(Christ) is just like a work of art himself. He does not really teach one anything, but by being brought into his presence one becomes something.

이제 국가가 더 이상 통치를 하지 않는다면, 무엇을 해야 하는지 묻게 될 것이다. 국가는 자발적 단체로서 노동을 조직하고, 필수품을 제조하고 분배하는 일을 맡게 될 것이다. 국가는 유용한 것을 만들고, 개인은 아름다운 것을 만들어야 한다. '노동'이라는 말이 나온 김에 오늘날 육체노동의 존엄성에 대하여 터무니없는 글과 말이 나도는 걸 지적하지 않을 수 없다. 육체노동은 본질적으로 존엄한 게 아니다. 대부분의 육체노동은 삶의 질을 현저히 떨어뜨린다. 기쁨을 전혀 느낄 수 없는 무언가를 해야 한다는 것은 정신적으로나 도덕적으로 고통스러운 일이다. 그리고 많은 육체노동은 조금도 기쁨을 느낄 수 없는 지루한 행위들이며, 그런 관점에서 고려되어야 한다. 동풍이 불어올 때 하루에 여덟 시간씩 질척거리는 교차로를 청소하는 건 역겨운 일이다. 그런 일을 하면서 정신적이고 도덕적이며 육체적인 위엄을 지킨다는 것은 불가능하며, 거기서 즐거움을 느낀다는 건 더더욱 있을 수 없는 일이다. 인간은 길바닥의 먼지를 쓰는 것보다 더 나은 일을 하기 위해 태어났다. 그런 종류의 일은 기계로 행해져야 한다.

Now as the State is not to govern, it may be asked what the State is to do. The State is to be a voluntary association that will organize labour, and be the manufacturer and distributor of necessary commodities. The State is to make what is useful. The individual is to make what is beautiful. And as I have mentioned the word labour, I cannot help saying that a great deal of nonsense is being written and talked nowadays about the dignity of manual labour. There is nothing necessarily dignified about manual labour at all, and most of it is absolutely degrading. It is mentally and morally injurious to man to do anything in which he does not find pleasure, and many forms of labour are quite pleasureless activities, and should be regarded as such. To sweep a slushy crossing for eight hours on a day when the east wind is blowing is a disgusting occupation. To

sweep it with mental, moral or physical dignity
seems to me to be impossible. To sweep it
with joy would be appalling. Man is made for
something better than disturbing dirt. All work
of that kind should be done by a machine.

그리고 나는 앞으로 그렇게 될 것이라고 믿는다. 지금까지 인간은 어느 정도 기계의 노예로 살아왔다. 비극적이게도 인간은 자기 일을 대신해 줄 기계를 발명하자마자 굶주리기 시작했다. 이는 물론 오늘날의 소유 제도와 경쟁 체제에서 비롯된 것이다. 한 사람이 오백 명분의 일을 해내는 기계를 소유하고 있다. 그 결과, 오백 명의 사람들이 일자리를 잃고 굶주림으로 내몰려 도둑질을 하는 지경에 이르렀다. 그 한 사람이 기계가 생산해 내는 걸 독차지함으로써, 그는 마땅히 가져야 하는 것보다 오백 배나 많은 것을—그리고 이게 훨씬 더 중요한 사실인데—아마도 자신이 진정으로 원하는 것보다 훨씬 많은 것을 가지게 될 것이다. 그 기계가 모두의 소유였다면 모든 이들이 그 혜택을 볼 수 있을 터다. 그리되면 사회에 엄청난 이익이 될 것이다. 모든 육체노동, 단조롭고 지루한 노동, 끔찍하게 재미없는 일을 하게 만들고 불쾌한 상황들을 포함하는 모든 것은 기계로 행해져야 한다. 기계는 탄광에서 광부를 대신해 일하며, 다양한 보건 위생 활동을 하고, 증기선의 화부(火夫)가 하는 일과 거리 청소를 하고, 비 오는 날에는 편지를 전달하는 등 지루하고 힘든 일이라면 어떤 것이든 하게 될 것이다. 지금은 기계가 인간과 경쟁하고 있다. 하지만 앞으로 적절한 조건이 갖추어진다면, 기계가 인간을 위해 일하게 되는 날이 올 것이다.

그것이 기계의 미래라는 건 분명하다. 마치 시골 신사가 잠들어 있는 동안에도 나무는 자라나듯이, 인류가 삶을 즐기면서 노동 대신 인간의 목적이 되어야 할 우아한 여가를 보내거나 아름다운 것들을 만들고 아름다운 것들을 읽거나 그저 세상을 관조하며 감탄하고 기쁨을 느끼는 동안, 기계는 필요하고 힘든 일들을 모두 처리하게 될 것이다. 문명의 발전이 노예를 필요로 하는 것은 사실이다. 그런 면에서 그리스인들은 전적으로 옳았다. 비천하고 역겨우며 따분한 일을 하는 노예가 없었더라면 문화와 관조는 사실상 불가능했을 것이다. 하지만 인간 노예 제도는 잘못되고 위험한 것이며, 인간의 기를 꺾는 것이다. 이제 기계를 사용하는 노예 제도, 기계 노예 제도에 세상의 미래가 달려 있다. 그리고 더 이상 과학자들이 음울한 이스트엔드 지역으로 불려 가서 굶어 죽어 가는 이들에게 질 나쁜 코코아 가루와 그보다 더 나쁜 모포를 나눠 주는 일을 하지 않아도 될 때, 그들은 유쾌한 여가를 즐기면서 자신과 모두의 기쁨을 위해 멋지고 놀라운 것들을 만들어 내게 될 것이다. 그러면 모든 도시와 필요하다면 모든 가정을 위해서도 쓰일 수 있는 엄청난 에너지가 축적되리라. 인간은 각자의 필요에 따라 그 에너지를 열기와 빛 또는 움직임으로 바꾸어 쓸 수 있을 것이다. 너무나 유토피아적인 꿈일까? 유토피아를 포함하지 않은 세계 지도는 쳐다볼 가치조차 없다. 유토피아는 인류가 언제나 도달하고 싶어 하는 단 하나의 나라이기 때문이다. 그리고 그곳에 도달한 인류는 주위를 살펴보고 더 나은 나라를 발견하게 되면 또다시 돛을 올릴 것이다. 진보란 유토피아들을 하나씩 실현해 가는 것이다.

And I have no doubt that it will be so. Up to the present, man has been, to a certain extent, the slave of machinery, and there is something tragic in the fact that as soon as man had invented a machine to do his work he began to starve. This, however, is, of course, the result of our property system and our system of competition. One man owns a machine which does the work of five hundred men. Five hundred men are, in consequence, thrown out of employment, and having no work to do, become hungry and take to thieving. The one man secures the produce of the machine and keeps it, and has five hundred times as much as he should have, and probably, which is of much more importance, a great deal more than he really wants. Were that machine the property of all, every one would benefit by it. It would be an immense advantage to the community. All unintellectual labour, all monotonous, dull labour, all labour that deals with dreadful things, and involves unpleasant conditions, must be done by machinery. Machinery must work for us in coal mines, and do all sanitary services, and be the stoker of steamers, and clean the streets, and run messages on wet days, and do anything that is tedious or distressing. At present machinery competes against man. Under proper conditions machinery will serve man.

There is no doubt at all that this is the future of machinery, and just as trees grow while the country gentleman is asleep, so while Humanity will be amusing itself, or enjoying cultivated leisure — which, and not labour, is the aim of man — or making beautiful things, or reading beautiful things, or simply contemplating the world with admiration and delight, machinery will be doing all the necessary and unpleasant work. The fact is, that civilization requires slaves. The Greeks were quite right there. Unless there are slaves to do the ugly, horrible, uninteresting work, culture and contemplation become almost impossible. Human slavery is wrong, insecure and demoralizing. On mechanical slavery, on the slavery of the machine, the future of the world depends. And when the scientific men are no longer called upon to go down to a depressing East-End and distribute bad cocoa and worse blankets to starving people, they will have delightful leisure in which to devise wonderful and marvellous things for their own joy and the joy of everyone else. There will be great storage of force for every city, and for every house if required, and this force man will convert into heat, light or motion, according to his needs. Is this Utopian? A map of the world that does not include Utopia is not worth even glancing at, for it leaves out the one country at which Humanity is always landing. And when Humanity lands there, it looks out, and, seeing a better country, sets sail. Progress is the realization of Utopias.

사악함은 다른 사람들에 대한 묘한 끌림을 설명하기 위해 선한 사람들이 꾸며 낸 이야기일 뿐이다.

Wickedness is a myth invented by good people to account for the curious attractiveness of others.

심리학자들에 따르면 죄에 대한, 또는 세상이 죄라고 부르는 것에 대한 열정이 인간의 본성을 완전히 장악하여 육체의 모든 신경 섬유와 모든 뇌세포가 무서운 충동에 지배될 때가 있다. 이런 순간에 인간은 의지의 자유를 상실한다. 인간은 마치 자동 기계처럼 끔찍한 종말을 향해 나아간다. 선택의 자유는 박탈당하고, 양심은 살해되거나 행여 살아 있더라도 반항에 매혹을, 불복종에 매력을 선사하기 위해 살아 있을 뿐이다. 신학자들이 끈질기게 우리에게 상기시켰듯이, 모든 죄악은 불복종의 죄악이다. 복종을 모르는 고고한 정신, 악의 샛별이 하늘에서 떨어졌을 때, 그것은 반항아로서 추락한 것이었다.

There are moments, psychologists tell us, when the passion for sin, or for what the world calls sin, so dominates a nature, that every fibre of the body, as every cell of the brain, seems to be instinct with fearful impulses. Men and women at such moments lose the freedom of their will. They move to their terrible end as automatons move. Choice is taken from them, and conscience is either killed, or, if it lives at all, lives but to give rebellion its fascination, and disobedience its charm. For all sins, as theologians weary not of reminding us, are sins of disobedience. When that high spirit, that morning-star of evil, fell from heaven, it was as a rebel that he fell.

범죄는 전적으로 비속한 사람들의 몫이다. 그들에게 범죄는, 예술이 우리를 위해 하는 역할을 대신하는 것이며, 단지 아주 특별한 감각들을 제공하는 하나의 방법일 뿐이다.

Crime belongs exclusively to the lower orders. Crime is to them what art is to us, simply a method of procuring extraordinary sensations.

부주의는 범죄만큼이나 많은 문제를 일으킨다네, 친구.

Just as much trouble is caused by carelessness as by crime, my friend.

범죄자들은 우리와 너무나 가까이 있어서 경찰마저도 그들을 알아볼 수 있다. 또한 그들은 우리와 너무 멀리 떨어져 있어서 오직 시인들만이 그들을 이해할 수 있다.

The criminal classes are so close to us that even the policeman can see them. They are so far away from us that only the poet can understand them.

범죄치고 통속적인 것은 없다. 그러나 천박한 것은 모두 죄악이다.

No crime is vulgar, but all vulgarity is crime.

당신들처럼 나쁜 장관들이 없다면, 세상에는 나쁜 왕들이 존재하지 않을 것이다.

There would be no bad kings in the world if there were no bad ministers like you.

정의는 시간이 걸리더라도 결국에는 실현되고야 만다.

Justice may be slow, but it comes in the end.

인류가 루소를 오래도록 사랑하는 건 그가 사제가 아닌 세상 사람들을 향해 자신의 죄를 고백했기 때문이다.

Humanity will always love Rousseau for having confessed his sins, not to a priest, but to the world.

자책에는 일종의 사치스러움이 포함되어 있다. 우리는 스스로를 비난하면서 다른 그 누구에게도 우리를 비난할 권리가 없다고 느낀다. 우리의 죄를 사해 주는 건 신부가 아니라 우리의 고백 그 자체다.

> There is a luxury in self-reproach. When we blame ourselves we feel that no one else has a right to blame us. It is the confession, not the priest, that gives us absolution.

그리고 그중에서도 최악은, 사람들이 내게 가혹하게 군 게 사실이라면, 난 나 자신에게 그보다 더 가혹하게 굴었다는 것이다. 우리가 절대 용서할 수 없는 건 스스로에게 저지른 죄악이다.

> And the worst of it is, I know, if men treated me badly, I have treated myself worse; it is our sins against ourselves we can never forgive.

사람들은 자신의 이해(理解)를 근거로 자신만의 신을 만든다. 먼저 자신의 신을 만든 다음, 그 신을 숭배하는 것이다.

> People fashion their God after their own understanding. They make their God first and worship him afterwards.

관조(觀照)는 사회적 관점에서는 시민이 저지를 수 있는 범죄 중 가장 심각한 죄악이고, 고도의 문화적 관점에서 보면 인간의 참된 업이다.

> While in the opinion of society, Contemplation is the gravest sin of which any citizen can be guilty, in the opinion of the highest culture it is the proper occupation of man.

물론 죄인은 뉘우쳐야만 한다. 그런데 왜 그래야 할까? 그러지 않으면 그는 자신이 무슨 짓을 했는지 깨닫지 못할 것이기 때문이다. 뉘우침의 순간은 입문의 순간이다. 아니, 그보다 더 큰 의미가 있다. 그것은 자신의 과거를 바꿀 수 있는 수단이기도 하다.

> Of course the sinner must repent. But why? Simply because otherwise he would be unable to realize what he had done. The moment of repentance is the moment of initiation. More than that. It is the means by which one alters one's past.

역사의 세부 사실들은 언제나 지루하고 대체로 부정확하다.

The details of history are always wearisome
and usually inaccurate.

모든 시대는 그 시대의 시대착오적인 것들을 통해 역사 속에
살아남는다.

The ages live in history through their
anachronisms.

한 시대의 정신은 정해진 날짜에 태어나고 죽지 않는다.

The spirit of an age is not born and does not
die on a definite day.

더없이 고결한 도덕군자들조차도 여자들의 육체적 매력 앞에
서는 쉽게 무너지고 만다. 고대 역사뿐만 아니라 현대의 역사
에서도 그런 종류의 가슴 아픈 예들을 얼마든지 찾을 수 있다.
그렇지 않다면, 아무도 역사를 읽으려고 하지 않을 것이다.

Even men of the noblest possible moral
character are extremely susceptible to the
influence of the physical charms of others.
Modern, no less than Ancient History, supplies

us with many most painful examples of what I refer to. If it were not so, indeed, History would be quite unreadable.

실용적 영역에서 모든 생각은 위험한 것이다. 사회의 안전은 관습과 무의식적 본능에 근거한다. 그리고 건강한 유기체로서의 사회 안정성은 그 구성원들 사이에서의 지성의 철저한 부재에 바탕을 두고 있다. 그 사실을 충분히 인식하고 있는 대부분의 사람들은 그들을 존엄한 기계의 반열에 올려놓는 굉장한 체제 편에 자연스럽게 서면서, 삶과 관련한 어떤 문제에 지적 능력이 개입하는 데에 불같이 화를 내곤 한다.

In the practical sphere all thought is dangerous. The security of society lies in custom and unconscious instinct, and the basis of the stability of society, as a healthy organism, is the complete absence of any intelligence amongst its members, The great majority of people being fully aware of this, rank themselves naturally on the side of that splendid system that elevates them to the dignity of machines, and rage so wildly against the intrusion of the intellectual faculty into any question that concerns life.

설교는 그것과 곁들여 먹을 게 아무것도 없을 때에는 그저 아무 쓸모없는 소스일 뿐이다.

A sermon is a sorry sauce when you have nothing to eat it with.

자신의 신학적 믿음을 위해 죽는 것만큼 인간이 자기 목숨을 잘못 사용하는 것은 없다.

To die for one's theological beliefs is the worst use a man can make of his life.

12 대중과 개인주의, 부와 가난, 자선과 공감:

사람들은 자신이
원하지 않는 것을
남들에게 줘 버리기를
아주 좋아한다

'사실'로 이루어진 보통 세상에서는 나쁜 사람들이 벌을 받지도, 착한 사람들이 보상을 받지도 않는다. 성공은 강한 자들의 몫이고, 약한 이들은 실패를 떠안는다. 그뿐이다.

In the common world of fact the wicked are not punished, nor the good rewarded. Success is given to the strong, failure thrust upon the weak. That is all.

부유하지 못하면 매력적인 사람이라도 아무런 쓸모가 없다. 로맨스는 부자들의 특권이지 실업자들의 일이 아니다. 가난한 사람은 실리적이고 단조롭게 살아야 한다. 매력적인 것보다 지속적인 수입이 있는 편이 낫다.

Unless one is wealthy there is no use in being

a charming fellow. Romance is the privilege of the rich, not the profession of the unemployed. The poor should be practical and prosaic. It is better to have a permanent income than to be fascinating.

성공에는, 현실적인 성공에는 비양심적인 무언가가 어느 정도 있을 수 있다. 그리고 야망에는 비양심적인 어떤 것이 언제나 함께한다.

There is something about success, actual success, that is a little unscrupulous, something about ambition that is unscrupulous always.

야망은 실패의 마지막 도피처다.

Ambition is the last refuge of the failure.

로버트 칠턴 경: 야망이 있는 사람이라면 누구나 그 세기 고유의 무기를 가지고 자신이 사는 세기와 투쟁해야 하네. 이 세기는 부(富)를 숭배해. 이 세기의 신은 부라는 말이야. 성공하기 위해서는 부를 가져야만 한다고. 어떤 대가를 치르더라도 우리는 부를 쟁취해야 하는 거야.

고링 경: 자신을 과소평가하는 것 같군, 로버트. 자넨 재물 때문이 아니었더라도 마찬가지로 성공했을 거야, 틀림없이.

로버트 칠턴 경: 나이가 들었을 때라면 그럴 수도 있겠지. 권력에 대한 야망을 잃었거나 더 이상 권력을 휘두를 수 없을 때라면 그럴 수도 있을 거야. 내가 지치고 진이 빠지고 낙담했을 때라면 그럴 수도 있겠지. 난 조금이라도 젊었을 때 성공하기를 원했네. 젊음은 성공을 위한 시기니까. 난 기다릴 수가 없었어.

고링 경: 그래, 자넨 분명 젊은 나이에 성공했지. 요즘 자네처럼 화려한 성공을 거둔 사람은 찾아보기 힘드니까. 마흔 살에 외무성 차관이라니, 그 정도면 누구에게나 대단한 성공이라고 할 수 있지.

로버트 칠턴 경: 하지만 지금 이 모든 것을 빼앗긴다면? 어떤 추악한 스캔들 때문에 모든 걸 잃게 된다면? 그래서 공직에서 쫓겨난다면 그땐 어떻게 하지?

고링 경: 로버트, 자넨 어떻게 돈 때문에 자신을 팔 수 있었나?

로버트 칠턴 경: 난 돈 때문에 나 자신을 판 게 아니야. 난 커다란 대가를 치르고 성공을 산 것뿐이라고.

SIR ROBERT CHILTERN: Every man of ambition has to fight his century with its own weapons. What this century worships is wealth. The god of this century is wealth. To succeed one must have wealth. At all costs one must have wealth.

LORD GORING: You underrate yourself,

Robert. Believe me, without wealth you could have succeeded just as well.

SIR ROBERT CHILTERN: When I was old, perhaps. When I had lost my passion for power, or could not use it. When I was tired, worn out, disappointed. I wanted my success when I was young. Youth is the time for success. I couldn't wait.

LORD GORING: Well, you certainly have had your success while you are still young. No one in our day has had such a brilliant success. Under-Secretary for Foreign Affairs at the age of forty—that's good enough for anyone, I should think.

SIR ROBERT CHILTERN: And if it is all taken away from me now? If I lose everything over a horrible scandal? If I am hounded from public life?

LORD GORING: Robert, how could you have sold yourself for money?

SIR ROBERT CHILTERN: I did not sell myself for money. I bought success at a great price. That is all.

여론은 아무런 아이디어가 없는 곳에만 존재한다.

Public opinion exists only where there are no ideas.

가난하다는 사실을 위로받을 수 있는 방법은 사치뿐이다. 부자라는 사실을 위로받을 수 있는 길은 절약뿐이다.

The only thing that can console one for being poor is extravagance. The only thing that can console one for being rich is economy.

이 사회에서 부자들보다 돈에 관해 더 많이 생각하는 계층은 단 하나뿐이다. 바로 가난한 이들이다. 가난한 사람들은 다른 생각을 할 여유가 없다. 그것이 가난의 비참함이다.

There is only one class in the community that thinks more about money than the rich, and that is the poor. The poor can think of nothing else. That is the misery of being poor.

자신의 과거를 되살 수 있을 정도의 부자는 세상에 없다.

No man is rich enough to buy back his past.

사람들은 다른 사람의 삶을 이해하지도 못하면서 판단하는 불쾌한 실수를 저지르곤 한다. 부디 당신만은 똑같은 실수를 저지르지 않기를. 자선은 한낱 감상적인 감정이 아니다. 자선은 우리의 영혼이 어떤 앎이나 지혜에 이를 수 있게 하는 유일한 방법이다.

They make the harsh error of judging another person's life without understanding it. Do not you — of all people — commit the same error. Charity is not a sentimental emotion: it is the only method by which the soul can attain to any knowledge — to any wisdom.

난 좋은 가문에서 태어났고 가난하다는 이중 불행에 처해 있었지. 오늘날 용서받을 수 없는 두 가지 불행 말이네.

I had the double misfortune of being well-born and poor, two unforgivable things nowadays.

캐버샴 경: 굿 이브닝, 칠턴 부인! 아무짝에도 쓸모없는 내 젊은 아들이 여기 왔었는지?
칠턴 부인: 고링 경은 아직 안 오신 것 같은데요.
메이블 칠턴: 고링 경을 왜 아무짝에도 쓸모없는 사람이라고 하시죠?

캐버샴 경: 허송세월하며 사니까.

메이블 췰턴: 어떻게 그런 말을 하실 수 있나요? 그렇잖아요,
그는 오전 10시에 로에서 승마하고, 일주일에 세 번씩 오페라
에 가고, 하루에 적어도 다섯 번은 옷을 갈아입고, 사교 시즌
에는 매일 저녁마다 외식을 하는 걸요. 그런 걸 허송세월한다
고 말할 수는 없지 않겠어요?

LORD CAVERSHAM: Good evening, Lady
Chiltern! Has my good-for-nothing young son
been here?

LADY CHILTERN: I don't think Lord Goring has
arrived yet.

MABEL CHILTERN: Why do you call Lord
Goring good-for-nothing?

LORD CAVERSHAM: Because he leads such an
idle life.

MABEL CHILTERN: How can you say such a
thing? Why, he rides in the Row at ten o'clock
in the morning, goes to the Opera three times a
week, changes clothes at least five times a day,
and dines out every night of the season. You
don't call that leading an idle life, do you?

개인주의는 진정 더욱 고귀한 목표를 가지고 있다. 현대의 윤
리는 자신이 사는 시대의 규범을 수용하는 것을 가리킨다. 교

양을 갖춘 사람이 그가 사는 시대의 규범을 받아들이는 것은
극명한 부도덕의 한 형태라고 생각한다.

Individualism has really the higher aim.
Modern morality consists in accepting the
standard of one's age. I consider that for any
man of culture to accept the standard of his age
is a form of the grossest immorality.

우리 시대처럼 철저히 이기적인 시대는 자기희생을 신격화한
다. 또한 우리가 사는 시대처럼 철저하게 탐욕적인 시대에는,
그 시대에 즉각적이고 실제적인 이익이 되는 얄팍하고 감정적
인 미덕들이 훌륭하고 지적인 미덕들보다 더 우위에 놓인다.

It takes a thoroughly selfish age, like our own,
to deify self-sacrifice. It takes a thoroughly
grasping age, such as that in which we live,
to set above the fine intellectual virtues, those
shallow and emotional virtues that are an
immediate practical benefit to itself.

개인주의가 실용적인지를 묻는 건 진화가 실용적인지를 묻는
것과 같다. 진화는 생명의 법칙이다. 그리고 개인주의로 나아
가지 않는 진화는 없다. 이러한 경향이 나타나지 않는 것은 인

위적으로 억제된 성장이나 질병이나 죽음의 경우밖에 없다.

To ask whether Individualism is practical is like asking whether Evolution is practical. Evolution is the law of life, and there is no evolution except towards Individualism. Where this tendency is not expressed, it is a case of artificially arrested growth, or of disease, or of death.

이기심이란 자신이 원하는 대로 사는 것이 아니라, 다른 사람들에게 자신이 살기 바라는 대로 살도록 요구하는 것이다. 그리고 비(非)이기심은 다른 사람들의 삶에 간섭하지 않고 그들 마음대로 살아가도록 놔두는 것이다. 이기심은 늘 주변에 유형의 철저한 획일성을 만들어 내는 것을 목표로 삼는다. 비이기심은 유형의 무한한 다양성을 아주 유쾌한 것으로 인식하며 받아들이고 묵인하고 즐긴다. (……) 붉은 장미가 붉은 장미가 되기를 원하는 건 이기적인 게 아니다. 하지만 붉은 장미가 정원에 있는 다른 모든 꽃들이 붉어지고 장미가 되기를 원한다면 그것은 지독하게 이기적인 것이다.

Selfishness is not living as one wishes to live, it is asking others to live as one wishes to live. And unselfishness is letting other people's lives alone, not interfering with them. Selfishness

always aims at creating around it an absolute
uniformity of type. Unselfishness recognizes
infinite variety of type as a delightful thing,
accepts it, acquiesces in it, enjoys it. (……)
A red rose is not selfish because it wants to
be a red rose. It would be horribly selfish if it
wanted all the other flowers in the garden to be
both red and roses.

우리는 종종 가난한 사람들이 자선에 고마워한다는 이야기를
전해 듣는다. 물론 그들 중 일부는 그럴 것이다. 하지만 그들
중에서 가장 뛰어난 사람들은 결코 고마워하는 법이 없다. 그
들은 은혜를 모르고 불평을 늘어놓거나 결코 복종하지 않으
며 반항적이다. 그들이 그러는 건 지극히 당연하다. 그들이 느
끼기에 자선은 우스꽝스러우리만치 부적절한 부분적 보상 방
식이거나 감상적인 적선에 지나지 않으며, 종종 자선을 베풂
으로써 그들의 사생활을 좌지우지하려는 감상주의자들의 어
쭙잖은 시도가 동반되기 때문이다. 그들이 왜 부자들의 식탁
에서 떨어지는 빵 부스러기를 고마워해야 한다는 말인가? 그
들도 부자들과 함께 식탁에 앉아야 마땅한 것이다. 그리고 그
들은 그 사실을 깨닫기 시작했다.

We are often told that the poor are grateful for
charity. Some of them are, no doubt, but the
best amongst the poor are never grateful. They

are ungrateful, discontented, disobedient and rebellious. They are quite right to be so. Charity they feel to be a ridiculously inadequate mode of partial restitution, or a sentimental dole, usually accompanied by some impertinent attempt on the part of the sentimentalist to tyrannize over their private lives. Why should they be grateful for the crumbs that fall from the rich man's table? They should be seated at the board, and are beginning to know it.

영국의 부자인 당신들, 당신들은 자신들이 어떻게 살고 있는지 몰라요. 당신들이 어떻게 알겠어요? 당신들은 당신들 사회에서 다정하고 선한 사람들을 쫓아 버리죠. 순박하고 순수한 사람들을 비웃고요. 당신들은 다른 사람들에게 의존해 그들의 도움으로 살아가면서도 자기희생을 조롱하죠. 당신들이 가난한 사람들에게 빵을 던져 주는 것은, 잠시 그들의 입을 막기 위한 것일 뿐이에요. 당신들은 화려함과 부와 예술을 모두 가졌으면서도 어떻게 살아야 하는지를 몰라요. 그런 것조차 알지 못해요. 당신들은 볼 수 있고 만질 수 있고 마음대로 다룰 수 있는 아름다움을 사랑해요. 당신들이 파괴할 수 있고, 파괴하는 아름다움 말이에요. 하지만 삶의 눈에 보이지 않는 아름다움, 더 높은 차원의 삶의 눈에 보이지 않는 아름다움에 대해서는 아무것도 몰라요. 당신들은 삶의 신비를 잃어버렸어요.

You rich people in England, you don't know how you are living. How could you know? You shut out from your society the gentle and the good. You laugh at the simple and the pure. Living, as you all do, on others and by them, you sneer at self-sacrifice, and if you throw bread to the poor, it is merely to keep them quiet for a season. With all your pomp and wealth and art you don't know how to live— you don't even know that. You love the beauty that you can see and touch and handle, the beauty that you can destroy, and do destroy, but of the unseen beauty of life, of the unseen beauty of a higher life, you know nothing. You have lost life's secret.

사랑을 받는데 어떻게 가난할 수 있죠? 아뇨, 그럴 순 없어요. 난 내가 가진 것들을 증오해요. 그것들은 내겐 짐일 뿐이에요.

Who, being loved, is poor? Oh, no one. I hate my riches. They are a burden.

수많은 사람들이 아무런 재산도 없고 언제나 굶어 죽기 일보

직전이라서 가축처럼 일할 수밖에 없거나 위압적이고 불합리하며 모멸적인 결핍의 독재에 의해 자신에게 전혀 맞지 않는 일을 하도록 강요받으며 살아가고 있다. 빈곤한 사람들이 그렇다. 그들에게서는 우아한 격식이나 매력적인 대화, 문화나 교양, 세련된 쾌락이나 삶의 기쁨 같은 것은 전혀 찾아볼 수 없다. 인류는 그들의 집단적 힘으로부터 엄청난 물질적 번영을 이끌어 낸다. 하지만 인류가 얻고자 하는 것은 단지 물질적 결과일 뿐이다. 가난한 사람은 그 자체로는 아무런 가치가 없다. 가난한 사람은 그를 존중하기는커녕 짓밟고자 하는 어떤 힘의 극미한 원자일 뿐이다. 사실 그 힘은 짓밟힌 그를 더 좋아한다. 그럴 때 그는 훨씬 더 순종적이기 때문이다.

There are a great many people who, having no private property of their own, and being always on the brink of sheer starvation, are compelled to do the work of beasts of burden, to do work that is quite uncongenial to them, and to which they are forced by the peremptory, unreasonable, degrading Tyranny of want. These are the poor, and amongst them there is no grace of manner, or charm of speech, or civilization, or culture, or refinement in pleasures, or joy of life. From their collective force Humanity gains much in material prosperity. But it is only the material result that it gains, and the man who is poor is in himself absolutely of no importance. He is merely the infinitesimal atom of a force that, so far from regarding him, crushes him: indeed, prefers him crushed, as in that case he is far more obedient.

사실 재산은 정말 골치 아픈 것이다. 몇 년 전에 어떤 사람들이 온 나라를 돌아다니며 재산의 소유가 의무들을 포함한다는 이야기를 떠들고 다닌 적이 있다. 어찌나 자주 끈질기게 떠들고 다녔던지 마침내 교회에서도 그 사실을 인정하기에 이르렀다. 그리하여 이제는 어느 설교단에서나 그 이야기를 들을 수 있게 되었다. 그리고 그 말은 절대적으로 옳다. 재산은 의무를 포함하고, 그것도 아주 많은 의무를 포함하고 있어서, 상당한 재산을 소유한다는 것은 아주 지겨운 일이다. 그것은 끊임없는 청탁, 업무에 지속적으로 신경 쓰기, 무수한 성가신 일들을 포함한다. 재산이 단지 즐거움만을 느끼게 한다면 얼마든지 참을 수 있을 것이다. 하지만 그에 따라오는 의무들이 그것을 견딜 수 없게 한다. 따라서 부자들을 위해서라도 그것을 없애야만 한다.

In fact, property is really a nuisance. Some years ago people went about the country saying that property has duties. They said it so often and so tediously that, at last, the Church has begun to say it. One hears it now from every pulpit. It is perfectly true. Property not merely has duties, but has so many duties that its possession to any large extent is a bore. It involves endless claims upon one, endless attention to business, endless bother. If property had simply pleasures we could stand it; but its duties make it unbearable. In the interest of the rich we must get rid of it.

사람들이 고통에 공감하기란 아주 쉬운 일이다. 하지만 생각에 공감하기는 아주 어렵다. 사실 보통 사람들은 생각이 진정 무엇인지도 잘 모른다. 그래서 어떤 이론이 위험하다고 말하는 건 그것을 공개적으로 비난하는 거라고 믿는 듯하다. 그러나 진정한 지적 가치를 지닌 것은 오직 그런 이론들밖에 없다. 위험하지 않은 생각은 생각이라고 불릴 가치조차 없다.

It is so easy for people to have sympathy with suffering. It is so difficult for them to have sympathy with thought. Indeed, so little do ordinary people understand what thought really is, that they seem to imagine that, when they have said that a theory is dangerous, they have pronounced its condemnation, whereas it is only such theories that have any true intellectual value. An idea that is not dangerous is unworthy of being called an idea at all.

오늘날 범죄자들이라고 불리는 사람들은 사실 진정한 범죄자들이 아니다. 현대의 범죄는 죄악이 아닌 굶주림에서 비롯된다. 그래서 요즘 범죄자들은 대부분 심리학적 관점에서 아무런 관심도 불러일으키지 못한다. 그들은 비극적인 맥베스나 무시무시한 보트랭이 아니다. 그들은 단지 먹을 것이 충분하지 않을 때 평범하고 점잖고 흔한 사람들이 취하게 될 모습일 뿐이다.

What are called criminals nowadays are not criminals at all. Starvation, and not sin, is the parent of modern crime. That indeed is the reason why our criminals are, as a class, so absolutely uninteresting from any psychological point of view. They are not marvellous Macbeths and terrible Vautrins. They are merely what ordinary, respectable, commonplace people would be if they had not got enough to eat.

최악의 노예 소유주는 자신의 노예들에게 친절히 대하는 사람이다. 그럼으로써 노예 제도로 고통받는 이들이 그 제도의 끔찍함을 깨닫지 못하게 하고, 그 제도를 고찰하는 이들이 문제점을 제대로 파악하지 못하게 하기 때문이다. 그와 마찬가지로, 지금의 영국에서 가장 유해한 사람들은 가장 선한 일을 하려고 애쓰는 사람들이다. 그리고 마침내 우리는 그러한 문제를 깊이 연구하고 삶의 원리를 잘 이해하는 사람들이 지역 사회에 자선과 동정심과 같은 이타적 충동을 자제해 달라고 간청하는 광경을 목도하기에 이르렀다. 그들은 그러한 자선 행위가 사람들을 타락시키고 의욕을 잃게 한다는 이유 때문에 그리한 것이다. 그들의 생각은 전적으로 옳다. 자선은 수많은 죄악을 야기한다.

The worst slave-owners were those who were kind to their slaves, and so prevented the horror of the system being realized by those who suffered from it, and understood by those who contemplated it, so, in the present state of things in England, the people who do most harm are the people who try to do most good; and at last we have had the spectacle of men who have really studied the problem and know the life coming forward and imploring the community to restrain its altruistic impulses of charity, benevolence and the like. They do so on the ground that such charity degrades and demoralizes. They are perfectly right. Charity creates a multitude of sins.

지금까지 인간은 공감에 매우 인색했다. 단지 다른 이들의 고통에만 공감을 느꼈을 뿐이다. 그런데 고통에의 공감은 공감의 최상의 형태가 아니다. 근본적으로 공감은 모두가 좋은 것이지만, 고통에의 공감은 그중에서 가장 저급한 것이다. 그것은 이기주의에 오염돼 있다. 또한 병적인 것으로 변질될 수도 있다. 그 속에는 우리 자신의 안전에 대한 두려움이 어느 정도 포함돼 있다. 우리 자신도 나환자나 맹인이 되어 모두에게서 소외될지도 모른다는 두려움이 생기는 것이다. 또한 고통에의 공감은 기이하게도 제한적이다. 우리는 삶 전체에 공감할 수 있어야 한다. 삶의 상처나 질병만이 아니라, 삶의 기쁨과 아름다움, 에너지, 건강, 자유 모두를 공감해야 한다. 물론, 공감의 폭이 클수록 공감이 더 어려운 법이다. 비이기적인 심성이 더 많이 요구되기 때문이다. 누구나 친구의 고통에 공감할 수는 있지만, 친구의 성공에 공감하기 위해서는 매우 고귀한 심성—사실상 진정한 개인주의자의 심성—이 요구된다. 자리를 차지하기 위한 현대의 경쟁과 투쟁으로 인한 스트레스 속에서는 그러한 공감이 당연히 드물 수밖에 없다,

Up to the present man has hardly cultivated sympathy at all. He has merely sympathy with pain, and sympathy with pain is not the highest form of sympathy. All sympathy is fine, but sympathy with suffering is the least fine mode. It is tainted with egotism. It is apt to become morbid. There is in it a certain element of terror for our own safety. We become afraid that we ourselves might be as the leper or as the blind, and that no man would have care of us. It is curiously limiting, too. One should sympathize with the entirety of life, not with life's sores and maladies merely, but with life's joy and beauty and energy and health and freedom. The wider sympathy is, of course, the more difficult. It requires more unselfishness. Anybody can sympathize with the sufferings of a friend, but it requires a very fine nature—it requires, in fact, the nature of a true Individualist—to sympathize with a friend's success. In the modern stress of competition and struggle for place, such sympathy is naturally rare.

"너 자신을 알라."라는 말은 고대 세계의 신전 입구에 쓰여 있었다. 새로운 세계의 입구에는 "너 자신이 되어라."라는 말이 쓰여 있게 될 것이다. 그리스도가 인간에게 전한 메시지가 바로 "너 자신이 되어라."였다. 그것이 그리스도의 비밀이다. 예수가 가난한 이를 말할 때 그것은 단지 개성을 지닌 사람을 의미한다. 마찬가지로 예수가 말하는 부자들은 자신의 개성을 발전시키지 못한 사람들을 가리킨다. 예수는 오늘날 우리 사회처럼 사유 재산의 축적을 허락하는 사회에서 여기저기로 옮겨 다녔다. 그리고 그는 복음을 통해 부족하고 불결한 음식을 먹고, 해지고 더러운 옷을 입으며, 역겹고 비위생적인 주거지에서 사는 것이 더 축복받은 삶이며, 건강하고 쾌적하며 좋은 환경 속에서 사는 건 불행한 삶이라고 말하려던 게 아니었다. 그런 식의 견해는 그 시절 그곳에서도 잘못된 것이었을 테고, 물론 지금의 영국에서는 더욱더 타당하지 않을 것이다. 왜냐하면 북쪽으로 갈수록 삶의 물질적 필요성이 한층 중요시되며, 우리 사회는 고대 세계의 어떤 사회보다 훨씬 더 복잡하면서 극단의 호화로움과 빈곤을 더 잘 보여 주고 있기 때문이다. 예수가 말하려던 것은 이것이었다. 그는 인간에게 이렇게 이야기했다. "당신은 훌륭한 개성을 지니고 있습니다. 그것을 발전시켜야 합니다. 당신 자신이 되십시오. 외적인 것들을 축적하거나 소유함으로써 자신이 완벽해진다고 생각하지 마십시오. 당신의 완벽성은 당신 안에 있습니다. 그 사실을 깨달을 수만 있다면 당신은 부자가 되기를 바라지 않을 것입니다. 보통의 부는 다른 사람에게 도둑을 맞을 수 있습니다. 진정한 부는 그럴 수 없습니다. 당신 영혼의 보물 창고 안에는 더없이 소중한 것들이 간직돼 있으며, 그 누구도 당신에게서 그것들을 빼앗아 갈 수 없습니다. 그러니 외적인 것들이 당신에게 해를 입힐 수 없도록 당신의 삶을 만들어 나가도록 하십시오. 또한 사유 재산을 없애 버리십시오. 그것은 추악한 집착과 끊임없는 힘겨운 노력과 반복되는 과오를 동반하기 마련입니다. 사유 재산은 개인주의의 걸음걸이에 장해물이 될 것입니다." 여기서 주목해야 할 점은, 가난한 사람들은 반드시 선하다거나 부유한 사람들은 반드시 나쁘다는 식의 말을 예수는 결코 한 적이 없다는 사실이다. 그건 진실일 수 없었다. 전체를 놓고 볼 때, 부유한 사람들은 대체로 가난한 사람들보다 더 나으며 더 도덕적이고 더 지적이며 품행도 더 바른 편이다.

'Know Thyself' was written over the portal of the antique world. Over the portal of the new world, 'Be Thyself' shall be written. And the message of Christ to man was simply 'Be thyself.' That is the secret of Christ.

When Jesus talks about the poor he simply means personalities, just as when he talks about the rich he simply means people who have not developed their personalities. Jesus moved in a community that allowed the accumulation of private property just as ours does, and the gospel that he preached was not that in such a community it is an advantage for a man to live on scanty, unwholesome food, to wear ragged, unwholesome clothes, to sleep in horrid, unwholesome dwellings, and a disadvantage for a man to live under healthy, pleasant and decent conditions. Such a view would have been wrong there and then, and would of course be still more wrong now and in England; for as man moves northwards the material necessities of life become of more vital importance, and our society is infinitely more complex, and displays far greater extremes of luxury and pauperism than any society of the antique world. What Jesus meant was this. He said to man, "You have a wonderful personality. Develop it. Be Yourself. Don't imagine that your perfection lies in accumulating or possessing external things. Your perfection is inside of you. If only you could realize that, you would not want to be rich. Ordinary riches can be stolen from a man. Real riches cannot. In the treasury-house of your soul, there are infinitely precious things, that may not be taken from you. And so, try so to shape your life that external things will not harm you. And try also to get rid of personal property. It involves sordid preoccupation, endless industry, continual wrong. Personal property hinders Individualism at every step." It is to be noted that Jesus never says that impoverished people are necessarily good, or wealthy people necessarily bad. That would not have been true. Wealthy people are, as a class, better than impoverished people, more moral, more intellectual, more well-behaved. ·

사람들이 누군가를 두고 이러쿵저러쿵하는 것이 그 사람을 변화시키지는 않는다. 그는 여전히 그 자신일 뿐이다. 여론은 아무런 가치도 없다. 사람들이 실제로 폭력을 행사한다고 해도 똑같이 폭력을 사용해서는 안 된다. 그러면 똑같이 바닥으로 추락할 것이다. 인간은 감옥에서조차 얼마든지 자유로울 수 있다. 그의 영혼은 자유로울 수 있다. 그의 개성 또한 동요하지 않을 수 있다. 그는 평화로울 수 있다. 무엇보다 그는 다른 사람을 간섭하지 않고, 어떤 식으로도 재단하지 않을 것이다. 개성은 참으로 신비한 것이다. 인간은 반드시 그가 하는 것만으로 평가되지 않는다. 인간은 법을 잘 지키면서도 하잘 것없는 존재일 수 있다. 그 반대로, 법을 어기면서도 고결한 존재일 수 있다. 또한 한 번도 나쁜 짓을 한 적이 없는데도 나쁜 사람일 수 있다. 사회에 반하는 죄악을 저질렀는데도 그 죄악을 통해 진정으로 완벽한 자아를 실현할 수도 있다.

The things people say of a man do not alter a man. He is what he is. Public opinion is of no value whatsoever. Even if people employ actual violence, they are not to be violent in turn. That would be to fall to the same low level. After all, even in prison, a man can be quite free. His soul can be free. His personality can be untroubled. He can be at peace. And, above all things, they are not to interfere with other people or judge them in any way. Personality is a very mysterious thing. A man cannot always be estimated by what he does. He may keep the law, and yet be worthless. He

may break the law, and yet be fine. He may be
bad, without ever doing anything bad. He may
commit a sin against society, and yet realize
through that sin his true perfection.

우리가 그것—인간의 진정한 개성—을 알아볼 때, 그 모습
은 경탄을 자아낼 것이다. 그것은 마치 꽃이나 나무가 성장하
듯 저절로 자연스럽게 자라날 것이다. 결코 불화하지 않을 것
이며, 언쟁하거나 다투지 않을 것이다. 또한 아무것도 증명하
려 하지 않을 것이다. 모든 것을 알지만 지식에 연연하지 않을
것이다. 그것은 지혜로우며, 물질적인 것들로 가치가 평가되
지 않을 것이다. 아무것도 소유하지 않을 것이며, 그러면서도
모든 것을 가질 것이다. 그리하여 누군가가 그것으로부터 무
언가를 빼앗아 갈지라도 여전히 지니고 있을 것이며, 그만큼
풍요로울 것이다. 언제나 다른 사람들의 일에 간섭하지 않을
것이며, 그들에게 자신과 같을 것을 요구하지도 않을 것이다.
그리고 자신과 다르기 때문에 그들을 사랑할 것이다. 아름다
운 것이 그 존재 자체로 우리를 돕는 것처럼, 그것은 다른 이
들의 삶에 개입하지 않으면서도 모두를 도울 것이다. 인간의
개성은 어린아이의 개성처럼 경이로울 것이다.

It will be a marvellous thing—the true
personality of man—when we see it. It will
grow naturally and simply, flower-like, or as
a tree grows. It will not be at discord. It will

never argue or dispute. It will not prove things. It will know everything. And yet il will not busy itself about knowledge. It will have wisdom. Its value will not be measured by material things. It will have nothing. And yet it will have everything, and whatever one takes from it, it will still have, so rich will it be. It will not be always meddling with others, or asking them to be like itself. It will love them because they will be different. And yet while it will not meddle with others it will help all, as a beautiful thing helps us, by being what it is. The personality of man will be very wonderful. It will be as wonderful as the personality of a child.

그렇다, 개인주의는 도발적인 면들을 포함하고 있다. 예컨대 사회주의는 가정생활을 모두 없애 버린다. 사유 재산의 폐지와 더불어 현재 통용되는 방식의 결혼도 사라져야 한다. 그것은 계획에 이미 포함된 것이다. 개인주의는 이 점을 받아들이고 더 개선시킨다. 개인주의는 법적 구속의 폐지를, 개성의 충만한 발전을 돕고 남녀의 사랑을 더 멋지고 더 아름다우며 더 고귀하게 만들어 줄 자유의 한 형태로 전환시키는 것이다. 예수는 그 사실을 잘 알았다. 그는 당시 사회에서 매우 뚜렷한 형태로 존재하던 가정생활의 요구들을 단호하게 거부했다. 예수는 그의 가족이 그와 이야기하고 싶어 한다는 말을 전해 듣고 이렇게 말했다. "누가 내 어머니입니까? 누가 내 형제들입니까?" 한번은 그를 따르던 제자들 중 한 사람이 아버지의 장례를 치르러 가도록 허락해 줄 것을 청했다. 그러자 예수는 "죽은 자로 하여금 죽은 자를 묻게 하라."라는 무시무시한 말로 답을 대신했다. 그는 어떤 형태로든 인간의 개성에 가해지는 제약을 용납하지 않았을 것이다.

따라서 그리스도적인 삶을 사는 사람은 누구라도 완벽하게 전적으로 자기 자신일 수 있다. 그는 위대한 시인이나 위대한 과학자, 젊은 대학생, 황야에서 양을 지키는 양치기, 셰익스피어 같은 극작가, 스피노자 같은 신학자, 또는 정원에서 뛰노는 어린아이나 바다에 그물을 던지는 어부일 수도 있다. 자신의 내면에 있는 영혼의 완벽성을 깨달을 수만 있다면 그가 어떤 사람인지는 전혀 중요하지 않다. 도덕과 삶에서의 모방은 옳지 않다. 요즘 예루살렘에서는 어느 미치광이가 어깨에 나무 십자가를 진 채 길바닥을 기어 다닌다고 한다. 그는 모방으로 망가진 삶들의 상징이다. 나병 환자들과 함께 살러 갔던 다미앵 신부는 그리스도적이었다. 그러한 행위를 통해 자신 안에 있는 최선의 것을 충만하게 실현했기 때문이다. 하지만 그가 음악으로 자신의 영혼을 실현한 바그너나 노래로 자신의 영혼을 실현한 셸리보다 더 그리스도적이었던 것은 아니다. 세상에는 한 가지 유형의 인간만 존재하는 것은 아니다. 불완전한 인간이 많은 것처럼 완전한 인간도 얼마든지 존재한다. 그리고 인간은 자선의 요구에 응하면서도 얼마든지 자유로울 수 있는 반면, 순응주의의 요구에 굴복하는 사람은 결코 자유로울 수 없다.

Yes; there are suggestive things in Individualism. Socialism annihilates family life, for instance. With the abolition of private property, marriage in its present form must disappear. This is part of the programme. Individualism accepts this and makes it fine. It converts the abolition of legal restraint into a form of freedom that will help the full development of personality, and make the love of man and woman more wonderful, more beautiful, and more ennobling. Jesus knew this. He rejected the claims of family life, although they existed in his day and community in a very marked form. "Who is my mother? Who are my brothers?" he said, when he was told that they wished to speak to him. When one of his followers asked leave to go and bury his father, "Let the dead bury the dead," was his terrible answer. He would allow no claim whatsoever to be made on personality.

And so he who would lead a Christlike life is he who is perfectly and absolutely himself. He may be a great poet, or a great man of science; or a young student at a University, or one who watches sheep upon a moor; or a maker of dramas, like Shakespeare, or a thinker about

God, like Spinoza, or a child who plays in a garden, or a fisherman who throws his nets into the sea. It does not matter what he is, as long as he realizes the perfection of the soul that is within him. All imitation in morals and in life is wrong. Through the streets of Jerusalem at the present day crawls one who is mad and carries a wooden cross on his shoulders. He is a symbol of the lives that are marred by imitation. Father Damien was Christlike when he went out to live with the lepers, because in such service he realized fully what was best in him. But he was not more Christlike than Wagner, when he realized his soul in music; or than Shelly, when he realized his soul in song. There is no one type for man. There are as many perfections as there are imperfect men. And while to the claims of charity a man may yield and yet be free, to the claims of conformity no man may yield and remain free at all.

르낭은 그의 명저 『예수의 생애』──우아한 제5복음서, '성 도마가 쓴 복음서'라고 부를 수 있을──어딘가에서, 그리스도의 위대한 성취는 그가 살아 있을 때 못지않게 죽음 이후에도 많은 사랑을 받게 했다는 사실이라고 말한 바 있다. 분명한 건, 그의 자리가 시인들 옆이라면, 그는 세상의 모든 연인들 중에서 최고의 연인이라는 사실이다. 그는 사랑이, 바로 현자들이 찾아 헤매던 세상의 숨겨진 비밀이라는 것을 간파했고, 오직 사랑을 통해서만 나환자의 마음이나 신의 발밑에 다가갈 수 있음을 깨달았던 것이다.

무엇보다 그리스도는 개인주의자들 중에서도 최고의 개인주의자다. 겸손은 모든 경험의 예술적 수용인 것처럼 단지 발현의 한 방식일 뿐이다. 그리스도가 끊임없이 찾아다닌 것은 인간의 영혼이다. 그는 스스로 '신의 왕국'이라고 부르는 그것을 모든 인간에게서 발견하며, 아주 작은 씨앗, 한 줌의 효모, 진주 같은 아주 조그만 것들에 비유한다. 인간은 생경한 격정들, 습득한 문화, 좋거나 나쁜 모든 외적 소유물을 모두 던져버려야만 비로소 자신의 영혼을 인식할 수 있기 때문이다.

Renan in his *Vie de Jésus*—that gracious Fifth Gospel, the Gospel according to St Thomas one might call it—says somewhere that Christ's great achievement was that he made himself as much loved after his death as he had been during his lifetime. And certainly, if his place is among the poets, he is the leader of all the lovers. He saw that love was that lost secret of the world for which the wise men had been looking, and that it was only through love that one could approach either the heart of the leper or the feet of God.

And, above all, Christ is the most supreme of Individualists. Humility, like the artistic acceptance of all experiences, is merely a mode of manifestation. It is man's soul that Christ is always looking for. He calls it 'God's Kingdom' and finds it in everyone. He compares it to little things, to a tiny seed, to a handful of leaven, to a pearl. That is because one only realizes one's soul by getting rid of all alien passions, all acquired culture, and all external possessions be they good or evil.

그리스도는 지고한 개인주의자일 뿐만 아니라, 역사상 최초의 개인주의자였다. 사람들은 19세기의 끔찍한 박애주의자들처럼 그를 평범한 박애주의자쯤으로 이해하려고 하거나 비과학적이고 감상적인 면을 지닌 이타주의자로 치부했다. 하지만 그는 이도 저도 아니었다. 물론 그는 가난한 이들과 감옥에 갇힌 이들, 하층민들과 불행한 이들을 불쌍히 여겼다. 하지만 그는 부자들과 냉정한 향락주의자, 물질의 노예가 됨으로써 자신들의 자유를 낭비하는 사람들, 부드러운 옷을 입고 궁궐에서 사는 이들을 훨씬 더 가엾게 여겼다. 그는 부와 쾌락을 빈곤과 고통보다 훨씬 큰 비극으로 간주했던 것이다. 이타주의로 말하자면, 우리를 결정짓는 건 자유 의지가 아닌 소명 의식이며, 가시나무에서 포도를, 엉겅퀴에서 무화과를 수확할 수 없다는 것을 그보다 더 잘 알았던 이가 있을까?

그의 교리는 다른 사람들을 위해 살아가는 것을 확고하고 의식적인 목표로 삼으라는 게 아니었다. 그것은 그가 설파하는 교리의 근본이 아니었다. 그가 "너의 적들을 용서하라."라고 한 것은 적들을 위해서가 아니라 자기 자신을 위해 그렇게 하라는 것이다. 사랑이 증오보다 아름답기 때문이다. 그가 보자마자 사랑했던 젊은이에게 "네가 가진 것을 모두 팔아 가난한 이들에게 나눠 주어라."라고 간청했을 때, 그는 가난한 이들의 형편을 생각한 것이 아니라 그 젊은이의 영혼, 부가 망치는 그의 아름다운 영혼을 염려했던 것이다. 그리스도는 그의 인생관에 있어서, 자기완성의 필연적인 법칙에 의해 시인은 노래해야만 하고, 조각가는 청동으로만 생각하고, 화가는 자신의 기분을 비추는 거울로서의 세상을 그려야 한다는 것을 아는―산사나무가 봄에 꽃피우고, 수확기의 곡식이 황금빛으로 타오르고, 규칙적인 운행 속에서 달이 방패에서 낫으로, 낫에서 방패로 그 모습을 바꾸는 것만큼이나 확실하고 분명하게―예술가와 조금도 다르지 않다.

Christ was not merely the supreme Individualist, but he was the first in History. People have tried to make him out an ordinary Philanthropist, like the dreadful philanthropists of the nineteenth century, or ranked him as an Altruist with the unscientific and sentimental. But he was really neither one nor the other. Pity he has, of course, for the poor, for those who are shut up in prisons, for the lowly, for the wretched, but he has far more pity for the rich, for the hard Hedonists, for those who waste their freedom in becoming slaves to things, for those who wear soft raiment and live in Kings' houses. Riches and Pleasure seemed to him to be really greater tragedies than Poverty and Sorrow. And as for Altruism, who knew better than he that it is vocation not volition that determines us, and that one cannot gather grapes off thorns or figs from thistles?

To live for others as a definite self-conscious aim was not his creed. It was not the basis of his creed. When he says "Forgive your enemies", it is not for the sake of the enemy but for one's own sake that he says so, and because Love is more beautiful than Hate. In his entreaty to the young man whom when he looked on he loved, "Sell all that thou hast and give it to the poor", it is not of the state of the poor that he is thinking but the soul of the young man, the lovely soul that wealth was marring. In his view of life he is one with the artist who knows that by the inevitable law of self-perfection the poet must sing, and the sculptor think in bronze, and the painter make the world a mirror for his moods, as surely and as certainly as the hawthorn must blossom in Spring, and the corn burn to gold at harvest-time, and the Moon in her ordered wanderings change from shield to sickle, and from sickle to shield.

그의 도덕성은 오로지 연민이었다. 본디 도덕성이라는 것이 그래야 하는 것처럼. 만약 그가 했던 유일한 말이 "그녀의 죄는 사함을 받았도다. 그녀는 많이 사랑했기 때문이다."라고 한다면, 그런 말을 한 것만으로도 그는 충분히 죽을 만한 가치가 있었을 것이다. 그의 정의는 오로지 시적(詩的) 정의를 의미한다. 정의란 모름지기 그래야 하는 것처럼. 걸인은 불행했기 때문에 천국에 간 것이다. 아무리 생각해도 나는 그가 천국에 가야 했던 더 그럴듯한 이유를 찾지 못했다. 같은 포도밭에서 시원한 저녁에 한 시간 일한 사람과 뙤약볕에서 하루 종일 고생한 사람이 똑같은 보수를 받기도 한다. 그러면 안 되는 이유가 있을까? 그건 아마 그 누구도 어떤 것을 누릴 자격이 없었기 때문일 것이다. 아니면 그들이 서로 다른 부류의 사람들이었기 때문일지도 모른다. 그리스도는 사람들을 사물인 양 모두 똑같이 취급하는 따분하고 생기 없는 기계적인 체제와 그런 식으로 세상의 모든 사람과 모든 사물이 다 똑같다고 생각하는 것을 용납하지 않았다. 그에게 법칙이라는 것은 존재하지 않았기 때문이다. 그에게는 오직 예외만이 있었을 뿐이다.

His morality is all sympathy, just what morality should be. If the only thing he had ever said had been "Her sins are forgiven her because she loved much", it would have been worth while dying to have said it. His justice is all poetical justice, exactly what justice should be. The beggar goes to heaven because he had been unhappy. I can't conceive a better reason for his being sent there. The people who work for an hour in the vineyard in the cool of the evening receive just as much reward as those who had toiled there all day long in the hot sun. Why shouldn't they? Probably no one deserved anything. Or perhaps they were a different kind of people. Christ had no patience with the dull lifeless mechanical systems that treat people as if they were things, and so treat everybody alike: as if anybody, or anything for that matter, was like aught else in the world. For him there were no laws: there were exceptions merely.

우리가 다른 사람들을 좋게 생각하고 싶어 하는 이유는 우리 자신을 생각할 때 두렵기 때문이다. 낙천주의의 근거는 순전한 두려움이다. 우리가 스스로를 관대하다고 생각하는 건 이

옷들이 우리에게 이득이 될 것 같은 덕성들을 지녔다고 믿기 때문이다. 잔액보다 많은 돈을 인출할지도 모를 때 우리는 은행원을 칭찬하고, 설마 나는 털지 않겠지 하는 기대로 노상강도에게서도 좋은 점을 찾아내는 것이다.

The reason we all like to think so well of others is that we are all afraid for ourselves. The basis of optimism is sheer terror. We think that we are generous because we credit our neighbour with the possession of those virtues that are likely to be a benefit to us. We praise the banker that we may overdraw our account, and find good qualities in the highwayman in the hope that he may spare our pockets.

사람들은 자신이 원하지 않는 것을 남들에게 줘 버리기를 아주 좋아한다. 그런 식의 자선이 지속적인 증가 추세를 보이고 있다.

People are so fond of giving away when they do not want themselves, that charity is largely on the increase.

백만장자 모델은 아주 드물다. 하지만 모범적인 백만장자는 훨씬 더 드물다.

Millionaire models are rare enough; but model millionaires are rarer still.

스튜트필드 부인: 앨프리드 경, 금빛 필터가 달린 담배라니, 정말 너무너무 근사해요.

앨프리드 경: 엄청나게 비싼 담배랍니다. 난 빚을 지고 있을 때만 이런 담배를 피울 수 있답니다.

스튜트필드 부인: 빚을 지다니, 이만저만 괴로운 일이 아닐 것 같아요.

앨프리드 경: 요즘엔 뭐라도 하는 일이 있어야 하니까요. 나한 테 빚이 없었다면 생각할 게 아무것도 없었을 겁니다. 내가 아는 친구들은 모두가 빚을 지고 있답니다.

LADY STUTFIELD: How very, very charming those gold-tipped cigarettes of yours are, Lord Alfred.

LORD ALFRED: They are awfully expensive. I can only afford them when I'm in debt.

LADY STUTFIELD: It must be terribly, terribly distressing to be in debt.

LORD ALFRED: One must have some occupation nowadays. If I hadn't my debts I shouldn't have anything to think about. All the chaps I know are in debt.

19세기가 공감의 과도한 소비로 파산에 이르렀다면, 난 우리 자신을 바로잡기 위해 과학의 힘을 빌려야 한다고 생각합니다. 감정의 이점은 우리를 미혹시킨다는 데 있고, 과학의 이점은 감상적이지 않다는 데 있으니까요.

As the nineteenth century has gone bankrupt through an overexpenditure of sympathy, I would suggest that we should appeal to science to put us straight. The advantage of the emotions is that they lead us astray, and the advantage of science is that it is not emotional.

불만으로 말하자면, 그런 환경과 비참한 삶의 방식에 불만을 표시하지 않는 사람은 짐승이나 다름없을 것이다. 역사책을 읽어 본 사람이라면 누구라도 불복종이 인간의 고유한 덕목임을 안다. 인류의 진보는 불복종을 통해서, 불복종과 반항을 통해 이루어진 것이다. 사람들은 때때로 가난한 사람들이 검약한 것을 칭찬하기도 한다. 하지만 가난한 이들에게 검약을 권하는 건 참으로 우스꽝스럽고 모욕적이다. 그건 마치 굶어 죽어 가는 사람에게 덜 먹으라고 충고하는 것과도 같다. 도시나 시골의 노동자가 검약을 실천하는 건 전적으로 부도덕하다. 인간은 제대로 먹이를 얻어먹지 못한 가축처럼 살아갈 수 있다는 것을 기꺼이 보여 주어서는 안 된다. 인간은 그러한 삶을 거부해야만 하며, 도둑질을 하거나 구제 기금—많은 사람들이 이 또한 도둑질의 한 형태라고 여긴다.—으로 살아야 한다. 구걸로 말하자면, 빼앗는 것보다는 구걸이 더 안전하다. 하지만 구걸보다는 빼앗는 것이 모양새가 더 낫다. 그렇다, 가난한 사람들 중에 은혜도 모르고 검약할 줄도 모르며 불만과 반항심으로 가득 찬 사람이 있다면 그는 필시 개성이 뚜렷하고 내면에 많은 걸 지닌 사람이다. 어쨌거나 그는 강건한 반항아가 틀림없다. 가난하고 덕망 높은 이들은 동정받을 수는 있지만 감탄의 대상은 될 수 없다. 그들은 하찮은 수프 한 그릇과 자신들의 타고난 권리를 맞바꿈으로써 적과 타협한 것이다.

As for being discontented, a man who would not be discontented with such surroundings and such a low mode of life would be a perfect brute. Disobedience, in the eyes of any one who has read history, is man's original virtue. It is through disobedience that progress has been made, through disobedience and through rebellion. Sometimes the poor are praised for being thrifty. But to recommend thrift to the poor is both grotesque and insulting. It is like advising a man who is starving to eat less. For a town or country labourer to practise thrift would be absolutely immoral. Man should not be ready to show that he can live like a badly fed animal. He should decline to live like that, and should steal or go on the rates, which is considered by many to be a form of stealing. As for begging, it is safer to beg than to take, but it is finer to take than to beg. No: a poor man who is ungrateful, unthrifty, discontented and rebellious is probably a real personality, and much in him. He is at any rate a healthy protest. As for the virtuous poor, one can pity them, of course, but one cannot possibly admire them. They have made private terms with the enemy, and sold their birthright for very bad pottage.

그들은 또한 엄청나게 어리석은 게 분명하다. 물론 그러한 환경 속에서도 어떤 형태의 아름답고 지적인 삶을 살아갈 수 있는 사람이 자신의 사유 재산을 보호하고 그것의 축적을 허용하는 법을 받아들인다면, 그런 건 얼마든지 이해할 수 있다. 하지만 그런 법으로 인해 자신의 삶이 끔찍하게 망가진 사람이 그것의 존속(存續)을 묵인하는 건 정말 이해할 수 없다.

하지만 이런 현상은 별로 어렵지 않게 설명될 수 있다. 그 이유는 간단하다. 고통과 빈곤은 사람을 몹시 비천해지게 하면서 인간의 본성을 마비시키는 힘을 지니고 있다. 따라서 어떤 계층의 사람들도 자신의 고통을 진정으로 의식하지 못한다. 다른 사람들이 그것에 대해 이야기해 줘야만 하며, 그런데도 그들은 종종 그런 말들을 조금도 믿으려 들지 않는다. 노동자의 고용주들 대부분이 선동가들에 대해 불평하는 말은 절대적으로 옳다. 선동가들은 남의 삶에 끼어들어 방해하는 무리로, 자신의 삶에 더없이 만족하며 살아가는 사람들을 부추기며 그들 사이에 불화의 씨앗을 뿌리는 사람들이다. 그것이 바로 선동가들이 절대적으로 필요한 이유다. 우리의 불완전한 상태에서 그런 사람들이 존재하지 않는다면 문명의 진보는 없을 것이다. 미국의 노예 제도 폐지는 노예들의 어떤 행동에서 비롯된 것도, 자유를 추구하는 그들의 분명한 열망의 결과물도 아니었다. 그것은 보스턴이나 다른 곳의 몇몇 선동가들의 지극히 불법적인 행동으로 이뤄진 것이었다. 그들은 노예도 노예 소유주도 아니었으며, 이 문제와는 사실상 아무런 상관이 없는 사람들이었다. 횃불을 밝히고 이 모든 것을 시작한 이들은 의심할 여지없이 노예제 폐지론자들이었다. 그런데 참으로 이상한 건, 그들은 정작 당사자인 노예들에게서는 거의 협조를 받지 못했을 뿐만 아니라 일말의 공감조차도 얻지 못했다는 사실이다. 그리고 전쟁이 끝나자 노예들은 자신들이 자유의 몸이 되었으며, 너무나도 완벽하게 자유로운 나머지 굶어 죽는 것도 자유라는 사실을 깨달았다. 그들 대부분은 자신들의 새로운 처지를 한탄했다. 사상가들에게 프랑스 대혁명과 관련한 모든 것들 중에서 가장 비극적인 사실은 마리 앙투아네트가 왕비이기 때문에 죽임을 당한 게 아니라, 방데의 굶주린 농민들이 끔찍한 봉건 제도를 위해 자발적으로 목숨을 바쳤다는 것이다.

They must also be extraordinarily stupid. I can quite understand a man accepting laws that protect private property, and admit of its accumulation, as long as he himself is able under those conditions to realize some form of beautiful and intellectual life. But it is almost incredible to me how a man whose life is marred and made hideous by such laws can possibly acquiesce in their continuance. However, the explanation is not really difficult to find. It is simply this. Misery and poverty are so absolutely degrading, and exercise such a paralyzing effect over the nature of men, that no class is ever really conscious of its own suffering. They have to be told of it by other people, and they often entirely disbelieve them. What is said by great employers of labour against agitators is unquestionably true. Agitators are a set of interfering, meddling people, who come down to some perfectly contented class of the community and sow the seeds of discontent amongst them. That is the reason why agitators are so absolutely necessary. Without them, in our incomplete state, there would be no advance towards civilization. Slavery was put down in America, not in consequence of any action on the part of the slaves, or even any express desire on their part that they should be free. It was put down entirely through the grossly illegal conduct of certain agitators in Boston and elsewhere, who were not slaves themselves, nor owners of slaves, nor had anything to do with the question really. It was, undoubtedly, the Abolitionists who set the torch alight, who began the whole thing. And it is curious to note that from the slaves themselves they received, not merely very little assistance, but hardly any sympathy even; and when at the close of the war the slaves found themselves free, found themselves indeed so absolutely free that they were free to starve, many of them bitterly regretted the new state of things. To the thinker, the most tragic fact in the whole of the French Revolution is not that Marie Antoinette was killed for being a queen, but that the starved peasant of the Vendée voluntarily went out to die for the hideous cause of feudalism.

요즘 우리는 무엇에든 터무니없이 비싼 가격을 지불한다. 가난한 사람들의 진정한 비극은, 그들은 자신의 욕망을 부정하는 것 말고는 아무것도 할 수 없다는 데 있다. 아름다운 죄악은, 아름다운 것들이 다 그렇듯 부유한 사람들만의 특권이다.

We are overcharged for everything nowadays.
I should fancy that the real tragedy of the poor
is that they can afford nothing but self-denial.
Beautiful sins, like beautiful things, are the
privilege of the rich.

당신은 가난해 본 적이 없으니 야망이 무엇인지 알 턱이 없다.

You have never been poor, and never known
what ambition is.

대중은 놀랍도록 관대하다. 그들은 천재성만 빼고는 뭐든지
용서한다.

The public is wonderfully tolerant. It forgives
everything except genius.

여론은 행동을 통제하고자 할 때는 악의와 선의를 드러내지
만, 생각이나 예술을 통제하고자 할 때는 악명 높고 악의적인
모습만 보인다.
사실 대중의 의견보다는 대중의 물리적 힘에 관해 훨씬 우호
적으로 이야기할 수 있을 것이다. 대중의 물리적 힘은 꽤 쓸

만한 것일 수도 있다. 하지만 대중의 의견은 몰지각할 수밖에 없다. 사람들은 종종 무력은 논쟁거리조차 되지 못한다고 말한다. 하지만 그것은 전적으로 무엇을 입증하고자 하느냐에 달려 있다. 최근 몇 세기 동안 가장 중요한 문제에 속하는 것들, 영국의 개인 권력 승계와 프랑스의 봉건주의와 같은 것들이 전적으로 물리적 힘에 의해 해결되지 않았던가. 혁명의 폭력성은 잠시 대중을 위대하고 고귀하게 만들 수도 있다. 하지만 어느 운명의 날, 대중은 펜이 포석보다 강하며 벽돌 조각만큼 공격적일 수 있다는 사실을 깨달았다. 그들은 즉시 저널리스트를 찾아 나섰고, 그를 발전시켜 넉넉한 보수를 지급받는 충실한 하수인으로 만들었다. 그것은 양쪽 모두에게 몹시 유감스러운 일이다. 바리케이드 뒤에는 고귀하고 영웅적인 것이 얼마든지 있을 수 있다. 하지만 신문 사설 이면에 편견과 어리석음, 위선적인 말과 헛소리 말고 달리 무엇이 있을 수 있겠는가? 그리고 이 네 가지가 합쳐지는 날, 그것들은 엄청난 힘을 지니게 되면서 새로운 권력을 형성한다.

Public Opinion, bad and well-meaning as it is when it tries to control action, is infamous and of evil meaning when it tries to control Thought or Art.

Indeed, there is much more to be said in favour of the physical force of the public than there is in favour of the public's opinion. The former may be fine. The latter must be foolish. It is often said that force is no argument.

That, however, entirely depends on what one wants to prove. Many of the most important problems of the last few centuries, such as the continuance of personal government in England, or of feudalism in France, have been solved entirely by means of physical force. The very violence of a revolution may make the public grand and splendid for a moment. It was a fatal day when the public discovered that the pen is mightier than the paving-stone, and can be made as offensive as the brickbat. They at once sought for the journalist, found him, developed him, and made him their industrious and well-paid servant. It is greatly to be regretted, for both their sakes. Behind the barricade there may be much that is noble and heroic. But what is there behind the leading-article but prejudice, stupidity, cant and twaddle? And when these four are joined together they make a terrible force, and constitute the new authority.

다른 이들에게 좋은 일을 하려는 욕망이 도덕군자인 척하는 사람들을 양산한다는 사실은, 그러한 욕망이 야기하는 해악 중 가장 하찮은 거야. 도덕군자인 척하는 사람들은 심리학적으로 매우 흥미로운 연구 대상이지. 모든 허식 중에서 도덕적 허식이 가장 역겨운 것이긴 하지만, 그래도 어쨌든 허식을 부린다는 건 의미가 있는 일이야. 분명하고 합리적인 관점에서 삶을 다루는 일의 중요성을 공식적으로 인정하는 것이니까. 패자의 생존을 보장함으로써 자연에 반하는 인도주의적 공감은 과학자로 하여금 그것의 값싼 미덕을 혐오하게 만들지도 몰라. 정치 경제학자는 앞날을 대비하지 않는 사람을 앞날을 내다보는 사람과 같은 차원에서 다룸으로써, 가장 비천하기 때문에 가장 강한 근면에의 동기를 삶에서 빼앗아 가는 데에 맹렬한 분노를 터뜨리게 될 거야. 하지만 사상가가 보기에 감정적 공감이 초래하는 진정한 폐단은, 지식을 제한하고 우리로 하여금 어떤 사회적 문제도 해결하지 못하도록 가로막는다는 거야. 지금 우리는 실업 수당과 구호품으로 다가오는 위기, 다가오는 혁명—내 페이비언주의자 친구들의 표현에 의하면—을 늦추려고 애쓰는 거야. 이러다 혁명이나 위기가 도래하면, 우린 아무런 힘도 발휘하지 못할 거야. 아는 게 아무것도 없을 테니까.

That the desire to do good to others produces a plentiful crop of prigs is the least of the evils of which it is the cause. The prig is a very interesting psychological study, and though of all poses a moral pose is the most offensive, still to have a pose at all is something. It is a formal recognition of the importance of treating life from a definite and reasoned standpoint.

That Humanitarian Sympathy wars against
Nature, by securing the survival of the failure,
may make the man of science loathe its facile
virtues. The political economist may cry out
against it for putting the improvident on the
same level as the provident, and so robbing life
of the strongest, because most sordid, incentive
to industry. But, in the eyes of the thinker, the
real harm that emotional sympathy does is that
it limits knowledge, and so prevents us from
solving any single social problem. We are trying
at present to stave off the coming crisis, the
coming revolution as my friends the Fabianists
call it, by means of doles and alms. Well, when
the revolution or crisis arrives, we shall be
powerless, because we shall know nothing.

사유 재산의 인정은 진정으로 개인주의에 해를 끼쳤을 뿐만
아니라, 사람이 가진 것과 그 사람을 혼동하게 함으로써 그 개
념을 모호하게 만들었다. 개인주의로 하여금 완전히 길을 잃
게 만든 것이다. 그럼으로써 성장이 아닌 재물의 획득을 그 목
표가 되게 했다. 그리하여 인간은 중요한 건 소유하는 거라고
생각하게 되었고, 어떤 사람인지가 중요하다는 것을 알지 못
하게 되었다. 인간의 진정한 완성은 무엇을 가졌느냐가 아니
라, 어떤 사람인가에 달려 있는 것이다. 사유 재산은 진정한

개인주의를 짓밟고 거짓된 개인주의를 구축했다. 그것은 사회 구성원의 일부를 굶주리게 함으로써 개인이 되지 못하게 했다. 그리고 사회 구성원의 또 다른 일부를 잘못된 길로 들어서게 하고 방해함으로써 그들 역시 개인이 되지 못하게 했다. 사실, 인간의 소유물이 인간의 개성을 완전히 장악하다 보니 영국의 법은 언제나 사람 자체에 대한 침해보다 재산에 대한 침해를 훨씬 더 가혹하게 다루어 왔다. 그리고 재산은 여전히 완전한 시민권의 시험대다.

돈을 버는 데 요구되는 노력 또한 사람을 매우 지치게 한다. 우리가 사는 사회처럼 재산의 소유가 엄청난 차이, 사회적 지위, 명예, 존경, 직위 그리고 그 비슷한 즐거운 것들을 부여하는 사회에서는, 본래 야심이 많은 인간은 그러한 재산을 축적하는 데 삶의 목표를 두게 된다. 그리고 자신이 원하거나 사용할 수 있고, 즐길 수 있으며, 심지어 자신이 아는 것보다 훨씬 더 많이 소유하게 된 뒤에도 지칠 때까지 지겹도록 재산을 축적해 나간다. 그런 다음 그 재산을 안전하게 지키기 위해 또 죽도록 일할 것이다. 사실 그 재산이 누리게 해 주는 엄청난 혜택을 생각해 볼 때 그리 놀랄 일도 아니다. 유감스러운 점은, 사회가 그런 기반 위에 형성되다 보니 인간은 자신 안에 있는 멋지고 매혹적이며 유쾌한 것들을 자유롭게 발전시킬 수 없는 제한된 틀 속에 갇히게 되었다는 사실이다. 그 속에서는 진정한 삶의 기쁨과 즐거움을 느낄 수 없다.

인간은 또한 현재의 조건 속에서는 매우 불안정한 삶을 살아갈 수밖에 없다. 엄청나게 부유한 상인도 살면서 언제라도—실제로 자주—그가 통제할 수 없는 일들을 겪을 수 있다. 바람이 거세게 분다거나 갑자기 날씨가 변하거나 어떤 사소한 일이라도 생기면 그의 배가 가라앉거나 그의 예측이 어긋날 수 있다. 그러면 그는 자신이 가진 사회적 지위를 모두 잃는 것은 물론, 빈민으로 전락할 수도 있다. 이제 그 자신을 제외한 그 무엇도 인간에게 해를 입힐 수 있어서는 안 된다. 그 무엇도 인간에게서 무언가를 빼앗아 갈 수 있어서는 안 된다. 인간이 진정으로 소유하는 건 그의 안에 있는 것이다. 그의 밖에 있는 것은 조금도 중요하게 생각되어서는 안 된다.

The recognition of private property has really harmed Individualism, and obscured it, by confusing a man with what he possesses. It has led Individualism entirely astray. It has made gain not growth its aim. So that man thought that the important thing was to have, and did not know that the important thing is to be. The true perfection of man lies, not in what man has, but in what man is. Private property has crushed true Individualism, and set up an Individualism that is false. It has debarred one part of the community from being individual by starving them. It has debarred the other part of the community from being individual, by putting them on the wrong road and encumbering them. Indeed, so completely has man's personality been absorbed by his possessions that the English law has always treated offences against a man's property with far more severity than offences against his person, and property is still the test of complete citizenship.

The industry necessary for the making of money is also very demoralizing. In a community like ours, where property confers immense distinction, social position, honour, respect, titles, and other pleasant things of the kind, man, being naturally ambitious, makes it his aim to accumulate this property, and goes on wearily and tediously accumulating it long after he has got far more than he wants, or can use, or enjoy, or perhaps even know of. Man will kill himself by overwork in order to secure property, and really, considering the enormous advantages that property brings, one is hardly surprised. One's regret is that society should be constructed on such a basis that man has been forced into a groove in which he cannot freely develop what is wonderful, and fascinating, and delightful in him — in which, in fact, he misses the true pleasure and joy of living.

He is also, under existing conditions, very insecure. An enormously wealthy merchant may be — often is — at every moment of his life at the mercy of things that are not under his control. If the wind blows an extra point or so, or the weather suddenly changes, or some trivial thing happens, his ship may go down, his speculations may go wrong, and he finds himself a poor man, with his social position quite gone. Now, nothing should be able to harm a man except himself. Nothing should be able to rob a man at all. What a man really has, is what is in him. What is outside of him should be a matter of no importance.

13 아일랜드인과
영국인,
미국인과
프랑스인:

미국에서는 돼지고기
가공업이 정치 다음으로
돈을 많이 버는
사업이라고 합니다

우리 아일랜드인은 너무나 시적이어서 시인이 될 수 없다. 우리는 찬란한 패배를 맛본 민족이지만, 그리스인들 이후로 가장 뛰어난 달변가들이다.

We Irish are too poetical to be poets; we are a nation of brilliant failures, but we are the greatest talkers since the Greeks.

영국인에게 말하는 법을, 아일랜드인에게 듣는 법을 가르칠 수 있다면, 이 사회는 훨씬 진보한 사회가 될 수 있을 것이다.

If one could only teach the English how to talk, and the Irish how to listen, society here would be quite civilized.

런던에는 안개와 진지한 사람들이 너무 많다. 안개가 진지한 사람들을 생겨나게 하는 건지, 진지한 사람들이 안개를 만들어 내는 것인지 잘 모르겠지만.

London is too full of fogs and serious people. Whether the fogs produce the serious people or whether the serious people produce the fogs, I don't know.

내 아이디어들을 잘못 해석하는 전형적인 영국인들의 방식은 내게 유쾌함과 즐거움을 안겨 준다. 그들은 나의 경구를 진지한 것으로 받아들이고, 나의 패러디를 산문으로 오해한다.

We were delighted and amused at the typical English way in which our ideas were misunderstood. They took our epigrams as earnest, and our parodies as prose.

영국인들의 정신은 언제나 분노하고 있다. 그들은 이류 정치가들이나 삼류 신학자들과의 저열하고 어리석은 언쟁에 자신들의 지성을 헛되이 소모하고 있다.

The English mind is always in a rage. The intellect of the race is wasted on the sordid and stupid quarrels of second-rate politicians or third-rate theologians.

영국인들은 언제나 자신이 옳다고 말하는 사람은 절대 봐주지 않지만, 자신이 잘못했다고 인정하는 사람은 아주 좋아한다. 그것이 그들의 가장 좋은 점 중 하나다.

The English can't stand a man who is always saying he is in the right, but they are very fond of a man who admits that he has been in the wrong. It is one of the best things in them.

영국인들은 포도주를 물로 변화시키는 기적적인 힘을 지니고 있다.

The English have a miraculous power of turning wine into water.

추함은 일곱 가지 치명적 미덕 중 하나다. 맥주, 성서 그리고 일곱 가지의 치명적 미덕이 오늘날의 영국을 만들었다.

Ugliness is one of the seven deadly virtues. Beer, the Bible, and the seven deadly virtues have made our England what she is.

영국에는 딱 두 부류의 작가들이 있을 뿐이다. 읽히지 않는 작가들과 읽을 가치가 없는 작가들 말이다.

There are only two forms of writers in England, the unread and the unreadable.

영국 대중이 결코 용서하지 않는 세 가지는 젊음, 힘 그리고 열정이다.

Three things the English public never forgives: Youth, power, and enthusiasm.

영국인들은 수표책이 인생의 모든 문제를 해결할 수 있다고 믿는다.

The English think that a cheque-book can solve every problem in life.

모든 면에서 영국인의 사분의 삼과 의견을 달리하는 것은 제정신으로 사는 데 필요한 첫 번째 요소 중 하나다. 정신적으로

회의가 드는 순간마다 그 사실에서 커다란 위안을 받기 때문이다.

> To disagree with three-fourths of England on all points is one of the first elements of sanity; a deep source of consolation in all moments of spiritual doubt.

영국에는 다른 어떤 나라들보다 예술의 주제가 될 만한 것들이 많이 있다. 아마도 그래서 다른 나라들보다 예술가가 적은 게 아닐까.

> England has more subjects for art than any other country: I suppose that is the reason it has fewer artists.

영국 여자들이 자신의 과거를 감추는 데 능하다면, 미국 처녀들은 자신의 부모를 숨기는 데 아주 뛰어나다.

> American girls are as clever at concealing their parents, as English women are at concealing their past.

"그 여자가 예쁜가?"

"자기가 아름다운 것처럼 굴긴 합니다. 미국 여자들은 누구나 그러지요. 그게 그들이 지닌 매력의 비결이죠."

"어째서 미국 여자들은 자기 나라에 잠자코 있지 못하는 거지? 사람들 말로는 미국은 여자들에겐 천국이라던데."

"맞아요. 그래서 미국 여자들이 이브처럼 그 천국에서 벗어나지 못해 안달하는 거겠죠."

"Is she pretty?"

"She behaves as if she was beautiful. Most American women do. It is the secret of their charm."

"Why can't these American women stay in their own country? They are always telling us that it is the Paradise for women."

"It is. That is the reason why, like Eve, they are so excessively anxious to get out of it."

어쩌면 아메리카는 결코 발견된 적이 없다고 할 수 있다. 나라면 아메리카는 단지 탐지되었을 뿐이라고 말할 것이다.

Perhaps, after all, America never has been discovered. I myself would say that it had merely been detected.

미국의 젊은이들은 오늘날까지 삼백 년 동안이나 이어지는 미국의 가장 오래된 전통이다. 그들이 말하는 것을 들으면, 여전히 그들은 첫 번째 유년기에 머물고 있다는 생각이 든다. 문명에 있어서는 두 번째 유년기에 머물고 있는 듯 보인다.

The youth of America is their oldest tradition. It has been going on now for three hundred years. To hear them talk one would imagine they were in their first childhood. As far as civilization goes they are in their second.

미국인들은 분명 대단한 영웅 숭배자들이며, 언제나 범죄자들 가운데서 그들의 영웅들을 선택한다.

The Americans are certainly great hero-worshippers, and always take their heroes from the criminal classes.

영국인들은 미국의 문명보다 미국의 야만성에 훨씬 큰 흥미를 느낀다.

English people are far more interested in American barbarism than they are in American civilization.

미국에서는 모두가 기차를 타느라 허둥지둥하는 것 같다. 이는 시나 로맨스에 호의적인 환경이라고 볼 수 없다. 로미오나 줄리엣이 기차를 놓칠까 봐 끊임없이 불안해하거나 왕복 차표를 사는 문제로 신경을 써야 했더라면, 셰익스피어가 그토록 사랑스럽고 시정(詩情)과 파토스로 가득한 발코니 장면을 우리에게 남기는 일은 없었을 것이다.

In America everybody seems in a hurry to catch a train. This is a state of things which is not favourable to poetry or romance. Had Romeo or Juliet been in a constant state of anxiety about trains, or had their minds been agitated by the question of return-tickets, Shakespeare could not have given us those lovely balcony scenes which are so full of poetry and pathos.

사람들은 미국에서 깊은 인상을 받곤 하지만, 그 인상은 호의적인 것이라기보다 모든 게 지나치게 크다는 사실에서 기인하는 것이다. 마치 나라 전체가 그 인상적인 크기로 인해 사람들로 하여금 그것이 지닌 힘을 믿도록 강요하는 듯 보인다.

One is impressed in America, but not favorably impressed, by the inordinate size of everything. The country seems to try to bully one into a belief in its power by its impressive bigness.

훈스탄튼 부인: 미국인들은 하나같이 정말 옷을 잘 입어요. 파리에서 옷을 가져다 입거든요.

알론비 여사: 훈스탄튼 부인, 그거 아세요, 착한 미국인들은 죽을 때 파리로 간대요.

훈스탄튼 부인: 정말요? 그럼 나쁜 미국인들은 죽을 때 어디로 가죠?

일링워스 경: 당연히 미국으로 가죠.

LADY HUNSTANTON: All Americans do dress well. They get their clothes in Paris.

MRS ALLONBY: They say, Lady Hunstanton, that when good Americans die they go to Paris.

LADY HUNSTANTON: Indeed? And when bad Americans die, where do they go to?

LORD ILLINGWORTH: Oh, they go to America.

미국은 역사에서 유럽이 자신보다 조금 일찍 발견되었다는 사실을 진정으로 용서한 적이 없다.

America has never quite forgiven Europe for having been discovered somewhat earlier in history than itself.

미국은 세상에서 가장 시끄러운 나라다.

America is the noisiest country that ever existed.

미국인들에게 부피는 미적(美的) 규범이고, 크기는 우수성의 기준이다.

Bulk is their canon of beauty and size their standard of excellence.

미국의 아이들은 자신의 부모를 가르친다.

The American child educates its father and mother.

미국인들에게 전화는 문명의 시금석이며, 유토피아를 꿈꾸는 그들의 더없이 강렬한 열망은 고가 철도와 전기 벨 너머로는 뻗어 나가지 못한다.

The telephone is his test of civilization, and his wildest dreams of Utopia do not rise beyond elevated railways and electric bells.

미국 처녀들은 대체로 굉장히 매력적이다. 아마도 그들이 지닌 매력의 주된 비결은, 자신들의 양재사에게 얘기할 때를 제외하고는 결코 진지하게 얘기하지 않으며, 흥밋거리에 관해서가 아니면 결코 진지하게 생각하지 않는 데에 있지 않을까.

On the whole, American girls have a wonderful charm, and, perhaps, the chief secret of their charm is that they never talk seriously, except to their dressmaker, and never think seriously, except about amusements.

미국 땅을 밟았을 때 처음 내게 깊은 인상을 준 것은, 미국인들이 세상에서 가장 옷을 잘 입는 민족은 아닐지라도 가장 편하게 옷을 입는 사람들이라는 사실이다.

The first thing that struck me on landing in America was that if Americans were not the most well-dressed people in the world, they are the most comfortably dressed.

고국을 떠나는 많은 미국 숙녀들은 만성적으로 건강이 좋지 않은 것 같은 얼굴을 한다. 그러면 유럽식으로 세련돼 보일 거라고 생각하는 듯하다.

Many American ladies on leaving their native land adopt an appearance of chronic ill-health, under the impression that it is a form of European refinement.

헨리 경: 친애하는 바질, 도리언은 지나치게 현명한 친구라 이따금씩 어리석은 짓을 저지를 수밖에 없네.

바질 홀워드: 결혼을 이따금씩 저지르는 실수라고 할 수는 없지 않은가, 해리.

헨리 경: 미국의 경우를 빼면 그렇겠지.

LORD HENRY: Dorian is far too wise not to do foolish things now and then, my dear Basil.

BASIL HALLWARD: Marriage is hardly a thing that one can do now and then, Harry.

LORD HENRY: Except in America.

미국에서 결혼 생활이 대단히 성공적으로 유지되는 것은 대체로, 한편으로는 어떤 미국 남자도 게으른 법이 없으며, 다른 한편으로는 어떤 미국인 아내도 남편을 위한 식사의 질에 책임이 있다고 간주되지 않는다는 사실에서 기인한다. 미국인들은 가정생활의 끔찍함이라는 것을 거의 알지 못한다.

On the whole, the great success of marriage

in the States is due partly to the fact that no American man is ever idle and partly to the fact that no American wife is considered responsible for the quality of her husband's dinners. In America, the horrors of domesticity are almost entirely unknown.

나는 나이아가라 폭포를 보고 실망감을 감출 수 없었다. 대부분의 사람들은 나이아가라 폭포를 보고 분명 실망할 것이다. 모든 미국인 신부들은 그곳으로 신혼여행을 가는데, 그들 눈앞의 거대한 폭포는 미국인들이 결혼 생활에서 느끼게 되는 가장 큰 실망은 아닐지라도, 가장 빨리 느끼는 실망 중 하나가 될 것이다.

I was disappointed with Niagara — most people must be disappointed with Niagara. Every American bride is taken there, and the sight of the stupendous waterfall must be one of the earliest, if not the keenest, disappointments in American married life.

캘리포니아는 예술을 뺀 이탈리아다.

California is an Italy without its art.

참으로 이상한 일은, 실종된 사람들 모두가 샌프란시스코에서 목격되곤 한다는 것이다. 샌프란시스코는 유쾌한 도시이며, 다음 세상의 매력을 모두 가진 도시임이 분명하다.

> It is an odd thing, but everyone who disappears is said to be seen at San Francisco. It must be a delightful city, and possess all the attractions of the next world.

미국에 사는 여러분에게는 좀 더 고상한 건축물이 필요합니다. 여러분의 청교도 선조들이 여러분을 위해 지은 오래된 붉은 벽돌집들이 뉴욕 5번가의 엉터리 그리스식 주랑 현관이 있는 건물들보다 훨씬 아름답습니다.

> You in America need more noble architecture. The old red-brick houses which your Puritan forefathers built for you are more beautiful than the sham Greek porticos of Fifth Avenue.

미국에서 내가 새롭게 경험한 유쾌한 것들 중 하나는 편견 없는 사람들을 만나는 일이다. 그들은 어디에서나 진실을 받아들일 준비가 되어 있다. 영국에서는 그런 사람들을 찾아볼 수 없다.

One of the most delightful things I find
in America is meeting a people without
prejudice — everywhere open to the truth. We
have nothing like it in England.

미국인들은 세상에서 정치적으로 교육을 가장 잘 받은 국민
이다. 우리에게 '프리덤'이라는 말의 아름다움과 '리버티'라
는 것의 가치를 가르쳐 줄 수 있는 나라에는 한번 가 볼 만한
가치가 충분히 있다.

The Americans are the best politically educated
people in the world. It is well worth one's
while to go to a country which can teach us the
beauty of the word FREEDOM and the value of
the thing LIBERTY.

미국에서는 돼지고기 가공업이 정치 다음으로 돈을 많이 버
는 사업이라고 합니다.

I am told that pork-packing is the most
lucrative profession in America, after politics.

미국인들은 돈 버는 법은 잘 알지만 돈을 어떻게 써야 하는지

는 알지 못한다.

The people of America understand money-making, but not how to spend it.

미국의 젊은이들은 자신들의 무경험이 포함하는 모든 이점을 자신들보다 나이가 많은 이들에게 언제나 기꺼이 전수해 주고자 한다.

In America the young are always ready to give those who are older than themselves the full benefits of their inexperience.

어리석은 미국인 같은 건 없다. 대다수 미국인들은 많은 영국인들이 그렇듯이 끔찍하고, 천박하며, 주제넘게 잘 끼어들고 무례하기까지 하다. 그러나 어리석음은 국민적 악덕 중의 하나가 아니다. 사실 미국에는 머리 나쁜 사람이 설 자리가 없다. 그들은 구두닦이라 할지라도 우수한 두뇌를 가진 사람들을 원하며, 그런 사람들을 얻고야 만다.

There is no such thing as a stupid American. Many Americans are horrid, vulgar, intrusive, and impertinent, just as many English people are also; but stupidity is not one of the national vices. Indeed, in America there is no opening for a fool. They expect brains, even from a bootblack, and get them.

자신의 어머니를 보며 '미국 여자들은 우아하게 늙지 않는다.'라는 사실에 경각심을 느낀 미국 여성은 아예 늙지 않으려고 노력하고 종종 성공하기도 한다.

Warned by the example of her mother that American women do not grow old gracefully, she tries not to grow old at all, and often succeeds.

보스턴 사람들은 너무 슬프게 무언가를 배운다. 그들에게 문화라는 건 분위기가 아닌 성취를 의미한다. 그들이 "중심지"라고 부르는 곳은 도덕군자인 척하는 사람들의 천국이다.

The Bostonians take their learning too sadly; culture with them is an accomplishment rather than an atmosphere; their "Hub", as they call it, is the paradise of prigs.

미국에 가 보면 빈곤이 문명사회에 꼭 필요한 동반자가 아니라는 것을 알게 된다.

In going to America one learns that poverty is
not a necessary accompaniment to civilization.

미국 여성들은 예쁘고 매력이 넘친다. 실용적인 상식으로 이
루어진 거대한 사막을 사랑스러운 비합리성으로 적셔 주는
조그만 오아시스 같은 존재들이다.

American girls are pretty and charming—little
oases of pretty unreasonableness in a vast
desert of practical common sense.

미국인은 '예술'의 경이로움도, '아름다움'의 의미도, '과거'
의 메시지도 알지 못한다. 미국인들은 문명이 증기의 도입과
함께 시작되었다고 생각하며, 사람들이 사는 집에 뜨거운 물
이 나오는 장치가 없었던 모든 세기를 경멸 어린 눈빛으로 바
라본다.

For him(the American man) Art has no marvel,
and Beauty no meaning, and the Past no
message. He thinks that civilization began
with the introduction of steam, and looks with
contempt upon all centuries that had no hot-

water apparatuses in their houses.

미국 남자는 일찍 결혼하고, 미국 여자는 자주 결혼한다. 그리고 그들은 함께 아주 잘 살아간다.

The American man marries early, and the American woman marries often, and they get on extremely well together.

미국은 유일하게 문명의 단계를 거치지 않고 야만주의에서 퇴폐주의로 옮겨 간 나라다.

America is the only country that went from barbarism to decadence without civilization in between.

파리는 세상에서 가장 멋진 도시이며, 유일하게 문명화된 수도다. 인간의 모든 덕성과 능력에 열렬한 찬사를 보내면서, 인간의 모든 약점에는 절대적 관용을 베푸는 지구상의 유일한 장소다.

Paris is the most wonderful city in the world, the only civilized capital; the only place on earth where you find absolute toleration for all human frailties, with passionate admiration for all human virtues and capacities.

파리의 지적 분위기는 내게 아주 유익하게 작용해서, 열정뿐만 아니라 아이디어까지도 선사해 주었다.

The intellectual atmosphere of Paris has done me good, and now I have ideas, not merely passions.

런던에서는 뭐든지 감추지만, 파리에서는 뭐든지 드러내 보인다.

While in London one hides everything, in Paris one reveals everything.

프랑스인들은 어떤 주제라도 재치 있게 다룰 줄 안다. 웃음이 있는 곳에는 부도덕이 있을 수 없다. 부도덕과 진지함은 함께 시작되는 것이다.

The French can treat any subject with wit, and where one laughs there is no immorality;

immorality and seriousness begin together.

우리는 프랑스와는 전쟁하지 않을 것이다. 프랑스의 산문은
완벽하기 때문이다.

We will not war with France because her prose
is perfect.

프랑스의 산문은 아주 평범한 작가가 쓴 것이라 할지라도 언
제나 읽을 만하다. 그러나 영국의 산문은 아주 형편없다.

French prose, even in the hands of the most
ordinary writers, is always readable, but English
prose is detestable.

우리는 프랑스 극장에는 듣기 위해 가고, 영국 극장에는 보기
위해 간다.

At the Theatre Français we go to listen, to an
English theatre we go to look.

참고 문헌

Bob and Odette Blaisdell, *The Wit and Wisdom of Oscar Wilde*, Dover Publications, 2012.

Matthew Hofer & Gary Scharnhorst, *Oscar Wilde in America: The Interviews*, University of Illinois Press; 1st edition, 2013.

Tweed Conrad, *Oscar Wilde in Quotation*, McFarland & Company; 1st edition, 2006.

Richard Ellmann, *Oscar Wilde*, Vintage Books, 1988.

Ralphe Keyes, *The Wit & Wisdom of Oscar Wilde*, HarperCollins Publishers; 1st edition, 1996.

Hesketh Pearson, *Oscar Wilde, His Life and Wit*, Harper & Brothers, 1946.

Alvin Redman, *The Wit and Humor of Oscar Wilde*, Dover Publications, 1959.

Oscar Wilde, *Complete Short Fiction*, Penguin Classics; Reissued edition, 2003.

Oscar Wilde, *De Profundis and Other Prison Writings*, Penguin

Classics; Reprint edition, 2013.

Oscar Wilde, *The Complete Letters Of Oscar Wilde*, ed. Merlin Holland and Rupert Hart-Davis, Henry Holt and Company, 2000.

Oscar Wilde, *The Complete Works Of Oscar Wilde*, ed. Merlin Holland(fifth edition with corrections), Collins Classics, HarperCollins Publishers, 2003.

Oscar Wilde, *The Importance of Being Earnest and Other Plays*, Oxford World's Classics; Reissued edition, 2008.

Oscar Wilde, *The Major Works*, Oxford World's Classics; Reissued edition, 2008.

Oscar Wilde, *The Picture of Dorian Gray*, Penguin Classics; Revised edition, 2003.

Oscar Wilde, *The Soul of Man Under Socialism and Selected Critical Prose*, Penguin Classics, 2001.

옮긴이
박명숙

서울대학교 사범대학 불어교육과를 졸업하고 프랑스 보르도 제3대학에서 언어학 학사와 석사 학위를, 파리 소르본 대학에서 프랑스 고전주의 문학을 공부하고 '몰리에르' 연구로 불문학 박사 학위를 받았다. 서울대학교와 배재대학교에서 강의했으며, 현재 출판 기획자와 전문 번역가로 활동하고 있다. 에밀 졸라의 『목로주점』, 『제르미날』, 『여인들의 행복 백화점』, 『전진하는 진실』, 오스카 와일드의 『거짓의 쇠락』, 『심연으로부터』, 조지 기싱의 『헨리 라이크로프트 수상록』, 파울로 코엘료의 『순례자』, 로랑 구넬의 『가고 싶은 길을 가라』, 플로리앙 젤러의 『누구나의 연인』, 티에리 코엔의 『나는 오랫동안 그녀를 꿈꾸었다』, 프랑크 틸리에의 『뫼비우스의 띠』, 카타리나 마세티의 『옆 무덤의 남자』, 도미니크 보나의 『위대한 열정』 등의 책을 우리말로 옮겼다.

오스카리아나

1판 1쇄 펴냄 2016년 8월 5일
1판 8쇄 펴냄 2023년 11월 8일

지은이 오스카 와일드
옮긴이 박명숙
발행인 박근섭, 박상준
펴낸곳 (주)민음사

출판등록 1966. 5. 19. 제16-490호
서울시 강남구 도산대로 1길 62(신사동)
강남출판문화센터 5층 06027
대표전화 02-515-2000 팩시밀리 02-515-2007
www.minumsa.com

© 박명숙, 2016. Printed in Seoul, Korea

ISBN 978 89 374 2901 9 04800
ISBN 978 89 374 2900 2 (세트)